La folle passion d'une lady

CHRISTINE MERRILL

La folle passion d'une lady

Les Historiques

éditions HARLEQUIN

Collection : LES HISTORIQUES

Titre original : LADY DRUSILLA'S ROAD TO RUIN

Traduction française de GERALDINE DE THORE

HARLEQUIN®
est une marque déposée par le Groupe Harlequin

LES HISTORIQUES®
est une marque déposée par Harlequin S.A.

Photo de couverture
Sceau : © ROYALTY FREE/FOTOLIA
Réalisation graphique couverture : C. ESCARBELT (Harlequin SA)

83-85, boulevard Vincent-Auriol, 75646 PARIS CEDEX 13.
Service Lectrices — Tél. : 01 45 82 47 47
www.harlequin.fr

ISBN 978-2-2802-8558-2 — ISSN 1159-5981

Chapitre 1

John Hendricks saisit sa fiasque, but une gorgée, et s'affala dans un coin de la malle-poste en partance vers le nord. Il étendit ses jambes pour occuper autant de place que possible et éviter qu'un autre passager ne vienne se coller à lui. Après la semaine qu'il venait de passer, il n'était pas d'humeur à voyager serré comme une sardine.

— Monsieur Hendricks, si vous désirez ajouter autre chose concernant mon avenir, sachez qu'à ma première rencontre avec Adrian Longesley, j'ai su que c'était lui. Aucun autre homme ne me fera jamais changer d'avis, avait-elle dit.

Trois jours après qu'il les avait entendus, ces mots résonnaient encore à ses oreilles. D'ailleurs, chaque fois qu'il repensait à cette conversation, sa honte et sa confusion ne faisaient que croître.

Mais, bon Dieu, qu'avait-il espéré ? Cette femme était mariée et occupait une position sociale bien supérieure à la sienne.

S'il avait continué à souffrir en silence, comme il l'avait fait ces trois dernières années, il aurait pu conserver son emploi et sa fierté. Au lieu de cela, ses sentiments pour elle étaient devenus si transparents que cette femme avait été obligée de lui assener la brutale vérité. Non, il ne l'intéressait pas. Non, elle n'avait aucun sentiment pour lui, à part de l'amitié.

Il but une autre gorgée. Si la honte qui lui colorait les joues devait être visible dans le noir, il préférait que ses compagnons de voyage l'attribuent à son ébriété plutôt qu'à une déception sentimentale.

Adrian avait deviné très tôt ses sentiments et l'aurait certainement gardé à son service s'il ne s'était pas ridiculisé au-delà de toute mesure. Une fois son amour dévoilé, il s'était senti obligé de démissionner et de quitter Londres.

Malgré la tournure prise par les événements, John appréciait et respectait Adrian et il avait beaucoup aimé travailler pour lui.

Aujourd'hui, ses sentiments à l'égard de son vieil ami et employeur étaient un mélange de jalousie et de pitié auquel venait s'ajouter la honte de s'être comporté de façon aussi déshonorante.

Comment, en effet, avait-il pu envisager de voler la femme d'un homme en train de perdre la vue ? Un homme qui avait désespérément besoin du soutien et de l'amour inconditionnels de son épouse ?

Et puis, il avait été stupide d'imaginer que la belle Emily quitterait un comte, même aveugle, pour suivre un enfant naturel, un bâtard, comme lui. Il était peut-être aussi séduisant que lord Folbroke, mais il n'avait ni son rang ni sa fortune.

Il glissa sa fiasque dans sa poche, ôta ses lunettes et les essuya d'un geste rageur.

Quelle femme saine d'esprit quitterait son mari pour un homme dont le seul atout était d'avoir de meilleurs yeux ? D'un air maussade, il se mit à observer les deux passagers assis en face de lui, les défiant silencieusement de faire le moindre commentaire sur son ébriété.

John avait payé sa place avec la vague idée d'aller en Ecosse comme d'autres allaient en Afrique, pour découvrir une contrée sauvage. Une région calme et désertique où il pourrait soigner son âme et réfléchir en paix. Il avait cependant oublié que, pour atteindre ce paradis d'ermite, il devrait supporter un long trajet, confiné dans un petit espace avec des représentants de cette humanité qu'il cherchait justement à fuir.

Cela faisait des heures que ses compagnons et lui-même étaient enfermés dans cette boîte roulante, secoués comme trois petits pois dans un bocal.

John avait l'impression que chaque cahot se répercutait dans ses os et dans ses dents, jusqu'à son cerveau. Pour couronner le tout, le vent s'était déchaîné, secouant la diligence, et la pluie battante s'était infiltrée par les vitres mal fermées. L'eau avait imbibé le rideau de la portière près de laquelle il était assis et la manche de son manteau était trempée.

Que disaient les horaires, déjà ? Ah oui, un peu plus de treize heures pour arriver à Edimbourg. Avec la route détrempée et la tombée de la nuit, il était fort probable que le trajet dure plus longtemps que prévu. Cela dit, l'heure d'arrivée lui importait peu. Désormais, il était un homme libre, sans horaires à respecter.

Alors pourquoi ne se sentait-il pas plus léger ? Dieu merci, il était encore un peu ivre, car une fois les effets de l'alcool dissipés, il le savait, il allait de nouveau paniquer. Paniquer comme un homme qui avait abandonné son ancienne vie sans avoir la moindre idée de ce que lui réservait l'avenir.

Un reste de bon sens lui disait que se lancer dans sa nouvelle vie avec l'esprit embrumé n'était peut-être pas le choix le plus judicieux qu'il ait fait. Lorsqu'il avait acheté son billet pour l'Ecosse, il avait déjà beaucoup trop bu de whisky pour prendre cette décision de façon rationnelle. Et maintenant, il était là, dans cette diligence miteuse, trempé, ivre, et il devait affronter les conséquences de ses actes.

— Quel sale temps !

De toute évidence, son voisin d'en face considérait qu'amorcer une conversation par des platitudes était une entrée en matière pleine d'esprit.

John l'ignora. Il avait dû quitter Londres car il avait fait la bêtise de s'exprimer trop librement avec son employeur. Cela ne voulait pas dire qu'il entendait s'épancher avec le premier quidam venu.

La femme partageant la diligence avec eux semblait d'ailleurs du même avis.

En entendant la voix de l'homme, elle avait rassemblé ses jupes autour d'elle, sans lâcher son livre de sermons.

Depuis le début du voyage, elle était absorbée dans sa lecture, et tenait à présent le livre à quelques centimètres de son nez pour profiter de la faible lumière des lampes encadrant la portière.

John la vit se raidir lorsque l'homme s'adressa à elle.

— Vous voyagez seule, mademoiselle ?

Elle leva les yeux et jeta à son interlocuteur le regard glacial d'une femme qui ne parle pas à un gentleman sans que les présentations aient été faites. Puis elle se replongea dans sa lecture.

Cette rebuffade ne l'arrêta pas.

— Car je serais heureux de vous accompagner jusqu'à votre destination, insista le goujat.

Bien que la diligence soit presque vide, il s'était volontairement assis sur le siège voisin du sien. Il avait tendance, en outre, à profiter de chaque cahot pour se coller à elle. Maintenant, il osait la regarder avec une concupiscence à peine voilée.

Craignant un instant que la jeune femme soit assez naïve pour accepter la proposition, John faillit intervenir, mais il se renfonça dans son siège. Après tout, cela ne le regardait pas.

Elle serra davantage ses jupes autour de ses jambes, comme pour réduire autant que possible tout contact avec l'importun.

Elle allait avoir du mal, se dit John. Elle était en effet inhabituellement grande pour une femme et ne semblait pas se rendre compte que, en serrant ainsi sa robe autour d'elle, la forme de ses jambes devenait nettement visible. Un spectacle que son voisin trouvait de plus en plus à son goût.

Tout comme John, d'ailleurs.

Elle avait de longues jambes, proportionnées à sa taille élancée. Si elles étaient à l'image de la charmante cheville qui dépassait de sa jupe, elles devaient être fort belles. Dommage que son expression soit aussi renfrognée ; un simple sourire aurait suffi à la rendre jolie.

Bien qu'elle arborât la figure d'une femme allant à un enterrement, sa tenue racontait une tout autre histoire. Les couleurs vives flattaient son teint laiteux, et le bleu roi de sa robe accentuait les chaudes nuances de ses yeux marron.

Sa robe était visiblement luxueuse, mais de coupe très classique. L'ensemble suggérait une femme privilégiant le confort et la décence, et peu sensible aux dictats de la mode. Ses longs cheveux noirs étaient rassemblés en un chignon sévère, couvert par un bonnet de dentelle.

Sans doute une vieille fille, songea John, car il s'agissait manifestement d'une femme fortunée, mais dénuée de soupirants puisque voyageant seule.

Comme c'est étrange, pensa-t-il. D'habitude, la fortune attirait les prétendants.

Elle lisait des sermons ! Voilà qui expliquait tout. Sa compagnie devait être d'un ennui…

Son regard sombre croisa celui de John et, l'espace d'un instant, ses yeux brillèrent comme ceux d'un animal sauvage dans la nuit.

Faites quelque chose !

Avait-elle parlé ou l'avait-il juste imaginé ?

Jamais une femme n'oserait demander son aide à un étranger en s'adressant à lui sur un ton aussi autoritaire. Non, il avait dû rêver. Les vapeurs d'alcool, sans doute.

— C'est bien triste de voyager sans aucune compagnie, vous ne trouvez pas ? reprit l'homme, en s'adressant à sa voisine.

Ce doit être un marchand, décida John qui ne pouvait résister au plaisir de spéculer sur ses compagnons de route. Sans doute prospère, à en juger par son embonpoint et la qualité de la redingote tendue sur son ventre proéminent. Son crâne et ses cheveux avaient visiblement choisi de se développer de façon opposée ; son crâne en s'élargissant, et sa chevelure en diminuant.

D'une main boudinée, il épongea son large front dégarni.

— Un compagnon vous attendrait-il au prochain arrêt ? demanda-t-il en la scrutant avec attention, dans l'espoir de deviner la réponse à son expression.

A son corps défendant, John fit de même, mais elle resta impassible.

Le mystère s'épaississait.

Le regard de la femme croisa de nouveau le sien. Un regard affûté comme une lame.

Eh bien ?

Encore cet ordre silencieux…

Etre sans emploi présentait un seul avantage : il n'avait d'ordres à recevoir de personne. Et certainement pas de cette inconnue à la mine revêche.

Au diable la galanterie ! Il ne lèverait pas le petit doigt.

Si ces dernières semaines lui avaient appris une chose, c'était qu'il valait mieux ne pas se mêler des affaires de jolies femmes qui de toute façon l'en remercieraient à peine, trop occupées à aller se jeter dans les bras de l'homme de leur vie.

Il se mit donc à bâiller ostensiblement et ferma les yeux, faisant mine de vouloir dormir. Il garda cependant les paupières légèrement entrouvertes afin d'observer ses compagnons sans être vu.

Il y eut un éclair suivi d'un coup de tonnerre si fort que l'autre homme sursauta. La voyageuse, en revanche, resta imperturbable. La lueur de l'éclair illumina son visage à l'expression distante.

Vous ne comptez vraiment rien faire ?

John ne broncha pas. Totalement inconscient du

dégoût qu'il inspirait à sa voisine, le marchand tenta une fois de plus d'imposer sa compagnie.

— Je répète : êtes-vous attendue par quelqu'un ?

Pour toute réponse, elle laissa échapper un soupir agacé qui ne découragea nullement le marchand.

— A l'arrêt précédent, j'ai remarqué que vous n'aviez pas mangé, poursuivit-il. Si c'est par manque de moyens, ne vous faites aucun souci, je serais ravi de vous inviter. Nous pourrions même partager un whisky ou du thé pour nous réchauffer.

Lors de la prochaine étape, il offrirait de partager sa chambre, à n'en pas douter. Ce parfait spécimen de boutiquier londonien était donc en quête d'une compagne de lit.

Si personne ne venait en aide à sa victime, il se ferait de plus en plus pressant, se dit John.

« Allons, s'ordonna-t-il, ne te mêle pas de cela. Tu sais que tu vas t'en mordre les doigts ! »

Mais alors qu'il essayait de museler son sens de la chevalerie, la jeune femme répliqua froidement :

— Je ne suis pas seule, je voyage avec mon frère.

Tout en disant cela, elle lui donna un méchant coup de pied dans le tibia.

Il eut soudain l'impression de revivre une situation qu'il avait déjà connue. Il se retrouvait acteur, forcé de monter sur scène pour jouer une pièce dont il ignorait le texte.

Elle semblait considérer qu'il était tenu de la secourir, sans même savoir si ses intentions étaient meilleures que celles de son « soupirant ».

Maudit soit son sens de l'honneur qui l'obligeait à jouer le jeu ! pesta intérieurement John.

Grognant comme un homme tiré brutalement d'un profond sommeil, il ouvrit un œil.

— Quoi ? Que se passe-t-il ? s'exclama-t-il. Sommes-nous déjà arrivés ?

Il regarda droit dans les yeux la jeune femme assise en face de lui et eut un choc. Un lien instantané semblait s'être s'établi entre eux. En un seul regard, il avait compris ce qu'elle attendait de lui et, en un seul regard, elle lui avait fait confiance.

Il tourna les yeux vers son voisin, comme s'il le remarquait pour la première fois.

— Cet homme t'importunerait-il, ma chère ?

— Mais pas du tout ! répondit l'homme, offusqué. Et je doute que vous connaissiez cette jeune femme. Vous n'avez pas échangé un mot avec elle depuis le début du voyage.

— Je n'ai pas éprouvé le besoin de bavarder avec quelqu'un que je connais depuis l'enfance, répliqua sèchement John.

— Quant à vous, s'emporta l'homme en se tournant vers sa voisine, je parie que vous ne connaissez même pas son nom !

« Allez, choisis un nom au hasard, et je te répondrai », pensa John.

— Il s'appelle John.

John s'efforça de contenir sa surprise. Après tout, elle avait choisi le nom anglais le plus courant.

Il toisa le fâcheux.

— Et si je vous avais donné la permission de parler à ma sœur, vous auriez pu l'appeler Mlle Hendricks. Mais vous n'avez pas ma permission. Ma chère ? ajouta-t-il en tendant la main à sa « sœur ».

Elle la prit sans hésiter et il l'attira vers le siège voisin du sien.

La diligence eut un cahot alors qu'elle se levait, et elle se retrouva presque assise sur ses genoux.

Le contact n'était pas déplaisant et, l'espace d'un instant, John eut des pensées assez peu fraternelles.

La jeune femme sembla n'éprouver aucune gêne et, se redressant, s'installa à côté de lui.

Pour se donner une contenance et cacher son émoi passager, John ôta ses lunettes et entreprit de les nettoyer avec son mouchoir. Lorsqu'il les replaça sur son nez, il vit que sa voisine jetait à son vis-à-vis un regard indigné, mais triomphant.

Comme elle était belle lorsqu'elle était en colère !

Aucun homme sain d'esprit ne souhaitait voir une femme en colère — surtout ceux qui connaissaient la force de la vindicte féminine — mais, dans le cas présent, la colère insufflait à la jeune femme une énergie et une force très séduisantes.

John résista à l'envie de la toucher, de lui passer la main dans le dos comme il le ferait pour lisser les plumes hérissées d'un faucon en colère.

— Excusez-moi, bafouilla leur compagnon. Mais vous auriez dû m'avertir plus tôt.

— Ou mieux, vous pourriez vous comporter en gentilhomme en toutes circonstances, rétorqua John.

Sur ces paroles, il se renfonça dans son siège, comme pour poursuivre son petit somme.

A son côté, la jeune femme sortit une montre de son sac et regarda alternativement le cadran et le paysage qui défilait de l'autre côté de la vitre.

Les éclairs révélaient le mouvement des arbres et des massifs malmenés par le vent. La diligence se mit à tanguer dangereusement.

Il était à peine minuit, et leur voyage s'annonçait mal.

Chapitre 2

Il pleuvait sans interruption depuis deux heures, et Druscilla Rudney luttait contre le désir de sortir l'horaire des diligences rangé dans son sac pour vérifier à la lumière de la lanterne le nombre d'arrêts prévus.

A plusieurs reprises déjà, ils avaient été contraints de quitter la diligence et de marcher sous la pluie battante pendant que les chevaux se frayaient un chemin sur la route détrempée.

Alors qu'ils avançaient une fois encore dans l'obscurité, bousculés par un vent furieux, leurs pas rendus incertains par la boue glissante, elle remarqua les efforts du cocher pour contrôler ses chevaux terrorisés. Elle pouvait discerner, derrière les œillères, leurs yeux affolés essayant désespérément de voir la tempête qui leur battait les flancs.

Le cocher parvint néanmoins à les calmer et hurla aux passagers de se dépêcher de regagner leur siège, car la voiture repartait.

Ils reprirent leur place tous trois, frissonnants et misérables dans leurs vêtements mouillés, attendant le prochain arrêt. Durerait-il assez longtemps pour qu'ils aient droit à une boisson chaude ? se demanda-t-elle. Il fallait l'espérer.

Le gros homme qui l'avait importunée, manifestement

incapable se taire, avait essayé d'entraîner l'autre passager dans une discussion sur l'étendue de leur retard. En vain. Il n'avait obtenu que des réponses monosyllabiques. Quant à elle, son prétendu frère ne lui avait pas dit un mot depuis qu'elle s'était assise près de lui.

Le souvenir de la jambe de l'importun pressée contre la sienne la fit frémir de dégoût. Sans l'intervention de M. Hendricks, la situation aurait pu dégénérer rapidement.

Elle n'avait jamais voyagé aussi loin de chez elle sans chaperon, et était parfaitement consciente que sa réputation risquait d'en pâtir. Cependant, à aucun moment elle n'avait envisagé que sa personne puisse être menacée.

Partir à la hâte, comme elle l'avait fait, était imprudent, mais elle avait tellement peur pour Priscilla qu'elle avait pris le risque. Sa sœur était peut-être en danger, à l'instant même.

Cette perspective la fit frissonner d'effroi. Pourvu que ses voisins croient qu'elle avait froid à cause de ses vêtements mouillés ! Il serait en effet risqué de montrer sa peur à un homme qui avait démontré sa capacité à profiter de la vulnérabilité d'une femme.

Elle jeta au voyageur un regard courroucé.

Fort heureusement pour elle, tous les hommes n'étaient pas comme lui. D'ailleurs, s'ils étaient contraints de passer quelques heures au prochain relais de poste, elle essaierait de prendre M. Hendricks à part pour le remercier de son aide.

Peut-être pourrait-elle également lui raconter son histoire… Non. Tout bien considéré, il n'était pas homme à s'intéresser aux raisons qui pouvaient conduire une femme à voyager seule. La preuve ? Il avait mis du temps à réagir lorsqu'elle avait eu besoin de son assistance.

Il avait fini malgré tout par lui venir en aide, et elle aurait aimé savoir s'il continuerait dans le cas où la situation l'exigerait.

Elle avait remarqué ses difficultés à articuler lorsqu'il avait acheté son billet, mais sa voix était douce et ses lunettes lui donnaient un air docte et rassurant. Sans doute un homme de lettres ou un théologien, conclut-elle. Certes, il était un peu ivre, mais il y avait dans son visage et dans ses manières quelque chose qui inspirait confiance. Il paraissait également facile à manipuler, même par quelqu'un d'aussi inexpérimenté avec les hommes qu'elle.

Bien sûr, il n'aurait fallu à Priscilla que quelques minutes pour que cet homme lui mange dans la main, mais Dru avait préféré compter sur son sens de la chevalerie.

Un sens de la chevalerie très émoussé, car il avait fallu littéralement le pousser à coups de pied pour qu'il intervienne.

En l'observant de plus près, elle remarqua sa petite moue de désapprobation, caractéristique des professeurs. La prenait-il pour une femme légère parce qu'elle voyageait seule ? C'était possible. Quoi qu'il en soit, il n'avait aucun droit de la juger, car son entrée dans la calèche avait été précédée d'une forte odeur d'alcool et il s'était affalé sur son siège comme si ses jambes ne pouvaient plus le porter. Puis, pendant tout le trajet, il avait régulièrement bu dans sa fiasque. Une fiasque qu'il avait d'ailleurs remplie de whisky lors de l'arrêt précédent.

Elle s'abrita derrière son recueil de sermons en se demandant si son voisin n'en aurait pas plus besoin qu'elle. En effet, s'il s'agissait d'un homme d'Eglise, comme elle le croyait, il ferait mieux de s'occuper de ses propres faiblesses avant de prétendre remédier à celles des autres.

Il s'était associé à son mensonge avec une aisance déconcertante alors qu'il aurait pu la défendre tout aussi facilement en disant la vérité. Cet homme était donc un ivrogne et un menteur mais, comparé à la muflerie de l'autre passager, il semblait inoffensif.

Quoique… Lorsqu'elle avait vacillé en changeant de place, il s'était révélé doté d'excellents réflexes et d'une poigne de fer. En s'asseyant malencontreusement sur lui, elle avait senti les cuisses musclées d'un cavalier. Il l'avait empêchée de tomber puis placée sur son siège comme si elle ne pesait pas davantage qu'une plume.

Tout cela était des plus étrange. Cet homme faisait preuve d'une force physique peu commune chez un lettré et semblait préférer la lenteur d'un voyage en diligence alors que ses aptitudes physiques lui auraient permis de faire le trajet beaucoup plus vite à cheval. Et il y avait eu aussi ces quelques instants, quand il avait enlevé ses lunettes pour les nettoyer, où elle avait entraperçu un autre homme. A la lumière de la lampe, ses yeux s'étaient soudain parés d'une séduisante clarté traversée de magnifiques éclairs dorés. Derrière ces lunettes de professeur, elle avait cru voir un homme qui en avait vu beaucoup, s'était quelquefois dérobé, mais ne craignait pas grand-chose.

Malheureusement, l'aventurier qui galopait comme un centaure et se battait comme un démon n'était que le fruit de son imagination et, sitôt les lunettes remises, le clerc éméché était réapparu.

Au relais suivant, le cocher leur cria de quitter la diligence. Ils descendirent, pensant se dégourdir les jambes et s'étirer un peu, mais ils s'enfoncèrent jusqu'aux genoux dans les ornières pleines d'eau de la cour. Bien qu'abrités du vent par les ailes du bâtiment, ils ne purent échapper à quelques bourrasques qui vinrent s'engouffrer dans leurs vêtements humides, gênant leur progression vers l'auberge. Le « frère » de Druscilla vint se placer à côté d'elle et la conduisit rapidement à l'intérieur, sous le couvert de son pardessus, qu'il tint au-dessus de leurs têtes.

Le cocher resta à la porte, en grande conversation avec l'aubergiste. Druscilla regarda par la fenêtre et vit que l'on dételait les chevaux pour les conduire à l'écurie. En revanche, elle ne vit personne en amener d'autres pour les remplacer.

Elle se tourna vers l'homme qui prétendait s'appeler Hendricks.

— Excusez-moi, mais ne trouvez-vous pas étrange que…

Il leva la main pour lui intimer le silence, car il écoutait visiblement la conversation des cochers attablés près du bar.

— D'après eux, il fait trop mauvais pour continuer, dit-il en s'adressant à Druscilla. J'aurais dû m'en douter, car le temps n'a fait qu'empirer d'heure en heure. Notre cocher craint que des arbres soient tombés sur la route et il ne voudrait pas les heurter, dans l'obscurité. Si le courrier passe encore, je pense que ce sera sans nous, du moins jusqu'au matin. Nous reprendrons la route dès les premières lueurs du jour, sauf si la tempête ne s'est pas calmée.

— Ce n'est pas possible ! s'exclama-t-elle, parfaitement conscience de la futilité de sa réaction.

Il lui jeta un regard agacé.

— A moins que vous n'ayez le pouvoir de modifier le climat, vous êtes coincée ici, comme nous tous.

En regardant autour d'elle, Druscilla remarqua que la salle était pleine de monde malgré l'heure tardive.

Elle observa les personnes présentes, à la recherche des deux qu'elle espérait voir, mais en vain. Elles devaient se trouver à l'étape suivante, loin de la tempête et en route vers le nord.

— Un peu de pluie ne me fait pas peur. Je dois absolument être à Gretna Green avant…

Préférant ne pas révéler le but de son voyage, elle s'interrompit.

Il lui jeta un regard étrange.

— Balivernes, sœurette ! Nous allons à Edimbourg. Ensemble, dit-il en insistant sur ce dernier mot, visiblement à l'intention du gros marchand qui passait auprès d'eux.

— Certainement pas avec cette diligence ! répondit-elle. Comme tu le sais, nous sommes à Newport, et notre voiture va à Manchester. Si tu souhaites aller en Ecosse, il est plus logique de passer par Dumfries.

Il eut soudain l'air inquiet. Sortant l'horaire des diligences de sa poche, il le parcourut rapidement, jura dans sa barbe, puis le jeta rageusement.

— Va pour Dumfries, dit-il en adressant un regard

noir à Druscilla comme si elle était responsable des contraintes géographiques qui perturbaient ses plans

— Notre destination vous est égale ? s'étonna Dru.

— On se rend en Ecosse pour de multiples raisons et, parfois, le choix de la ville importe peu. En ce qui vous concerne, cependant, je ne vois qu'une seule raison pour pousser une jeune femme comme vous à aller dans un trou perdu comme Gretna.

Il eut le regard sévère d'un maître pour sa turbulente élève.

— Et quelle sorte de frère serais-je si je me rendais complice de cela ?

Elle n'aurait pas mieux dit ! Elle était en effet bien placée pour savoir que lorsqu'une sœur décide de prendre le large, on doit faire son possible pour l'arrêter... tout en donnant le moins possible d'informations aux étrangers trop curieux.

Il lui fallait absolument le distraire pour qu'il ne pose pas trop de questions.

— Avons-nous de la famille à Dumfries, cher frère ? demanda-t-elle en surjouant à dessein la naïveté. C'est curieux, mais je ne m'en souviens pas...

— Non, nous n'y avons aucune famille, répondit-il en riant, visiblement amusé par son numéro. C'est précisément pour cela que j'ai choisi cette ville. Mais peut-être me trompé-je car, hier encore, j'ignorais que j'avais une sœur.

— Et vous avez appris la nouvelle avec beaucoup de grâce, dit-elle pour lui signifier discrètement sa reconnaissance.

Elle ne tenait pas à attirer l'attention d'éventuels indiscrets avec des remerciements trop chaleureux.

— Si par hasard on vous le demande, reprit-elle, pourriez-vous être assez aimable de mentionner notre tante malade à Dumfries ?

— Oui, je crois que je peux vous rendre ce service. Mais pouvons-nous, s'il vous plaît, aller nous installer au chaud au lieu de rester près de la porte ?

Druscilla hésita un instant.

— En nous asseyant de l'autre côté de la pièce, nous nous rapprochons légèrement de l'Ecosse, ajouta-t-il.

La lueur amusée qu'elle vit dans ses yeux acheva de la convaincre. Pour l'instant, elle n'avait rien à craindre de cet homme qui s'était montré si serviable.

D'ailleurs, une fois installé, il l'invita à dîner.

— Pourquoi laisser passer une occasion de se sustenter lorsqu'elle se présente ? dit-il. Dieu seul sait quand on nous servira notre prochain repas.

Druscilla accepta d'autant plus facilement que sa maigre bourse ne lui permettait pas de faire d'autres arrêts comme celui-ci. Elle eut une pensée pour Priscilla qui devait être maintenant à mi-chemin de Gretna… avec *son* argent de poche du mois.

« Tu sais bien que j'en ai bien plus besoin que toi », avait écrit Priss dans le mot laissé à son intention.

Malgré elle, Druscilla laissa échapper un soupir. Heureusement, son prétendu frère était à l'autre bout de la salle, trop occupé à se procurer une chope de bière pour le remarquer.

Maintenant qu'elle avait tranquillement le temps de l'observer, elle le trouvait plus grand qu'elle ne l'avait cru initialement, et aussi plus athlétique. L'impression d'avoir affaire à un homme réservé et circonspect disparaissait dès qu'il se déplaçait. Il se mouvait avec assurance et détermination, comme indifférent aux changements que pouvait subir son environnement… et à la quantité d'alcool qu'il avait ingérée.

Elle le vit revenir vers elle, naviguant avec aisance parmi la foule, sans faire déborder une seule goutte de bière. Avec la même fluidité de mouvement, il s'assit en face d'elle.

Druscilla lui jeta un regard plein d'appréhension avant de se plonger dans l'examen de l'assiette qu'une servante venait de poser devant elle.

La curiosité teintée d'inquiétude dont elle faisait preuve était peut-être injuste, se dit-elle. Après tout, c'était elle qui avait recherché sa protection, poussée par la nécessité et la bonne impression qu'il lui avait faite.

Elle avala une première bouchée sans vraiment d'appétit et jugea la nourriture simple, mais convenable.

Tant que ce M. Hendricks semblerait ne rien vouloir en retour, elle le laisserait payer pour les repas. En revanche, si elle s'était trompée sur son compte et s'il se plaignait de son manque de reconnaissance, elle pourrait honnêtement répondre qu'elle n'avait rien demandé.

Bien décidée à vider son assiette, car ce repas était peut-être le dernier avant longtemps, Druscilla prit donc une autre bouchée.

Son hôte, qui n'avait pas encore commencé à manger, avait le regard rivé sur elle. Qu'attendait-il donc ? se demanda-t-elle, soudain inquiète.

— Eh bien ? fit-il en croisant les bras sur sa poitrine.

« Et voilà le retour du maître d'école ! », pensa Dru en voyant sa mine sévère.

— Nous sommes assis loin des oreilles indiscrètes

de votre… soupirant. J'attends donc vos explications, ajouta-t-il.

— Merci d'être venu à mon secours tout à l'heure, balbutia-t-elle.

— Comme si vous m'aviez laissé le choix ! maugréa-t-il en touchant sa jambe comme il souffrait encore du coup de pied qu'elle lui avait donné. A votre décharge, je pouvais difficilement rester silencieux et laisser cet homme vous importuner toute la journée. Le voyage était déjà assez pénible comme cela !

Il regarda autour d'eux les nombreux voyageurs qui se pressaient autour des tables, les fenêtres ruisselantes de pluie, et ajouta, la mine dépitée :

— Et il fort improbable qu'il devienne plus agréable.

— Je suis désolée que les circonstances vous aient contraint d'intervenir, monsieur…

« Voyons voir s'il m'a donné son vrai nom la première fois », se dit-elle.

— Hendricks. Mais je vous l'ai déjà dit. Quant à mon prénom, vous l'aviez deviné. Je veux bien pour l'occasion vous prêter mon patronyme puisque nous sommes parents, mais vous devez bien avoir un nom ?

Il la fixa, attendant sa réponse.

Devait-elle lui révéler son identité ? Si le but de son voyage était d'éviter le scandale à sa famille, raconter son histoire à des étrangers n'était sans doute pas le meilleur moyen d'y parvenir.

— Allons, insista-t-il. Vous pourriez me faire un peu plus confiance. Je suis votre frère, après tout !

Il se pencha au-dessus de la table jusqu'à ce que son visage soit tout près de celui de Druscilla et murmura :

— Sans cela, comment expliquer notre proximité ?

Sur cette route, un homme et une femme en tête à tête étaient généralement pris pour un couple d'amoureux fuyant ensemble en Ecosse, exactement comme Priscilla l'avait fait.

Elle hésita avant de répondre. Devait-elle également mentionner le titre de son père ? Non, il était inutile de fournir des informations qu'on ne lui avait pas demandées, décida-t-elle.

— Je suis lady Druscilla Rudney, répondit-elle.

Et, pour de ne pas trop écraser le malheureux avec son rang, elle ajouta en riant :

— Mes amis m'appellent Silly[1].

Il resta muet.

Elle s'attendit à l'entendre dire : « Et vous l'êtes, en effet », mais il n'en fit rien.

— C'est un surnom qui n'est pas très heureux, répondit-il en secouant la tête d'un air peiné. Il vous a été donné par le duc de Benbridge, votre oncle ? Non… votre père.

Il avait donc suffi qu'elle lui donne son nom pour qu'il sache tout d'elle ? A l'avenir, elle allait devoir se montrer plus circonspecte avec ce M. Hendricks.

— En fait, ce surnom m'a été donné par ma sœur. Voyez-vous, lorsque nous étions enfants, elle avait du mal euh… à prononcer correctement mon nom.

Druscilla ignorait pourquoi, mais cet homme lui faisait perdre ses moyens, ce qui lui arrivait très rarement — pour ne pas dire jamais.

— Eh bien, lady Druscilla, comment vous retrouvez-vous à voyager seule ? Vous pouvez, j'en suis certain,

1. «Silly » signifie « godiche » en anglais.

vous offrir les services d'une servante ou d'une autre compagne. Il vous serait également plus facile d'utiliser votre calèche personnelle que d'emprunter une malle-poste en compagnie de personnes comme moi.

— C'est un sujet dont je n'ai pas envie de discuter avec vous.

— Si vous allez à Gretna, c'est que vous allez sûrement rejoindre quelqu'un. Vous voyagez seule pour ne pas attirer l'attention de votre père, c'est bien cela ? Il ne vous reste plus qu'à m'apprendre le nom de l'heureux élu.

— Comment osez-vous ! s'indigna-t-elle. Je ne m'enfuis avec personne, et je vous…

— Mais alors, que faites-vous ici ? questionna-t-il sans lui laisser le temps de finir sa phrase.

L'alcool n'avait visiblement pas affaibli ses capacités intellectuelles, et la vitesse avec laquelle il l'assaillait de questions lui donnait le tournis.

Druscilla posa la main sur sa poitrine pour reprendre son souffle… et son calme.

— Je vais à Gretna pour prévenir une fuite, chuchota-t-elle. Personne ne doit le savoir, et ma mission doit être accomplie sans laisser filtrer le moindre commérage. Bref, ce voyage n'a jamais eu lieu.

Hendricks resta un instant silencieux comme s'il réfléchissait à ce qu'elle venait de lui apprendre.

— Vous réalisez, bien sûr, que votre voyage peut se révéler totalement inutile, finit-il par dire.

— Et pourquoi, je vous prie ?

La réponse était évidente et elle la connaissait, mais elle préférait passer pour naïve plutôt que d'admettre un échec probable.

— Si le couple en question est déterminé, ils ne vous

écouteront pas, lui fit-il remarquer avec l'air désolé d'un homme essayant d'annoncer une mauvaise nouvelle le plus délicatement possible. En outre, s'ils ont un ou deux jours d'avance sur vous, ils doivent être loin, maintenant.

— C'est possible, en effet, reconnut-elle.

— De plus, l'honneur de la jeune femme est pour le moins compromis.

— Cela n'a pas d'importance, mentit-elle.

Après un jour et une nuit passés avec un homme, il était logique que Priscilla épouse son amant. Cependant, ce mariage serait un déshonneur à la fois pour Priscilla et pour sa famille. Et Dru serait évidemment jugée responsable.

Par-dessus le marché, son père la considérerait également comme une fille perdue, même s'il conviendrait aisément qu'il était hautement improbable que sa godiche de fille aînée ait trouvé un homme susceptible de l'enlever pour l'épouser à Gretna.

En conséquence, il n'y aurait pour elle ni saison mondaine, ni soupirant, ni proposition de mariage. Elle paierait toute sa vie pour une faute commise par sa sœur, et serait condamnée à faire tapisserie avec les autres vieilles filles, le restant de ses jours.

Pour une fois, elle allait faire passer son intérêt avant celui de Priscilla.

— Il n'est pas question que cet homme épouse cette jeune femme ! annonça-t-elle d'un ton sans appel.

Non, ce mariage n'aurait pas lieu même si, pour cela, elle devait enlever Priscilla au pied de l'autel et pousser Gervaise sous les roues d'un carrosse.

— En voyageant seule et en secret, vous avez compromis *votre* réputation et vous risquez fort de subir la même disgrâce que le couple en fuite, répliqua-t-il, visiblement agacé.

— Vu l'urgence et la nécessaire discrétion, je n'avais guère le choix.

En fait, l'attelage des Benbridge roulait vers la frontière écossaise et Priscilla lui avait à peine laissé suffisamment d'argent pour acheter un billet de malle-poste. Dans ces conditions, louer un véhicule avait été impossible.

— Peut-être aurez-vous de la chance, après tout, concéda M. Hendricks, un peu radouci. Ils sont sans doute eux aussi ralentis par la pluie.

Cette perspective fit frémir Druscilla. Jusqu'à présent, elle avait imaginé sa sœur et Gervaise voyageant jour et nuit pour atteindre au plus vite leur destination. Mais s'ils étaient coincés dans une auberge, le risque qu'ils soient reconnus était multiplié par mille.

Sans compter tout ce temps passé en tête à tête, sans chaperon…

« Inutile de te tourmenter avec cela maintenant », songea-t-elle. De toute façon, elle était bien trop loin et arriverait sans doute bien trop tard pour empêcher le désastre. Le moment venu, elle aviserait.

Elle jeta donc à son « frère » un regard lui signifiant que son opinion lui importait peu et répondit :

— Connaissant M. Gervaise, ils vont certainement traîner en route, car il ne voudra pas risquer d'abîmer ses beaux habits sous la pluie.

— Mais vous ne le connaissez pas si bien, puisqu'il a pu enlever cette jeune femme sous votre nez.

En disant cela, il la regarda avec insistance comme s'il essayait de lui faire passer une information cruciale. Malheureusement, elle ne voyait pas laquelle.

— Peu importe que je le connaisse. L'important est que je connaisse sa destination. Il va à Gretna, et je compte bien le rattraper. Lui et moi avions passé un accord.

Elle l'avait en effet grassement payé pour qu'il laisse sa sœur en paix. Il avait d'abord pris l'argent, puis il avait pris sa sœur. Elle ne savait pas exactement comment elle s'y prendrait mais, dès qu'elle l'aurait rattrapé, elle entendait lui faire payer très cher le fait de l'avoir escroquée et d'avoir déshonoré sa famille.

— Ce mariage ne doit pas avoir lieu, conclut-elle avec détermination.

Elle vit presque de la commisération dans le regard de M. Hendricks, comme s'il la plaignait de faire preuve d'un aveuglement aussi irrationnel.

Il dut penser que, face à son entêtement, il ne servait à rien de discuter, car il ne répondit rien et se plongea dans l'étude du contenu de son assiette.

Le silence s'installa entre eux.

— Après la quantité d'alcool que vous avez bue, votre manque d'appétit ne m'étonne pas, railla-t-elle, incapable de résister au plaisir de le sermonner à son tour.

Il leva les yeux de son assiette.

— Si cela vous a choquée, je vous conseille de vous replonger dans vos sermons, car ce n'est rien comparé à ce que j'ai bu avant de monter dans la malle-poste.

— Il n'y a pas de quoi être fier ! répliqua-t-elle avec hauteur.

— Et cela ne vous regarde pas, affirma-t-il en buvant une gorgée de bière. Cependant, je dois admettre une chose… Si j'avais été moins ivre, je serais monté dans la voiture que j'avais initialement choisie, et non dans la première venue... Et je n'aurais jamais retrouvé ma sœur, perdue de vue depuis des lustres.

Il leva son verre pour porter un toast.

— Aux voies du destin qui sont souvent impénétrables !

— Cela vous arrive-t-il souvent de boire au point de vous tromper de route ?

Cette dernière remarque était certainement injuste car, elle aurait pu en jurer, cet homme ne devait pas souvent être ivre.

— Ces derniers temps, ma vie a pris un tournant inattendu, dit-il le regard plongé dans son verre.

Puis il lui jeta un coup d'œil et ajouta :

— Il s'agit d'une femme. Vu les circonstances, une bonne dose de whisky et un embarquement immédiat paraissaient la meilleure solution.

— Et cette femme habite-t-elle Edimbourg ? s'enquit-elle, se rappelant que c'était là sa destination d'origine.

— Elle est à Londres. Mon objectif était de prendre une diligence pour aller à Orkney.

— On ne peut pas rejoindre une île en diligence, répondit-elle comme on s'adresse à un enfant déraisonnable.

— Je comptais aller à cheval jusqu'à John O'Groats et faire le reste du chemin à pied.

Son regard se fit soudain fiévreux, presque fou.

— La femme en question était mariée et ne s'intéressait pas à moi, précisa-t-il sur un ton de résignation désespérée.

L'espace d'un instant, Druscilla pensa à manifester sa sympathie — M. Hendricks l'avait secourue et avait été jusqu'à lui offrir un repas —, mais les événements récents lui avaient fait perdre toute bienveillance pour les amoureux, qu'ils soient bénis ou accablés par le sort.

— Avec un plan aussi vague, vous n'êtes pas près d'y arriver.

— Merci pour vos mots d'encouragement, ma chère sœur, marmonna-t-il avec amertume.

Leur repas se serait sans doute terminé en silence, si l'aubergiste n'était pas venu jusqu'à leur table, le gros marchand sur les talons. Ce dernier avait la mine impatiente de quelqu'un qui s'apprête à partager une information importante.

— Il a été décidé que la diligence ne repartira pas avant le matin. Si elle repart…, annonça-t-il avec un sourire satisfait.

— Je suis au courant, répliqua M. Hendricks, ses yeux toujours posés sur Druscilla comme si son interlocuteur n'existait pas.

— J'imagine que vous voudrez une chambre ? intervint l'aubergiste.

— Bien entendu.

— Il a un petit problème… Vous êtes trois et il ne me reste que deux chambres.

Le marchand laissa échapper un gloussement de satisfaction dont la raison échappa totalement à Druscilla.

— Une des chambres revient à la dame, pour sûr, mais les gentilshommes doivent s'arranger entre eux pour l'autre chambre, ajouta l'aubergiste. Ils pourront partager le lit ou le tirer au sort. Le perdant pourra dormir dans la salle à manger, une fois le bar fermé. Il faut me donner une réponse très vite, sinon la chambre ira à quelqu'un d'autre. Avec cette pluie, je suis sûr qu'on va encore voir arriver plein de gens comme vous !

— Ne vous inquiétez pas, dit aussitôt le marchand. Tout va se résoudre très vite. Mes compagnons sont frère et sœur, et ils sont très proches ; ils partageront donc une chambre et je prendrai l'autre.

Druscilla se raidit en voyant le clin d'œil satisfait qu'il lui adressa. Il jubilait de la prendre ainsi à son propre jeu et attendait qu'elle avoue la vérité.

— Cela ira, répondit M. Hendricks.

« Pas du tout ! », faillit-elle crier. Elle était la fille du duc de Benbridge, et il était hors de question qu'elle partage la chambre d'un inconnu.

M. Hendricks s'était cependant exprimé avec tant de calme, qu'elle se sentit étrangement rassurée, comme si une main amicale venait de se poser sur son épaule.

« Cela ira. » Sans bien comprendre pourquoi, elle eut la conviction qu'il disait vrai.

Son absence de réaction sembla encourager son « frère », car il poursuivit :

— Druscilla occupera le matelas et moi le sommier. Si vous pouviez nous donner une couverture supplémentaire, je vous serais très reconnaissant.

Le marchand arborait l'expression d'un chien auquel on vient de retirer son os.

Guettant manifestement une réaction qui la trahirait, il la fixa. Elle lui offrit le visage d'une femme ennuyée de devoir partager sa chambre mais pas, comme il l'espérait, celui d'une femme horrifiée à la perspective d'une indécente promiscuité.

Dans un brouillard, elle entendit M. Hendricks marchander avec l'aubergiste qui, reconnaissant pouvoir leur fournir un lit supplémentaire, demandait pour cela un prix deux fois plus élevé que celui pratiqué d'ordinaire.

Tandis que l'hôtelier essayait également d'extorquer une somme exorbitante pour la couverture supplémentaire, Druscilla eut l'impression que le murmure des conversations disparaissait peu à peu, remplacé par le bruit de pièces imaginaires tombant de son sac dans la main de l'aubergiste.

Avant de se lancer à la poursuite de Priss, elle avait rassemblé tout l'argent qu'elle avait pu trouver, sans toutefois aller jusqu'à se déshonorer en faisant les poches des domestiques. Comme il lui était impossible d'expliquer la situation à son père, elle n'avait récolté qu'une très petite somme et suspectait Priscilla d'avoir fait en sorte de la priver des moyens nécessaires pour la rattraper.

Lorsqu'elle avait fait ses comptes, il lui avait semblé disposer de suffisamment pour monter une opération de sauvetage.

Elle avait assez d'argent pour acheter son billet, sa nourriture, et peut-être même pour s'arrêter une fois dans une auberge sur le trajet.

En revanche, elle ne pouvait se permettre les pourboires, ni faire face à aucune urgence. Elle n'avait pas non plus anticipé les prix extravagants imposés aux voyageurs par des aubergistes profitant sans vergogne des intempéries.

Au train où allaient les choses, demain midi, il ne lui resterait plus un sou vaillant. Elle serait alors contrainte de faire demi-tour et de tout avouer à son père.

A moins… d'en appeler à la charité des étrangers et d'espérer.

Elle regarda M. Hendricks qui continuait à discuter avec l'aubergiste.

— Je veux bien me passer de couverture mais, vu le prix, j'espère que la chambre est suffisamment grande pour que nous puissions y finir ce repas. Donnez-nous la plus grande dcs deux et faites monter nos sacs.

Puis, se tournant vers elle, il ajouta :

— Tu viens, Druscilla ?

Hendricks s'adressait à elle sur le ton d'un grand frère, habitué à se comporter en chef de famille.

Entendre son nom prononcé de façon si familière par cette douce voix masculine lui donna le frisson. A part son père, les hommes s'adressaient rarement à elle ou, s'ils le faisaient, c'était avec la déférence due à son rang — ou plutôt à celui de son père, le duc de Benbridge.

— Oui, John, répondit-elle en baissant la tête en signe d'obéissance.

Elle prit son assiette et le suivit.

Chapitre 3

Dès que la porte de la chambre fut refermée sur eux, M. Hendricks laissa échapper un chapelet de jurons.

Normalement, Druscilla aurait dû être choquée mais, elle devait le reconnaître, elle éprouvait à peu près la même chose que son compagnon de chambrée et les jurons de ce dernier traduisaient assez bien le fond de sa pensée.

Il lui jeta un regard furibond.

— Je ne veux entendre aucune récrimination de votre part ! Si nous en sommes là, c'est entièrement votre faute. Si vous ne m'aviez pas forcé à mentir, nous aurions chacun une chambre.

— Je n'ai pas emporté assez d'argent avec moi pour payer le prix demandé par l'aubergiste, répondit-elle tout aussi énervée.

— Vous êtes la fille d'un duc et vous n'avez pas assez d'argent en poche pour acquitter le prix d'une chambre dans une auberge ? railla-t-il. Rappelez donc l'aubergiste, donnez le nom de votre père, et vous verrez. Non seulement il vous fera crédit, mais il chassera d'autres clients pour vous offrir deux chambres, en plus d'un salon privé. Croyez-moi, il ne nous installera pas dans ce trou sordide.

— Si j'avais voulu brandir mon patronyme dans

toutes les auberges entre ici et Gretna, j'aurais voyagé dans ma propre calèche et vous dormiriez par terre, dans l'entrée…

Elle le regarda avec toute la morgue dont elle était capable et ajouta :

— … où est votre place.

Il esquissa une courbette.

— Merci, Votre Grâce, pour l'aimable opinion que vous avez de moi. C'est d'autant plus flatteur, de la part de quelqu'un qui ne peut pas payer sa chambre ! persifla-t-il.

Dans sa famille, Druscilla avait l'habitude d'être l'objet de sarcasmes mais, venant de M. Hendricks, elle trouva cela plus douloureux.

« Tant pis pour toi ! se fustigea-t-elle. Tu l'as bien cherché ! »

— J'imagine que vous allez maintenant me demander de vous prêter de l'argent pour que vous puissiez prendre un petit déjeuner et dîner demain, ajouta-t-il. Ah ! Et j'oubliais… je dois aussi payer la chambre, c'est bien cela ? Arrêtez-moi, si je me trompe.

Comme elle ne disait rien, il eut un rire amer.

— Pourquoi ne suis-je pas surpris ? Il est vrai que je commence à avoir l'habitude ! Les membres de votre caste ont une fâcheuse tendance à se servir de moi. Suis-je donc toujours condamné à vous sauver de vos propres bêtises, au détriment de mes intérêts ?

Furieux, il parlait en agitant les bras, arpentant le minuscule espace qui leur servait de chambre.

— Ecrivez mes lettres, M. Hendricks ! Louez-moi un pied-à-terre ! M. Hendricks, mentez donc à ma femme ! Comme si je n'avais d'autre but dans la vie que de courir çà et là pour organiser les extravagants mensonges que vous élaborez afin de vous tromper les uns les autres !

Il s'arrêta, comme s'il était soudain gêné d'avoir exprimé tout haut sa pensée. Laissant ses bras retomber le long de son corps, il se planta devant elle.

— Vous n'allez pas vous mettre à pleurer, j'espère ?

— Certainement pas, répondit-elle sèchement tout en se touchant la joue pour vérifier.

En temps normal, elle pleurait rarement et ce n'était vraiment pas le moment de changer ses habitudes pour succomber aux larmes.

— Tant mieux, fit-il. Habituellement, je ne suis pas aussi démonstratif, mais j'ai passé une semaine très éprouvante. Comme vous l'avez fait remarquer, je ne fais pas un ivrogne très présentable, et je n'ai pas à vous reprocher des choses dont vous n'êtes pas responsable.

— Vous avez raison d'être mécontent, reconnut Druscilla en s'asseyant au pied du lit avec un soupir las. J'ai eu tort de solliciter votre aide pour me sortir d'un mauvais pas dont vous n'êtes en rien responsable.

A sa grande surprise, M. Hendricks vint s'asseoir à côté d'elle.

— J'aurais presque préféré que vous pleuriez, car j'aurais eu moins de mal à vous résister.

Lui résister ? Prétendait-il qu'elle lui avait forcé la main… en utilisant son charme ? C'est vrai, certains hommes l'avaient qualifiée de femme redoutable, mais sur un ton exaspéré — voire parfois avec du respect dans la voix. Mais personne ne l'avait jamais qualifiée d'irrésistible…

Ma foi, c'était agréable.

Il repoussa ses lunettes sur son nez et prit la mine

grave et circonspecte d'un homme qui s'apprête à assener quelque vérité définitive.

— Quitter Londres sans argent et sans chaperon était inconsidéré de votre part, mais j'ai été tout aussi irresponsable en quittant la ville ivre et en montant dans la mauvaise diligence. Je peux difficilement vous faire des reproches.

Druscilla trouvait que leurs situations n'étaient pas les mêmes, celle de son compagnon étant bien pire que la sienne, mais elle se tut. Il avait la bourse la mieux garnie et elle ne pouvait s'offrir de luxe de s'en faire un ennemi.

— Je tiens encore à vous remercier de votre aide, choisit-elle de répondre avec diplomatie.

— Ai-je mentionné que j'étais, pour l'heure, sans emploi ? reprit-il, comme si cette information présentait en cet instant le moindre intérêt.

— Non, vous n'avez rien dit.

— Eh bien, milady, je tiens la solution à nos problèmes ! s'exclama-t-il sur un ton soudain empreint de déférence, mais dénué de servilité. J'ai l'habitude de gérer des situations comme la vôtre. Il y a encore quelques jours, j'étais le secrétaire particulier du comte de Folbroke.

Voilà qui expliquait tout, pensa Druscilla. Son sauveur n'était ni un pasteur ni un professeur, mais il avait été au service d'un homme appartenant au même milieu qu'elle. Cela plaidait en sa faveur.

— Dans quelles circonstances avez-vous quitté son service ?

— Aucune qui l'empêcherait de parler de moi en d'excellents termes, s'il était présent.

Ne voyant pas bien où allait les mener cette conversation, Druscilla garda le silence.

— J'ai d'ailleurs des lettres de recommandation de sa part, précisa M. Hendricks.

— Où sont-elles ?

— A Londres.

— Je vois…

— Ce travail m'a permis d'acquérir une expérience suffisante pour régler le genre de situation dans laquelle se trouve aujourd'hui votre famille.

« Des situations délicates, voulez-vous dire ? » eut-elle envie d'ajouter, mais elle n'en fit rien.

Si elle se fiait à sa précédente diatribe, il avait sûrement de croustillantes histoires à raconter, pour peu qu'il soit du genre à se répandre en ragots.

— Gérer les choses avec discrétion est une règle à laquelle je ne déroge jamais, précisa-t-il comme s'il lisait dans ses pensées. Si vous me promettez de me rembourser, d'ajouter un supplément pour mes efforts et de me fournir une lettre de référence, je me mets à votre service.

— Je peux vous offrir plus que cela. Mon père rédigera lui-même cette lettre et s'arrangera pour vous récompenser généreusement à la fin de cette affaire.

Derrière les verres de ses lunettes, les yeux de Hendricks se mirent à briller. Avoir été au service d'un comte était déjà impressionnant, mais ajouter à cela les recommandations d'un duc ferait de lui un candidat rêvé pour son prochain employeur.

— Le duc de Benbridge sera très reconnaissant d'apprendre que toute cette affaire a été résolue dans la discrétion, ajouta Druscilla.

Enfin… Dès qu'elle l'aurait mis au courant…

— Cela ne le dérangera pas que vous ayez voyagé seule ? demanda son compagnon, tout de même un peu surpris.

En apprenant la fuite de sa fille cadette, le duc serait sans doute furieux, mais plus encore contre elle pour ne pas être parvenue à intercepter sa sœur avant qu'elle n'ait quitté la maison. Comparé à cela, le fait qu'elle ait voyagé seule avant d'engager un parfait étranger serait sans importance.

— Je le reconnais, il ne sera guère enchanté. Mais je ne m'enfuis pas avec Gervaise, j'essaye de l'empêcher de s'enfuir… avec quelqu'un d'autre.

Elle préférait taire l'implication de sa sœur le plus longtemps possible. En effet, puisque Hendricks semblait savoir beaucoup de choses sur sa famille, il avait certainement entendu parler de l'impétueuse Mlle Rudney. Il comprendrait alors que cette dernière ne se laisserait pas convaincre facilement, et qu'il lui faudrait sûrement l'arracher à son amant par la force.

— Il s'agit d'un simple aller et retour, mentit-elle avec aplomb. Une fois que nous aurons retrouvé le couple, je m'occuperai du reste. Votre rôle, si vous l'acceptez, sera de me faciliter les choses — payer les notes, vous occuper des bagages et me protéger des hommes comme le gros marchand.

— Et garder le silence, ajouta M. Hendricks avec un sourire complice.

Druscilla lui retourna son sourire.

— Exactement.

— Très bien. Me voilà donc à votre service, dit-il en lui tendant la main.

Elle la serra.

Sa paume était tiède et sèche, et la puissance qu'elle devina derrière cette poigne virile, la fit frissonner.

Lorsqu'il relâcha sa main, elle vit qu'il la regardait bizarrement. Avait-il lui aussi senti quelque chose passer entre eux ? se demanda-t-elle.

A l'idée qu'ils allaient devoir partager cette chambre, Druscilla se sentit envahie par une chaleur suspecte. Les nerfs probablement, se dit-elle pour se rassurer.

Elle attendit que M. Hendricks s'en aille, mais il n'avait pas l'air de vouloir bouger.

Pour lui faire comprendre qu'elle désirait être seule, elle contempla la pièce puis, ostensiblement, la porte.

— Et ce soir, où pensez-vous dormir ? demanda-t-elle.

— Ici, bien sûr.

— Il n'est pas question que vous…

— Rien dans notre accord ne stipule que je doive dormir dans l'étable, l'interrompit-il.

— Tout comme rien n'indique que je doive partager ma chambre avec vous.

— C'était implicite, répliqua-t-il. Si ce n'était pas le cas, vous auriez dû avertir l'aubergiste que nous n'étions pas parents.

— Je ne m'attendais pas à une telle tournure des événements, ni à vous voir montrer tant d'obstination.

— Donc, vous attribuez mon désir de dormir dans un lit à mon obstination et non à mon bon sens.

— J'attends de vous que vous vous comportiez comme un gentilhomme, rétorqua Druscilla. Un gentilhomme qui est aussi mon employé.

— Il est tard, et mon service pour vous ne commence que demain matin. J'aurai alors besoin d'être en pleine possession de mes moyens, si je veux vous être utile. Et, pour cela, je dois avoir suffisamment dormi. Si vous cherchiez un béni-oui-oui, prêt à dormir dans le couloir pour satisfaire votre pudeur, je ne suis pas l'homme de la situation. Dans mon ancienne place, on me traitait avec respect, au même titre qu'un membre de la famille.

— Pourtant, vous avez démissionné, fit-elle remarquer, narquoise.

— Sans doute. Toutefois, j'ai quand même eu le bon sens de quitter Londres, même ivre, avec assez d'argent pour subvenir à mes besoins, assena-t-il avec un sourire. Puisque vous êtes mon employeur, je peux difficilement vous refuser une place dans *ma* chambre.

Il avait raison, bien sûr, dut reconnaître Druscilla avec une pointe d'exaspération.

— Dans ce cas, je vais dormir dans l'étable, proposa-t-elle avec un air de chien battu, espérant ainsi éveiller sa compassion.

— Vous avez aussi la possibilité de dormir ici, par terre, même si ce n'est pas très confortable. Cependant, si vous promettez de me laisser tranquille, vous pouvez occuper la moitié du lit.

— Si je *vous* laisse tranquille ! s'exclama-t-elle, scandalisée.

— Parfaitement. Je n'ai aucun désir de vous importuner cette nuit, et je n'ai nulle intention de raconter cette péripétie, répondit-il avec un calme olympien. Je connais ma propre nature, et me sais tout à fait capable de résister à vos charmes.

— Merci, dit-elle un peu ennuyée de constater la rapidité avec laquelle elle avait cessé d'être irrésistible.

Il la dévisagea, la mine perplexe.

— En revanche, je ne peux préjuger de vos motivations. Lors de notre première rencontre, vous avez été l'agresseur. Qui me dit que vous n'êtes pas le genre de femme qui se jette au cou des voyageurs trop confiants, pour ensuite leur voler leur bourse ou les assassiner dans leur sommeil ? ajouta-t-il.

— Comment osez-vous !

Elle allait se lancer dans une tirade indignée lorsqu'elle remarqua la lueur d'amusement dans son regard.

— Vous m'avez convaincu, conclut-il en souriant. Il faut vraiment avoir le sang très bleu pour se sentir insultée par une simple plaisanterie. Ne vous inquiétez pas, votre honneur est sauf avec moi. Quant au mien…

Il haussa les épaules.

— … je doute que vous sachiez comment me le prendre.

Là-dessus, il entreprit d'ôter ses bottes, puis se débarrassa de son manteau avant de déboutonner son gilet et de défaire sa cravate.

Ses derniers mots résonnaient encore aux oreilles de Druscilla, et elle se demanda quelle attitude adopter.

Devait-elle s'indigner ou l'ignorer ?

M. Hendricks avait raison, aucune jeune fille honnête n'était censée savoir comment se comporter avec un homme dans un lit ; le dire n'avait donc rien d'insultant. Pourtant, elle détestait qu'il lui ait rappelé ainsi son ignorance et qu'il se soit moqué de sa naïveté.

Il était tard, elle était fatiguée, et elle ne voyait pas où aller dormir s'il restait là.

Elle regarda alternativement le lit, puis M. Hendricks, et décida que l'humour était finalement une façon assez habile de reprendre le contrôle de la situation.

— L'aube arrivera bien vite, et je crois pouvoir me contrôler pendant quelques heures, dit-elle.

— Je vais garder ma chemise pour ne pas heurter votre pudeur, mais je vais enlever mes chaussettes pour les faire sécher près du feu. J'espère que la vue des pieds nus d'un homme ne vous fera pas perdre la raison, répondit-il sans la regarder.

— Pourquoi ? Qu'ont-ils de si extraordinaires ? demanda-t-elle soudain curieuse, car elle n'avait jamais vu les pieds nus d'un homme autrement qu'en peinture.

— Rien, que je sache. En tout cas, vous pourrez vous assurer que ce sont bien des pieds et non des sabots.

Lorsque ce fut fait, il s'allongea sur le lit, et Druscilla aperçut les fameux pieds.

Mis à part leur taille — masculine —, ils étaient très ordinaires.

Voyager les pieds au sec devait être assez agréable, songea-t-elle. Elle se leva donc et alla s'asseoir de l'autre côté du lit et, lui tournant le dos, ôta discrètement ses bottines, défit ses jarretières et roula ses bas avant de les enlever avec maintes contorsions.

Toujours assise, elle se retourna pour inspecter le lit, en essayant de ne pas regarder le corps allongé qui lui tournait le dos. S'y étendre était, à n'en pas douter, un grave manquement aux règles élémentaires de la bienséance et de la pudeur, mais elle était épuisée. En outre, elle n'aurait peut-être pas la chance avant longtemps de dormir de nouveau dans un lit — même une moitié de lit.

— Par le passé, il m'est arrivé de partager un lit avec ma sœur, et cela n'a pas affecté mon sommeil, annonça-t-elle par bravade.

Cependant, M. Hendricks occupait beaucoup plus de place que Priscilla. En fait, il lui laissait à peine la moitié du lit, remarqua-t-elle avec inquiétude. Arriverait-elle à s'endormir dans ces conditions ?

Elle se leva pour disposer ses bas près des chaussettes de M. Hendricks, devant la cheminée. Il se retourna pour la regarder, et leurs yeux se croisèrent. Il observa tour à tour ses pieds nus sur le parquet, puis son visage.

— Je ne suis pas votre frère, dit-il avec un étrange sourire.

Elle sentit la peau de ses bras se couvrir de chair de poule et le rouge lui monter aux joues.

Il ôta ses lunettes, les replia et les posa sur le tabouret qui faisait office de table de chevet.

— Nous allons très bien nous débrouiller avec cet arrangement, la rassura-t-il avant de lui tourner de nouveau le dos. Lorsque vous serez prête, soyez assez aimable de souffler la bougie.

Une fois certaine que les yeux de son compagnon de chambrée étaient fermés, Druscilla souleva sa jupe et se débarrassa de ses jupons et de son corset.

Elle se sentait curieusement oppressée ; la panique sans doute. Elle était à peine à une journée de route de chez elle, mais elle n'avait jamais voyagé si loin sans escorte. Dès sa première nuit, elle se retrouvait en terre inconnue, en un lieu où les règles qu'elle connaissait ne semblaient plus s'appliquer. Elle allait partager le lit d'un inconnu, et ils étaient tous deux pieds nus. Bien que sa gouvernante n'ait jamais évoqué avec elle une situation de ce genre, elle aurait prédit le pire si elle avait eu l'occasion de le faire.

A sa place, Priss aurait certainement été bien plus à

l'aise. Sa sœur était en effet si indifférente aux règles qu'elle n'aurait même pas remarqué la scabreux de la situation et le grave manquement aux usages.

Pour Dru, en revanche, la pudeur et la bienséance n'étaient pas de vains mots et elle pria pour que l'homme qu'elle avait engagé soit aussi honnête et fiable qu'il en avait l'air.

Une fois reposé et sobre, il remettrait ses lunettes et la situation redeviendrait normale.

Elle se souvint de la lueur dorée qu'elle avait surprise dans son regard après qu'il avait ôté ses lunettes et juste avant qu'il ne ferme les yeux. Un regard étrange. Profond, insondable.

Il avait les yeux d'un homme qui a beaucoup vu et beaucoup vécu. Et ces yeux l'avaient regardée, elle.

— « Et au-delà de ces terres commence le territoire des dragons », murmura-t-elle en soufflant la bougie.

Druscilla ignorait ce qui l'attendait, et cette phrase utilisée par les cartographes du Moyen Age pour indiquer les limites du monde connu lui paraissait parfaitement adaptée à sa situation.

Inquiète de l'avenir, elle se coucha précautionneusement à côté de son compagnon.

Soudain, de l'autre côté du matelas, une voix endormie s'éleva :

— S'il y a des dragons, je les tuerai demain matin.

Puis le silence retomba.

Chapitre 4

Lorsque Druscilla se réveilla le matin suivant, tout son corps était endolori, et le stress du voyage n'en était pas seul responsable. Elle avait dormi avec les bras serrés sur sa poitrine, craignant que le moindre de ses mouvements ne réveille son voisin de lit.

Or, il avait semblé totalement indifférent à sa présence ; ses ronflements en avaient témoigné toute la nuit. Des ronflements qui l'avaient empêchée de dormir. Bien entendu, l'aurore venue, il était devenu silencieux, mais il faisait maintenant presque jour et il était temps de se lever.

« C'est injuste ! » pensa-t-elle avec le désespoir de l'insomniaque, avant de se retourner d'un mouvcmcnt rageur.

Son compagnon était silencieux parce qu'il était réveillé. A quelques centimètres de son nez, la joue sur l'oreiller, M. Hendricks la regardait.

Comment avait-elle pu lui trouver l'allure d'un ecclésiastique ? De très près, comme maintenant, il avait le regard d'un fauve. Il en avait aussi l'attitude. Il ne bougeait pas un muscle, mais ce n'était pas le calme du dormeur qui s'éveille ; cela s'apparentait davantage à l'immobilité du prédateur sur le point de bondir sur sa proie.

Elle était la proie…

Comme un lapin affolé, elle suspendit sa respiration. Incapable de détourner les yeux, elle resta là, hypnotisée, attendant l'éventuel assaut.

Pourquoi n'avait-elle pas peur ?

Elle avait été si concentrée sur l'idée de sauver la réputation de sa sœur qu'elle avait mis la sienne en danger, en s'aventurant seule sur les routes.

Certes, elle avait fait preuve d'imprudence, mais qui se souciait d'une réputation qu'aucun homme ne semblait vouloir ternir ?

Sauf M. Hendricks, peut-être ? A voir son expression, il étudiait cette possibilité, et il était clair que si elle le lui demandait, il s'exécuterait avec efficacité et discrétion…

Elle rougissait encore de ces pensées inconvenantes lorsqu'il s'assit, bâilla, s'étira et tendit la main vers ses lunettes. Il les mit, et le regard du grand fauve, dont elle craignait tant les assauts quelques secondes plus tôt, se transforma en morne lueur, prisonnière d'une cage de verre épais et incassable.

— Vous avez bien dormi, j'espère ? demanda-t-il.

— Aussi bien que possible, répondit-elle.

— Tant mieux.

Il se leva et alla prendre ses chaussettes et ses bottes qu'il enfila, puis il se tourna vers elle.

— Je vais vous laisser vous habiller et je reviens dans…

Il regarda sa montre.

— … quinze minutes, environ. Cela vous suffira-t-il ?

— C'est parfait. Je descendrai prendre mon petit déjeuner, comme cela vous saurez que la chambre est libre.

Il acquiesça puis s'en alla.

Druscilla éprouva un sentiment étrange… une sensation de perte.

« Ridicule ! » se dit-elle. Elle venait de rencontrer cet homme et aurait dû être soulagée de l'intimité qu'il lui laissait pour faire sa toilette.

D'ailleurs, il fallait se dépêcher. Il avait dit quinze minutes et devait déjà être en train de regarder les secondes s'égrener sur une montre, sans doute parfaitement à l'heure.

Tant mieux ! Pour atteindre son but, elle avait besoin d'un homme soucieux des horaires et attentif à les respecter.

Bref, elle devait se réjouir, car elle disposait exactement du compagnon dont elle avait besoin. Pourtant, en tendant la main vers son nécessaire de toilette, elle se surprit à soupirer.

Pourquoi n'aurait-elle pas droit elle aussi à un peu de romance ? Pourquoi l'homme qui l'accompagnait ne pouvait-il pas être un grand fauve, un séducteur viril, follement attiré par elle ?

Tout simplement parce qu'elle était lady Druscilla Rudney, vieille fille, parangon de bon sens et de vertu, et que le grand fauve était en fait John Hendricks, homme à tout faire, efficace et ponctuel.

Moins d'une heure plus tard, ils étaient assis côte à côte dans la malle-poste, en route vers le nord.

L'homme qui l'avait importunée la veille était également là et l'observait avec attention. M. Hendricks n'était pas épargné par la curiosité du gros marchand. Il scrutait son visage comme pour trouver quelque ressemblance entre eux ou pour y voir les signes d'une nuit passée à faire plus que dormir.

M. Hendricks remarqua ses regards insistants et le fusilla du regard.

— J'imagine que *vous* avez bien dormi, monsieur ?

Druscilla sourit en voyant l'homme rougir, un peu gêné.

— Je crains que cette journée s'avère aussi pénible que la précédente, reprit M. Hendricks en s'adressant cette fois-ci à elle. Le cocher était présent lorsque j'ai pris mon petit déjeuner. D'après lui, l'état des routes empire en allant vers le nord, et il est même possible qu'elles deviennent impraticables.

— Je préfère ne pas provoquer la catastrophe en l'évoquant, répondit Druscilla, inquiète.

Surpris par cet accès de superstition, M. Hendricks haussa les épaules.

— Il faut se préparer à cette éventualité et envisager des alternatives au cas où le pire devrait se produire et la malle-poste nous faire défaut. Maintenant, chère sœur, si tu veux bien m'excuser, je voudrais dormir un peu, ajouta-t-il en jetant au marchand un regard lourd de menace.

L'homme y répondit avec une égale animosité.

— Si tu as besoin de quoi que ce soit, ma chère, n'hésite pas à me réveiller, conclut-il.

Derrière le ton plein de douceur, la mise en garde implicite était claire : il ne tolérerait pas un comportement comme celui de la veille. Si le marchand osait ne serait-ce que regarder dans la direction de Druscilla, il le paierait cher.

Après un dernier coup d'œil au marchand, il rabattit son chapeau sur son visage et ferma les yeux.

Druscilla tira son livre de son sac en essayant de cacher le frisson d'excitation qu'elle éprouvait à être protégée si férocement. Lorsque Priss était quelque part, elle-même n'avait jamais droit à ce genre d'attentions. Les hommes qui entouraient sans cesse sa sœur seraient certes venus à son secours, mais seulement en cas d'extrême nécessité ou pour s'attirer les faveurs de Priscilla, objet de tous leurs égards.

Bien entendu, dans le cas présent, M. Hendricks agissait ainsi car elle le payait… et elle en avait pour son argent, comme elle put le constater au fil des heures.

En effet, à chaque changement de chevaux, avec une aisance pleine de grâce, il bondissait de la diligence sans même attendre l'arrêt complet de la voiture. Le mouvement était sûr, le déplacement fluide — M. Gervaise, le maître de ballet, n'était pas aussi gracieux sur un parquet de danse. Quant à sa courte chevelure blonde où se reflétaient les rares rayons de soleil, elle n'avait rien à envier au charme ténébreux de M. Gervaise.

— Les voyageurs doivent rester en voiture ! lui hurlait systématiquement le cocher.

Mais M. Hendricks l'ignorait et se hâtait d'aller voir l'aubergiste. Druscilla l'observait depuis la voiture pendant qu'il demandait à ce dernier s'il avait vu un homme brun, grand et élégant, voyageant avec une petite femme blonde dans un carrosse avec un blason sur la portière. Il écoutait la réponse, donnait à l'homme une pièce pour le dérangement, et était de retour dans la diligence avant que les chevaux n'aient été complètement attelés.

Il se montrait organisé, efficace, ne laissant rien au hasard et extrêmement attentif à son confort. Il ajustait les rideaux pour qu'elle soit bien protégée du soleil tout en ayant suffisamment de lumière pour lire, lui apportait de la nourriture et des rafraîchissements sans qu'elle ait besoin de le demander.

Heureusement, elle n'était pas femme à s'émouvoir facilement, sans quoi elle aurait pu s'imaginer que toutes ces attentions cachaient un dévouement allant au-delà du simple devoir d'un employé envers son employeur.

Un cahot particulièrement violent la projeta vers lui. Sans ouvrir les yeux, M. Hendricks tendit une main secourable pour l'aider à se stabiliser.

Druscilla essaya de rester indifférente à ce soudain contact, mais sentir la main de cet homme posée sur son bras était étonnamment troublant.

Cet émoi était ridicule et elle s'en voulut de l'éprouver. Si elle s'était montrée un peu sociable, si elle avait un peu plus souvent fréquenté le monde, elle n'en serait pas réduite à s'émouvoir parce qu'un homme se contentait de l'aider.

Certes, il n'était pas très convenable pour un gentilhomme de toucher une femme sans sa permission, mais M. Hendricks pouvait difficilement la laisser tomber de son siège !

Pourtant, elle ne put s'empêcher de donner à ce geste un sens qu'il n'avait sans doute pas.

« Il agit ainsi parce qu'il est à ton service, lui dit une voix intérieure, aussi froide et rationnelle que celle de son père. Il est dans son intérêt de te protéger s'il veut s'attirer les faveurs du duc de Benbridge. »

A bien y réfléchir, le geste de Hendricks était innocent, mais très familier. Il semblait partager avec son employeur une intimité qui n'existait pas entre eux, mais qu'il considérait visiblement comme allant de soi. Personne ne se comportait ainsi avec elle, pas même les membres de sa famille.

Elle eut l'envie soudaine de lui prendre la main en signe d'amitié, mais elle serra plus fortement son livre pour résister à ce désir de le toucher.

Les craintes de M. Hendricks sur les difficultés qui les attendaient en route se confirmaient, hélas !

Leur progression se faisait de plus en plus lente. Une fois de plus, il regarda sa montre puis la feuille des horaires et poussa un soupir exprimant sa contrariété.

— Les pluies ont abîmé la route, et je doute que nous puissions aller beaucoup plus loin, dit-il.

— J'espère que vous vous trompez, répondit Druscilla.

— J'ai peur que l'avenir me donne raison mais, dans ce cas, nous trouverons une solution.

— Je vous sais un homme efficace, monsieur Hendricks, et vous avez toute ma confiance.

Il lui sourit et, avant qu'il ne détourne la tête, elle lut dans son regard quelque chose qu'elle eut du mal à identifier.

De la tendresse, peut-être.

Une demi-heure après, comme l'avait prédit son compagnon, ils durent s'arrêter, car les roues de l'attelage patinaient dans des ornières. Le cocher demanda à tous les passagers de descendre et aux hommes de l'aider à pousser.

Pendant que M. Hendricks enlevait son manteau et retroussait ses manches, Druscilla jeta un regard inquiet à la flaque de boue qui se trouvait devant la portière et s'apprêta à descendre.

— Permettez-moi, dit-il en passant devant elle.

Il sauta légèrement au milieu de la boue et, se retournant, tendit les bras vers elle.

— Non, vous ne pouvez pas me porter ! se récria-t-elle avec un mouvement de recul.

— Et pourquoi pas ?

— Je suis bien trop lourde pour vous.

— Non, je ne crois pas. Je vous en prie, dépêchez-vous, sinon je vais avoir les pieds trempés !

Avec précaution, elle se pencha vers lui puis se laissa maladroitement tomber dans ses bras.

Sans effort apparent, il l'emporta vers le côté de la route qui se trouvait au sec.

Druscilla sentit la chaleur de son corps et, sans qu'elle puisse retenir cette pensée, elle regretta de ne pas s'être davantage collée à lui pendant la nuit.

Sentir cet homme l'enlacer était délicieux, et elle osa nouer ses bras autour de son cou, prétendant le faire par nécessité et non mue par l'envie de le toucher.

Leur but fut atteint bien trop tôt à son goût, et M. Hendricks la posa par terre.

— Attends-moi ici, sœurette, dit-il.

L'avait-il appelée ainsi pour lui rappeler que cette familiarité et cette intimité faisaient partie d'un rôle ?

Quelques minutes plus tard, alors qu'elle le regardait, arc-bouté, poussant de toutes ses forces la malle-poste, ses pensées n'avaient rien de fraternel. Ses larges épaules tendaient le tissu de sa chemise ; elle voyait les muscles de ses bras et de ses jambes contractés par l'effort, ses hanches et ses cuisses parfaitement moulées par son pantalon boueux.

Elle se sentit toute drôle… comme lorsqu'elle avait surpris son regard fixé sur elle, et se toucha le front. Aurait-elle pris froid ? Avait-elle de la fièvre ?

A quoi bon se mentir ? Il était de plus en plus difficile de prétendre que ce qu'elle éprouvait en présence de M. Hendricks était dû à la température ou à une quelconque mauvaise digestion.

C'était évident, elle était troublée. Troublée par la moindre de ses attentions, par chacun de ses regards, par chaque contact.

La folie de sa sœur serait-elle contagieuse ? se demanda-t-elle. D'ordinaire, elle était bien trop raisonnable pour regarder les hommes avec des pensées aussi peu… convenables. Pour l'amour de Dieu ! Il était son employé, son inférieur ! Elle ne pouvait… ne *devait* en aucun cas le considérer comme un prétendant ou un soupirant. Pas même un ami.

Elle eut honte de se comporter comme Priscilla avec son maître de ballet.

A une chose près, et non des moindres : M. Hendricks n'avait manifestement aucune intention de la séduire. La veille, sous l'effet de l'alcool, il avait avoué avoir le cœur brisé. Il souhaitait donc fuir le monde, et surtout la compagnie des femmes. S'il se doutait de ce qui lui occupait l'esprit, il la quitterait à la première occasion, la laissant affronter seule la situation calamiteuse dans laquelle elle s'était mise.

Comme pour la punir de ces pensées honteuses, les chevaux firent un écart et la calèche s'enfonça davantage dans la boue. Puis, avec un affreux craquement, une des roues se brisa.

Instinctivement, Druscilla se couvrit les yeux, comme pour ne pas voir la destruction de leur moyen de transport et son attirance pour M. Hendricks. Elle était perdue, tout comme la pauvre Priscilla !

Elle s'en voulait terriblement à ce propos. Pourquoi n'avait-elle pas été plus vigilante ? Elle aurait dû se montrer plus stricte... ou peut-être moins... Si elle avait su donner l'exemple, ou prêter une oreille plus bienveillante aux récriminations de sa sœur, Priscilla ne se serait peut-être pas enfuie et elle-même ne serait pas là, à côté d'une diligence cassée, fascinée par les épaules d'un homme, la tête pleine de sottises.

La voix de M. Hendricks l'arracha à ses pensées.

— Eh bien, voilà qui est réglé !

— C'est fini, murmura-t-elle.

Il avait raison ; elle ne pouvait pas aller à pied jusqu'en Ecosse et, le temps qu'ils trouvent une autre diligence, il serait trop tard. Mieux valait se faire à l'idée d'avoir M. Gervaise comme beau-frère. Elle serait condamnée à rester cloîtrée, car son père ne la laisserait plus jamais sortir, de crainte qu'elle ne devienne, comme sa sœur, une source d'humiliation.

— Heureusement, vous m'avez ! répondit M. Hendricks avec un petit rire. Nous devons certes renoncer à la diligence, mais notre voyage est loin, très loin, d'être terminé.

Druscilla lui jeta un regard interrogateur.

— Si vous voulez toujours continuer, bien sûr, ajouta-t-il.

— Continuer ? Mais bien entendu ! Peuvent-ils mettre une chaise de poste à notre disposition ? demanda-t-elle en regardant vers les cochers.

— Oui, pour deux passagers, mais pas pour trois.

— Nous ne sommes que deux, fit remarquer Druscilla.

D'un mouvement de la tête, M. Hendricks indiqua leur compagnon de voyage, appuyé contre la roue brisée.

— Après la façon dont nous l'avons traité, il est peu probable qu'il accepte de rester sur place pour nous faire plaisir et, sans son accord, nous n'obtiendrons pas que la compagnie des diligences remplace notre calèche par une chaise de poste. Et ne croyez pas que vous pouvez changer de partenaire comme au bal et partir avec lui au lieu de moi. Dieu sait d'ailleurs ce qui arriverait si vous voyagiez seule en sa compagnie.

Druscilla faillit lui répondre sèchement qu'elle lui interdisait de s'adresser à elle sur ce ton. Au lieu de cela, elle dit :

— Je ne vais pas au bal et, si j'y allais, je ne vous abandonnerais certainement pas au milieu d'une danse.

Elle regretta aussitôt ses mots. Il lui semblait de loin préférable de passer pour une ingrate que pour une vieille fille habituée à faire tapisserie et trop occupée à surveiller la conduite de sa sœur pour profiter de la saison mondaine.

M. Hendricks la regardait d'ailleurs très bizarrement.

— Allez donc parler au cocher pour voir ce qu'il est possible de faire, ordonna-t-elle avec toute la hauteur aristocratique dont elle était capable. Je voudrais être en Ecosse avant demain ; il n'y a pas une minute à perdre.

Il était inutile de rappeler ses devoirs à M. Hendricks, elle le savait, et elle détestait ceux qui croyaient résoudre leurs problèmes en se défoulant sur leurs employés. A sa grande honte, c'était cependant le seul moyen qu'elle avait trouvé pour l'éloigner et éviter ainsi de lire la pitié sur son visage.

Il revint assez rapidement et s'adressa à elle comme si rien ne s'était passé entre eux.

— D'après le cocher, ses collègues qu'il a croisés décrivent un état des chemins semblable à celui-ci, voire pire. Bref, impossible de voyager en diligence ou en calèche. En revanche, avec deux chevaux, en coupant à travers la lande et en restant à l'écart des routes inondées, nous aurons plus de chances. Je vais soudoyer le cocher pour qu'il nous laisse les montures.

— Vous voulez continuer à cheval ? demanda-t-elle assez bêtement, énonçant l'évidence.

Il lui répondit en hochant la tête. Il la trouvait peut-être un peu idiote, mais avait la gentillesse de n'en rien laisser paraître.

— Nous nous dirigerons vers le nord en espérant que les routes seront dans un meilleur état lorsque nous atteindrons le Lancashire.

Puis, se souvenant, qu'il était à son service, il ajouta :

— Cela vous convient-il, Madame ?

Druscilla se demanda soudain comment elle se serait

sortie de cette situation si le hasard, ou la providence, ne l'avait pas mise en présence de cet homme.

— Cher monsieur Hendricks, j'ai décidément beaucoup de chance de vous avoir rencontré.

— Vous êtes trop aimable, lady Druscilla.

Chapitre 5

« Trop aimable, lady Druscilla. Comme il vous plaira, lady Druscilla… »

Tandis qu'il se dirigeait vers la diligence pour dételer les chevaux, une voix intérieure continuait à se moquer de lui.

Le but de ce voyage n'était-il pas de sortir du joug affectif qu'exerçaient sur lui les femmes belles et inaccessibles ? Il s'était enfin éloigné d'Emily, et maintenant ceci ?

La veille, lorsqu'il avait compris que l'auberge était pleine, il aurait dû proposer de partager la chambre du commerçant plutôt que de continuer cette farce.

Mais non seulement il était ivre et d'humeur belliqueuse, mais l'homme l'exaspérait encore plus que la femme.

Certes, il avait eu la chance de rencontrer lady Druscilla Rudney et avait su se rendre indispensable. Le duc de Benbridge appartenait à la très haute aristocratie, et une lettre de remerciement de sa part serait une belle référence de plus. Cependant, adieu les remerciements s'il était surpris dans une situation compromettante avec la charmante fille du duc !

Quelques minutes après qu'il venait d'accepter son offre d'emploi, la jeune duchesse avait enlevé ses bas. La cheville alors entraperçue lui avait fait immédiatement regretter sa décision.

Ensuite, sitôt endormi, il s'était mis à rêver d'elle et s'était réveillé, le matin, vibrant d'un désir qui l'avait chassé de la chambre pour que sa compagne ne le remarque pas.

Il avait réussi à l'éviter au petit déjeuner et s'était abreuvé de café noir pour contrecarrer les effets du whisky, après quoi il s'était occupé des préparatifs de leur départ.

Dans la diligence, il avait pris place à côté d'elle pour lui éviter la compagnie du gros marchand. Les cahots la jetaient contre lui, et cela aurait été plutôt plaisant s'il n'avait été tenu de jouer son rôle de grand frère. Pour atténuer les effets de ces contacts répétés, il avait fermé les yeux et s'était abandonné à la vague migraine qui le tenaillait encore.

Il était pour le moins dépité. Son serment de renoncer aux femmes et de vivre dans la solitude avait duré aussi peu de temps que son ébriété. Le sort s'était tout de même acharné contre lui, songea-t-il en soupirant. Il n'était pas le seul à la désirer comme un fou — l'attitude de l'autre goujat en témoignait —, mais il avait fallu que la malchance le contraigne à partager le lit de la belle.

Lady Druscilla était une femme diablement séduisante, et qui semblait totalement inconsciente de l'effet qu'elle produisait sur les hommes. Les sentiments qu'il éprouvait à son égard n'étaient donc pas une preuve de son inconstance, mais la réaction naturelle d'un homme face à une femme désirable.

« Au moins, elle n'est pas mariée. » C'était la première pensée qui lui était venue lorsqu'elle avait mentionné le « contrat » passé avec le gentilhomme qu'ils poursuivaient.

Mais peu importait. Même si elle était libre, elle demeurait la fille d'un duc, et lui, un bâtard.

Elle avait cependant ajouté que ce Gervaise était un homme du commun, et non un duc et pair. Pour plaire à la dame, il semblait donc inutile d'être titré. Et puis John se savait meilleur que ce Gervaise au moins sur un point. Bien que de naissance médiocre, il n'était pas homme à faire des promesses à une dame et à s'enfuir avec une autre.

Pour un peu, lorsqu'il lui mettrait la main dessus, il rosserait bien ce malotru pour avoir infligé à lady Druscilla une telle humiliation. Certes, c'était une femme au caractère difficile, mais elle méritait mieux. L'idée de faire tant d'efforts pour l'aider à se jeter dans les bras de ce lamentable individu lui laissait un goût amer. Cela ressemblait bien trop au rôle qu'il avait joué en réconciliant la comtesse Emily de Folbroke avec son volage et capricieux mari.

Il avait beau se répéter que sa naissance ne traduisait en rien ses qualités en tant qu'homme, la société ne cessait de lui rappeler le contraire, et à la moindre occasion.

Si lady Druscilla était capable de traverser le pays sans un sou vaillant, dans l'espoir de récupérer un homme aussi inconstant que le dénommé Gervaise, il y avait peu de chances qu'elle y renonce pour s'intéresser à un roturier rencontré dans une diligence et assez sot pour s'enticher d'elle.

Pourtant, lorsqu'il s'était lancé dans ce voyage, il n'avait pas imaginé un seul instant tomber amoureux d'une voyageuse. Initialement, il avait envisagé de rendre visite à une accorte veuve qui vivait près du domaine de Folbroke.

Leur dernière rencontre datait de bien longtemps, mais il se souvenait parfaitement qu'il avait beaucoup plu à la jeune femme et que, à l'époque, elle avait répondu avec beaucoup de sympathie à ses discrètes avances.

L'affaire était urgente, car la longue période de célibat qu'il vivait commençait à lui peser. Le fait d'être le constant témoin des aventures galantes de son employeur, qui passait des bras d'une femme au lit d'une autre, avait réveillé en lui l'envie de satisfaire des pulsions naturelles qu'il avait trop longtemps négligées.

Puis, justement parce que leur rencontre datait de pas mal de temps déjà, il s'était dit qu'il était fort possible que la jolie veuve ait remplacé son défunt mari, ce qui lui vaudrait une nouvelle rebuffade, risque qu'il avait préféré éviter en optant pour l'Ecosse.

Lorsque la diligence s'était enlisée dans la boue, il avait vu l'occasion de dépenser son trop-plein d'énergie et de calmer ses démons intérieurs en s'adonnant à un effort physique. Prendre son employeuse dans ses bras pour la déposer plus loin, n'avait fait, hélas ! qu'aggraver les choses.

Sa robe simple mettait en valeur ses courbes, et elle s'était agrippée à son cou avec un enthousiasme suspect. Il aurait presque juré qu'elle appréciait d'être ainsi portée, aussi légère qu'une plume. Il s'était empressé de la reposer sur un sol plus sec avant qu'elle ne prenne conscience de l'inconvenance de la situation. Une inconvenance qu'elle lui aurait sans doute vertement reprochée, en mettant l'accent sur leur différence de statut social avec une hauteur qu'il devinait feinte, maintenant qu'il la connaissait.

Oui, étrangement, il avait l'impression de la connaître. Les regards qu'elle lui jetait parfois, la familiarité de leurs conversations lorsqu'ils étaient en tête à tête... se trompait-il en pensant qu'il se passait quelque chose entre eux ?

Il ne pouvait s'empêcher de repenser à la façon presque... passionnée dont elle s'était accrochée à son cou. Et puis, ce ton véhément pour expliquer qu'elle n'était pas le genre de femme à abandonner un homme — lui en l'occurrence — en plein milieu d'une danse...

« Arrête de rêver ! » se dit-il.

S'il avait de la chance, il rencontrerait peut-être au bout de son voyage une gentille veuve écossaise sensible à ses malheurs, et dans les bras de laquelle il pourrait retrouver un peu de sérénité.

C'est donc avec un air de parfaite déférence qu'il ramena deux chevaux vers lady Druscilla.

L'écart entre leurs conditions définissait très clairement leurs relations : une courtoisie respectueuse de sa part et une parfaite indifférence de la part de la duchesse.

Elle jeta un regard dubitatif aux chevaux qui ne ressemblaient sans doute pas aux pur-sang auxquels elle était habituée.

— Vous savez monter, n'est-ce pas ? demanda-t-il.

— Oui, répondit-elle. Mais je n'ai pas emporté de tenue adaptée.

— De toute façon, même si vous aviez une tenue d'équitation, il n'y a aucun endroit où se changer.

Il lui adressa un sourire qui se voulait rassurant.

— De plus, les bagages vont devoir être réduits à

l'essentiel, ajouta-t-il. Vous devrez vous contenter d'un seul sac. La malle-poste acheminera le reste de vos bagages, et vous les retrouverez en arrivant à destination.

— Cela tombe bien, je n'ai qu'un seul sac, répondit-elle sèchement. Je suis partie de façon précipitée, et je ne suis pas sotte au point d'avoir perdu un temps précieux à empaqueter des robes.

— Bien sûr, Milady, s'excusa-t-il, gêné de lui avoir parlé comme si elle n'était qu'une écervelée.

Elle lui fit signe de s'approcher et, l'air inquiet, murmura :

— Il y a un problème, monsieur Hendricks. La selle n'est pas… convenable.

— Parce qu'elle ne vous permet pas de monter en amazone ? Malheureusement, Milady, les chevaux de poste ne sont pas sellés pour les dames. Cependant, ils ont l'habitude d'être montés par le postillon et ne risquent pas de vous jeter à bas. C'est tout ce que je peux vous promettre.

Un animal aussi imposant que celui qu'il lui présentait aurait fait peur à plus d'une femme, mais lady Druscilla fixa la monture en relevant le menton… avant de jeter un regard consterné à la selle.

— Mais comment dois-je m'y prendre ? demanda-t-elle.

L'espace d'un instant, John entraperçut la petite fille apeurée derrière le masque de la femme de tête.

Eh oui, ce voyage n'était pas aussi facile que cette aristocrate gâtée et protégée l'avait imaginé !

Il se retint de rire. Ainsi, cette jeune femme bien élevée préférait risquer de se briser le cou plutôt que d'écarter les jambes pour monter de façon plus sûre ?

— Vous devez choisir : préserver votre pudeur dans

un lieu où vous ne rencontrerez personne de votre connaissance ou avancer plus vite…

Il pria pour qu'elle choisisse l'option la plus rationnelle, mais il savait qu'elle n'en ferait rien.

— Il est hors de question de monter comme un homme ! annonça-t-elle avec fermeté. Mais je dois absolument poursuivre ma route vers le nord.

— Alors, vous pouvez essayer de vous accrocher de votre mieux ou vous avez la possibilité de monter avec moi. L'autre cheval portera les bagages.

Bien entendu, cette dernière solution était plus pratique que d'avancer au pas, et elle ne risquerait pas de glisser à bas de sa monture, mais cela impliquait qu'elle serait collée à lui pendant tout le voyage.

Une proximité dont la perspective le mettait d'ailleurs dans un embarras que son innocence ne pouvait pas visualiser, songea-t-il, et encore moins imaginer.

Elle lui jeta un regard glacial.

— J'imagine que partager une monture est inévitable, dit-elle.

L'expression fermée qu'elle arborait laissait augurer d'un voyage aussi peu plaisant pour elle qu'il le serait pour lui.

Pourtant… il crut voir une veine battre dans son cou et le rouge lui monter aux joues.

Non, il avait rêvé. Il maudit son imagination déplacée et enfourcha le cheval le plus robuste avant de tendre la main à son employeuse.

— Faisons quelques kilomètres, et voyons comment cela se passe, dit-il pour la rassurer. N'ayez crainte, je suis un excellent cavalier.

— J'ai confiance en vous, monsieur Hendricks. Je sais que vous ne me lâcherez pas.

Si son ton avait été moins acide, cette dernière remarque aurait presque pu passer pour un compliment.

Lady Druscilla s'installa donc devant lui. Sa posture était bonne, et le bras qui lui enserrait la taille était ferme.

Très vite, John commença à regretter qu'elle ait choisi de partager sa monture. Monter avec elle était très agréable. Trop agréable. Elle occupait si parfaitement l'espace de ses bras, sa hanche si bien emboîtée entre ses cuisses, qu'elle semblait toujours avoir été là.

Lorsqu'il éperonna le cheval, de fines mèches de ses cheveux noirs s'échappèrent de son bonnet et vinrent lui caresser les joues, un délicieux chatouillement qui apportait avec lui d'enivrants effluves de parfum. Il n'avait qu'une envie, enfouir le visage dans son cou.

Il se retint pour ne pas lui arracher son bonnet afin que sa chevelure ondule avec le vent.

Il aurait aimé pouvoir converser avec elle, ne serait-ce que pour faire passer le temps et se distraire de la grisante odeur de ses cheveux.

— Qui êtes-vous ? demanda-t-elle tout à coup.

Elle avait lancé ces mots sans préambule avant de s'arrêter, sans doute embarrassée par sa propre audace. John était ravi de pouvoir enfin penser à autre chose qu'à ce corps collé au sien.

— Comme je vous l'ai dit, je m'appelle John Hendricks et j'ai été le secrétaire particulier du comte de Folbroke.

Il la sentit se détendre. S'attendait-elle à se faire

rabrouer ? Il s'interrogea soudain sur le genre de relations qu'elle entretenait avec son entourage.

— Mais je ne pense pas que ce soit l'objet de votre question, ajouta-t-il pour l'encourager. N'ayez crainte, posez vos questions, et je vous répondrai avec plaisir.

— Comment êtes-vous devenu celui que vous êtes aujourd'hui ? Qui sont vos parents ? D'où venez-vous ?

De nouveau elle s'était raidie, comme elle redoutait qu'il se moque d'elle. Il faillit lui toucher l'épaule, lui adresser un simple geste de réconfort pour lui signifier qu'elle était en compagnie d'un ami et qu'elle pouvait parler librement. Il s'en abstint cependant. Malgré l'envie qu'il avait lui aussi de lui poser des questions, il devait se rappeler sa place. Leur différence de statut social interdisait toute familiarité… de sa part, en tout cas.

Il lui fit donc une réponse prudente, fournissant l'information demandée et rien de plus.

— Je suis né à Londres, mais j'y ai vécu très peu de temps. Ma mère est morte lorsque j'étais très jeune. Mis à part sa beauté, je ne peux rien vous dire d'elle. Mais tous les enfants disent cela de leur mère, n'est-ce pas ?

— Vous avez raison, monsieur Hendricks, répondit-elle avec chaleur. Je dirais à peu près la même chose de ma défunte mère. Elle était belle et joyeuse.

— La mienne était triste…

Il s'interrompit, surpris que les questions de lady Druscilla aient réveillé le souvenir d'un deuil qui remontait à si loin.

— A sa mort, on m'a envoyé en pension. A Eton, puis à Cambridge. Mes frais de scolarité n'ont jamais semblé poser problème et, peu de temps après le décès du duc de Summersly, j'ai reçu une somme confortable.

Je crois que cela répond à la question de l'identité de mon père.

— Vous êtes le bâtard d'un duc.

John fut surpris par ce manque total de tact de la part d'une jeune femme aussi bien élevée. Elle dut se rendre compte de sa maladresse, car il entendit presque sa bouche se refermer brusquement.

— D'un duc ou d'un membre de sa famille, précisa-t-il. Il ne m'a jamais reconnu de son vivant, mais je pourrais difficilement me plaindre de la façon dont j'ai été traité. Je n'en avais d'ailleurs pas le droit, ajouta-t-il. J'étais fait pour les études, et j'ai été heureux à Eton, ainsi qu'à Cambridge. Je ne peux pas en dire autant de mes camarades et, je l'avoue, j'ai pris un malin plaisir à les surpasser dès que j'en avais l'occasion. En classe, en sport… Je voulais leur prouver…

Soudain, il se rappela à qui il s'adressait et se tut.

— … que la naissance ne garantit pas toujours le talent, conclut-elle à sa place.

Visiblement, l'idée n'avait pas l'air de la gêner. C'était assez naturel, après tout, se dit John. Il ne représentait pas une menace. Lady Druscilla était l'incarnation de la grande aristocratie ; rien de ce qu'il pouvait dire ou faire n'affecterait son rang dans le monde.

— Et lorsque vous avez terminé vos études ? s'enquit-elle, pleine de curiosité.

— J'ai utilisé mon « héritage » pour acheter une charge d'officier, et je dois dire que je me suis bien débrouillé. J'ai été l'aide de camp du comte de Folbroke. Nous étions compagnons d'armes, mais aussi amis. Et lorsqu'il est rentré chez lui, je l'ai suivi et j'ai pris un emploi dans sa maisonnée.

— Vous auriez pu être des égaux…

— J'aurais même pu être son supérieur, coupa-t-il, si j'étais né du bon côté.

Il attendit la froide rebuffade et le silence hautain qui suivraient. Certes, les circonstances étaient particulières, mais la fille d'un duc ne pouvait tolérer cette familiarité doublée d'orgueil de la part d'un bâtard.

A sa grande surprise, elle ne s'offusqua pas le moins du monde et poursuivit leur conversation sur le même ton de camaraderie.

— Moi aussi, j'ai beaucoup aimé l'école, dit-elle. Les livres ont toujours été pour moi une source de réconfort.

Pourquoi avait-elle besoin de réconfort ? se demanda John. Décidément, elle l'intriguait.

— Malheureusement, le but de ces écoles est surtout de préparer les jeunes ladies à devenir de bonnes épouses et de bonnes mères. J'ai donc été élevée pour m'occuper de la maisonnée de mon futur mari.

En d'autres termes, une servante de grand luxe, conclut John *in petto*. Ils avaient peut-être plus en commun qu'il ne le pensait.

— Lorsque mère est morte, nous avons décidé que je quitterais l'école pour m'occuper de la maison de mon père, poursuivit-elle avec un soupir.

C'était une décision qu'avait prise seul son père, John l'aurait juré.

— Vous occuper de la maison de votre père consiste en quoi, exactement ? Si vous me permettez cette question, ajouta-t-il respectueusement.

— Eh bien, par exemple, une fois notre période de deuil terminée, ma jeune sœur Priscilla devait faire son entrée dans le monde. Il a été décidé que je la chaperonnerais jusqu'à ce qu'elle trouve un époux. Après tout, dans une famille, le rôle des plus forts est de protéger les plus faibles.

— Et vous êtes la plus forte…

— C'est exact, répliqua-t-elle sèchement, comme si elle avait perçu un reproche implicite dans sa remarque. J'ai en effet une constitution et un caractère plus forts. Je suis également l'aînée, et donc la plus raisonnable. En l'absence de notre mère, c'était à moi de conseiller et de protéger ma sœur.

L'espace d'un instant, il crut voir sur son visage une petite crispation. Avait-elle accepté son rôle de chaperon aussi facilement qu'elle le prétendait ? Il en doutait.

Son père l'avait rappelée à lui et, en fille obéissante, elle avait fait ce qu'on lui demandait. Sans doute avait-elle mis de côté ses propres rêves pour le bien de sa sœur. John en était certain : dans cette histoire, le décès de la mère n'avait pas fait qu'une seule victime.

Comme si elle avait lu dans ses pensées, elle ajouta :

— Priscilla est la plus jolie. Elle se fait énormément courtiser et court donc bien plus de risques de se compromettre.

— Plus jolie que vous ?

Le compliment implicite fit rosir lady Druscilla, la rendant encore plus charmante. John sentit son cœur faire un bond dans sa poitrine.

— Evidemment ! Elle est d'une taille convenable, elle a une silhouette délicate ; elle est blonde, avec une peau laiteuse.

C'était donc cela ! Voilà la raison pour laquelle elle poursuivait jusqu'en Ecosse un homme qui visiblement ne voulait plus d'elle. Elle devait croire que ce M. Gervaise était sa seule chance de se faire épouser, elle qui se croyait dénuée d'intérêt.

Découvrir qu'une femme aussi intelligente et ayant l'air si sûre d'elle pouvait douter ainsi de son apparence était presque douloureux. Serait-il inconvenant de sa part de la rassurer sur ce point ? De toute évidence, personne ne s'était donné la peine de le faire.

— Mais votre taille est parfaite. Vous la portez bien, assura-t-il. Quant à votre silhouette, elle est adaptée à votre taille. Et, croyez-moi, une ossature délicate trahit aussi une propension à la maladie. Le fait que vous ne soyez pas frêle est loin d'être un défaut.

Elle le regarda avec des yeux ronds, comme si elle ne comprenait pas ses propos. De rose elle était devenue écarlate, et John la trouva encore plus adorable.

Il s'enhardit.

— Votre teint n'est peut-être pas celui de votre sœur, mais il est ravissant. Je suis certain que, mises côte à côte, la beauté de votre sœur et la vôtre se répondent parfaitement.

Après l'avoir observée un instant, il poursuivit :

— Ce n'est que mon opinion, bien sûr. Sachez cependant que mes goûts en matière de beauté féminine n'ont rien d'inhabituel. Certains hommes préfèrent la blondeur, et d'autres, en nombre égal, apprécient davantage les cheveux noirs, les grands yeux sombres et…

Il s'interrompit, car il en avait déjà trop dit et, pour se donner une contenance, consulta sa montre.

Depuis qu'ils avaient la possibilité de quitter la route dès qu'un obstacle se présentait, ils avançaient à un bon rythme.

— Accrochez-vous, dit-il à lady Druscilla en entraînant les chevaux sur un surplomb, afin d'éviter un trou rempli d'eau.

Pour assurer son équilibre sur la selle, il lui entoura la taille d'un bras protecteur et il lui sembla naturel de l'y laisser une fois l'obstacle franchi.

« Quel dommage qu'elle n'ait pas conscience de sa beauté ! » songea-t-il. Certes, elle était grande pour une femme, mais si féminine par ailleurs. Il resserra légèrement son étreinte.

Comme si cela allait de soi, elle se lova contre lui, détendue. Elle semblait vouloir chercher du réconfort dans sa force.

Si c'était ce dont elle avait besoin, eh bien, il serait sa force, décida-t-il. Durant les années au cours desquelles il avait travaillé pour Folbroke et adoré sa femme, cette dernière ne lui avait jamais posé la moindre question sur son passé. Ils avaient été amis, bien sûr, mais pas des amis proches.

En comparaison, il avait fallu à peine une journée à lady Druscilla pour lui faire avouer le secret de sa naissance et nouer des liens entre eux.

Chez elle, il percevait une solitude et une tristesse surprenantes. Il le remarquait dans son regard parfois méfiant, dans la façon dont elle prétendait ne devoir compter que sur elle-même, et aussi à la manière dont elle s'abandonnait contre lui… Fragile.

A cause de cette fragilité, il avait conscience de représenter un danger pour elle. Certes, sa raison lui dictait peut-être de la réconforter, mais son corps avait bien trop conscience de la femme de chair et de sang qui était collée contre lui et réclamait un contact bien plus concret.

Ses mains le démangeaient de remonter pour envelopper ses seins.

Des images érotiques se succédaient dans son esprit. Un après-midi passé à faire tranquillement l'amour dans l'herbe, l'accouplement furtif de deux amants craignant d'être surpris, une lourde chevelure sombre tombant sur un visage transfiguré par l'extase…

Lorsqu'il lança le cheval au galop, il pensa à une nuit torride, brutale de s…

— Monsieur Hendricks…

Chapitre 6

Soudain inquiet à l'idée qu'elle ait deviné ses pensées ou, pis, qu'elle ait senti la réaction physique qu'elles provoquaient, il tira sur les rênes pour arrêter le cheval.

— Madame ?

Il regarda autour de lui, puis observa le ciel et consulta sa montre. Car, bien entendu, vérifier le chemin parcouru depuis la dernière borne était la seule chose qui lui occupait l'esprit… Du moins, espérait-il que sa compagne le croirait.

— Pouvons-nous nous arrêter et nous reposer un moment ? Je crois que…

— C'est une excellente idée, la coupa-t-il.

Il sauta du cheval, l'aida à descendre et s'empressa de mettre une distance prudente entre eux.

— Là-bas, le couvert de ce bosquet me paraît approprié, poursuivit-il.

Il s'attendait à un refus. Elle allait protester, manifester sa désapprobation à l'idée d'être si près de lui.

Au lieu de cela, elle resta silencieuse, l'air embarrassé, se mordant la lèvre comme si elle ne savait ni que dire ni que faire.

— Vous avez sans doute raison, finit-elle par répondre. J'ai en effet besoin de me reposer.

Ouf ! elle n'avait rien remarqué, songea John avec soulagement.

— Monter à cheval vous aurait-il fatiguée ? s'enquit-il en lui offrant son bras pour la guider jusqu'au bouquet d'arbres.

— Mon pauvre ami, je suis loin d'être la passagère idéale, pardonnez-moi ! Je n'arrivais pas à rester immobile ! s'exclama-t-elle avec une jovialité qu'il trouva un peu forcée.

Une impression que lui confirma la gêne qu'il put lire dans ses yeux.

Aurait-elle été, elle aussi, troublée par cette proximité de circonstance ?

— Cela ne m'a pas gêné, assura-t-il.

Il aurait été hypocrite de se plaindre d'éprouver des sensations gênantes, certes, mais fort agréables.

— Quoi qu'il en soit, je préférerais voyager différemment. Auriez-vous une idée ?

Des idées, il en avait, en effet ! La culbuter dans l'herbe ou l'enlacer… Mais, dans un cas comme dans l'autre, les conséquences seraient désastreuses pour son emploi ; mieux valait donc les oublier et revenir à la raison.

Se reprenant, il réfléchit à la question. Il y avait bien une autre possibilité, mais il hésita à la formuler.

— Nous pouvons voyager plus rapidement si vous êtes prête à prendre quelques risques, commença-t-il.

— Tout ce que vous voulez ! répondit-elle. Enfin, presque tout. A quoi pensez-vous, monsieur Hendricks ?

Sans un mot, John se dirigea vers l'autre cheval et sortit des vêtements d'une sacoche.

— Des pantalons d'équitation en cuir, lady Druscilla.

Avec une chemise. En habits d'homme, vous pourrez monter de façon beaucoup plus confortable.

— En habits d'homme ?

Elle paraissait indignée.

— Vous voulez que je porte un pantalon ?

— De loin, on vous prendra pour un jeune garçon. Vous aurez moins de risques d'être reconnue comme la fille du duc de Benbridge.

— Ce que vous proposez est très inconvenant ! Je ne crois pas que je pourrai…

— Cela vous ira très bien, lui assura-t-il. Même si vous êtes… hum…

Il chercha ses mots pour éviter de commenter ses formes qui étaient loin d'être masculines.

— … si vous n'êtes pas… hum… Nous avons presque la même taille. Avec mes affaires, nous pouvons bricoler un déguisement qui devrait faire illusion.

Elle caressa les vêtements qu'il lui présentait et il remarqua combien sa main paraissait délicate contre le cuir du pantalon. Il chassa immédiatement les pensées érotiques qui s'imposaient à lui.

— Cela nous permettrait-il vraiment d'aller plus vite ? murmura-t-elle.

— Les vêtements masculins sont beaucoup moins encombrants pour ce genre de déplacement. Vous pourrez bouger plus librement et nous nous arrêterons avant de retrouver la civilisation, pour que vous puissiez remettre une tenue plus adaptée à votre sexe.

— Et, vous me le jurez, personne n'en saura jamais rien ?

— Ce n'est pas moi qui irai le raconter. De toute façon,

il est préférable qu'on ne voie pas lady Druscilla voyager seule en compagnie d'un homme, ne croyez-vous pas ?

Elle frissonna à cette perspective. De toute évidence, elle ne le considérait pas comme un domestique asexué, et il se demanda s'il devait s'en flatter ou s'offusquer qu'elle puisse le croire capable d'abuser de la situation.

— Vous avez encore une fois raison. Si on a vent de ce voyage, ma réputation est perdue, que je sois en jupe ou en pantalon.

— C'est donc décidé. Prenez ceci, et allez vous changer derrière ces buissons, dit-il en lui tendant ses vêtements.

Pour prévenir toute tentation et toute possibilité d'entre-apercevoir quoi que ce soit à travers les feuillages, il lui tourna le dos pendant qu'il attendait. Après ces quelques heures passées collé à elle, il n'était plus très sûr de sa capacité à se contrôler. Même le bruit des vêtements froissés provenant du bosquet le troublait. Tout, chez cette femme, était irrésistible.

Quelques minutes plus tard, il l'entendit revenir vers lui et se retourna. Elle s'immobilisa et écarta les bras.

— Alors ? Cela vous paraît bien ?

— Oui, répondit-il en essayant de cacher le tremblement de sa voix. Oui. Oui, ça passera, ajouta-t-il en détournant les yeux.

« Mon Dieu ! »

Lorsqu'il avait suggéré qu'elle s'habille en homme, il n'avait pas vraiment réfléchi.

Certes, sa chemise la couvrait parfaitement et jusqu'au cou, les plis du jabot cachant ses courbes, mais le tissu était trop fin. Les aréoles sombres de ses seins étaient visibles pour qui voulait regarder.

Malgré lui, ses yeux semblaient ne pas vouloir perdre une miette de ce charmant spectacle. Au prix d'un énorme effort, il réussit à détourner la tête, puis il ôta son gilet et le lui tendit en prenant soin de ne pas la regarder.

— Tenez, cela va arranger l'ensemble.

Malheureusement le résultat fut presque pire. Le gilet ne cachait pas les hanches de lady Druscilla, et la forme de ses mollets était à peine dissimulée par l'épaisseur des bas. Quant au cuir du pantalon, il moulait ses cuisses et son voluptueux postérieur ; sa couleur rosée ressemblant à celle de la peau nue. Mais le pire était le tissu tendu qui venait se loger à la jonction de ses cuisses. Un endroit interdit au regard, mais qui l'attirait irrésistiblement. Ils étaient seuls, personne ne pouvait intervenir, et quatre minuscules boutons le séparaient du paradis.

John se détourna brusquement, s'affairant à vérifier le harnachement des chevaux, et s'efforça d'ignorer le désir qui tendait le tissu de son propre pantalon. Pour se donner contenance et ne plus voir ce spectacle, il ôta ses lunettes et les glissa dans la poche de son manteau.

— Monsieur Hendricks, s'exclama Druscilla, n'avez-vous pas besoin de vos lunettes pour voir ce que vous faites ?

— Si, si, mais je laisse mes yeux reposer quelques instants, expliqua-t-il. Voyez-vous, la journée fut longue.

Il fit semblant de se concentrer sur les étriers.

— Malheureusement, reprit-il, vous allez devoir vous contenter de vos bottines, car même si j'avais une paire de bottes à vous prêter, elles seraient bien trop grandes pour vos pieds.

« Vos ravissants petits pieds », pensa-t-il.

Il fouilla dans une sacoche et en tira un chapeau mou.

— Mettez donc ceci sur vos cheveux.

Elle lui sourit et enfonça le chapeau sur la tête.

— Je suis soulagée que vous ne me demandiez pas de les couper.

— Grand Dieu, non !

Couper cette somptueuse cascade brune ? Il aurait préféré lui demander de se couper un bras !

Il s'imagina soudain plongeant les mains dans cette chevelure épaisse et douce… et, très vite, fit son possible pour penser à autre chose.

A Emily, par exemple. Pendant quelques secondes, il essaya de se concentrer sur le souvenir de cette femme qui, deux jours plus tôt encore, occupait toutes ses pensées. Ses cheveux étaient… plus courts et blonds. Il ne s'en était pas souvenu instantanément. Etrange comme une chose, naguère essentielle, s'était effacée de sa mémoire.

Il se produirait sans doute la même chose avec lady Druscilla, une fois que leurs routes se seraient séparées, se rassura-t-il.

Il la regarda, et sa myopie brouilla un peu les traits de son visage. Ses yeux étaient écarquillés et sa bouche charmante ressemblait à un arc charnu et rose. C'est ainsi qu'il la verrait s'il lui faisait l'amour…

Ce qui n'arriverait jamais, bien sûr. Il n'avait pas le droit d'imaginer de telles choses à propos de lady Druscilla. C'était indécent, inconvenant, ridicule ! Bref, les raisons étaient presque trop nombreuses pour les énumérer toutes.

— Il est temps de repartir, dit-il en regardant le soleil. Nous ne nous arrêterons qu'à la nuit tombée. A ce moment-là, nous reviendrons sur la route principale, nous trouverons une auberge, et nous pourrons demander des nouvelles de votre ami.

Il s'approcha d'elle et lui fit la courte échelle pour l'aider à monter sur le cheval. L'espace d'un instant, son pied reposa dans la paume de ses mains et sa cuisse se trouva bien trop près de son visage. Une bouffée de désir le fit presque vaciller. Heureusement, avant qu'il ne commette l'irréparable — en embrassant, par exemple la cuisse offerte —, elle s'était installée sur sa monture et tirait sur les rênes pour la calmer.

— Vous êtes certaine que cela vous conviendra ? demanda John, un peu inquiet.

— Tout va bien se passer. Et puis, de toute façon, nous n'avons pas le choix, répondit-elle.

Dans un premier temps, Druscilla fut surprise par le fait de sentir le cheval entre ses cuisses ; une sensation nouvelle. Cependant, avec une rapidité qui l'étonna elle-même, elle prit de l'assurance.

— Vous aviez raison, monsieur Hendricks, dit-elle en se tournant vers lui. Je commence à comprendre l'intérêt du pantalon. On monte beaucoup mieux lorsqu'on peut sentir sa monture entre ses jambes. Je suis en train de réaliser que monter en amazone, c'est être perchée sur son cheval, comme une décoration !

Elle lui jeta un regard noir et ajouta :

— Si vous vous avisez de répéter ce que je viens de dire à qui que ce soit, je vous renvoie sur-le-champ !

— Bien, Milady, répondit-il en s'inclinant légèrement.

***

Par cette dernière remarque et par le ton qu'elle avait employé, elle venait brutalement de le remettre à sa place, celle de domestique. Ce rappel était assez désagréable, mais sans doute salutaire.

John referma les sacoches et se remit en selle. Il indiqua ensuite à lady Druscilla la bonne direction et la laissa choisir le rythme de leur chevauchée, car il ne voulait pas la pousser au-delà de ses capacités.

Il l'observa sur son cheval. Pour une femme ayant si peu d'expérience, elle avait une bonne assiette et ne semblait pas craindre la monture qu'on lui avait attribuée. Tant mieux. Il n'avait nulle envie de courir la campagne à la poursuite d'un cheval qui s'était emballé pour essayer d'épargner une chute à la fille d'un duc.

Elle choisit une allure qui n'était ni trop pénible pour sa monture, ni trop lente pour les retarder.

Il était difficile de ne pas admirer la ténacité presque masculine dont elle faisait preuve dans la poursuite de son but.

Placé derrière elle, il pouvait également admirer son corps. Le manteau qu'elle portait le dissimulait, mais John avait de l'imagination et une bonne mémoire.

Il songea que lorsque viendrait le moment de s'arrêter pour la nuit, il dormirait n'importe où, s'il ne trouvait pas de chambre, plutôt que de prendre le risque de partager de nouveau le lit de lady Druscilla.

Il ne se faisait plus confiance.

Chapitre 7

M. Hendricks rapprocha son cheval du sien et lui fit signe de mettre sa monture au pas.

— Nous allons bientôt nous arrêter, annonça-t-il. Les chevaux ne pourront plus continuer bien longtemps à ce rythme. Nous pourrions prendre une chambre…

Il se reprit

— … des chambres et dîner.

— Ou nous pourrions louer des chevaux frais et continuer encore pendant quelques heures, proposa Druscilla.

— N'êtes-vous pas fatiguée ?

— Cela n'entre pas en ligne de compte si nous avons une chance de les rattraper.

Ils n'avaient plus eu aucune information depuis ce matin, mais Druscilla espérait que la distance entre eux s'était réduite.

— Votre tenue est-elle assez confortable ?

Il regardait ses vêtements d'homme d'un air dubitatif.

— Je m'y suis habituée, dit-elle sans donner de détails.

Ne pas porter de jupes était curieusement libérateur, mais elle préféra ne pas penser à l'allure qu'elle devait avoir, ainsi accoutrée.

Elle pouvait se pencher sur l'encolure de son cheval et galoper à son gré, sans être gênée par ses jupons et surtout sans se soucier de son chapeau ou du désordre de ses vêtements.

L'insistance de M. Hendricks avait triomphé de ses préventions, et elle s'était découvert des muscles dont elle ne soupçonnait pas l'existence jusque-là. Pourtant, l'aventure se révélait plus troublante que pénible.

Cette inattendue cavalcade en pantalon était un plaisir coupable qui ne se reproduirait plus, et elle entendait donc en profiter pleinement et le plus longtemps possible.

— Très bien, fit alors M. Hendricks. Nous nous arrêterons donc à la prochaine auberge et nous louerons d'autres montures. J'en profiterai pour poser quelques questions sur la calèche de vos fugitifs. Vous...

Il la regarda des pieds à la tête avant de poursuivre.

— Vous devrez rester dans la cour, pendant que je m'occuperai de tout. Garder votre manteau boutonné et votre chapeau enfoncé sur la tête, et ne parler à personne...

Il sembla hésiter avant d'ajouter, l'air gêné :

— Pardonnez-moi de vous dire cela, Milady, mais vous n'êtes pas très convaincante en homme.

Druscilla le vit se pencher tout à coup en avant, les épaules agitées de soubresauts. Il riait et essayait de cacher cet évident manque de tenue.

— Faites-moi partager votre hilarité, je vous prie, dit-elle d'un ton qui aurait dû le geler sur place.

Malgré cela, il continua à rire.

— Vous avez eu l'air désolée par ma remarque alors qu'elle aurait dû vous réjouir, répondit-il en reprenant un peu son sérieux. L'expression que vous avez eue, comme si vous *souhaitiez* ressembler à un homme, était irrésistible. Pardonnez-moi, Madame, mais...

— Je n'aime pas que l'on me fasse remarquer mon manque de conformité, l'interrompit-elle avec amertume.

« On me le reproche assez souvent à la maison », ajouta-t-elle intérieurement.

— Ce n'était pas un reproche, je vous l'assure, Milady, précisa M. Hendricks. Une femme moins séduisante aurait peut-être réussi à mieux endosser le rôle.

Et son hilarité reprit de plus belle.

— Evitez de railler mon apparence, répliqua-t-elle sèchement. Vous vous méprenez, monsieur, si vous pensiez que je cherchais un compliment.

— Je ne me moque pas de votre apparence, expliqua-t-il avec le ton patient dont il avait usé pour la convaincre de s'habiller en homme. Je ris de votre attitude lorsque je vous ai dit vous trouver séduisante.

— Parce que vous me prenez pour une imbécile et que vos belles paroles servent uniquement à m'amadouer.

— Reconnaissez-moi quelques qualités, lady Druscilla ! Certes, je ne suis à votre service que depuis peu, mais je suis assez intelligent pour comprendre que la flatterie ne me mènera à rien avec une femme telle que vous.

Puis, avant qu'elle n'ait pu répondre, il se retourna pour fixer la route, non sans lui avoir jeté un dernier regard.

— Vous réfléchissez trop, ajouta-t-il. Si j'avais voulu vous flatter, j'aurais vanté la beauté de vos traits et vos magnifiques cheveux noirs. J'aurais dit la vérité, mais ces deux attraits n'ont rien à voir avec votre incapacité à dissimuler un corps si féminin sous des vêtements masculins. Et si vous me répondez sur un ton acerbe que le Seigneur vous a donné ce corps et qu'il ne s'agit donc pas d'une qualité, je vous arrache votre livre de sermons et le jette dans le prochain ruisseau.

Sur ces mots, il monta sur son cheval, le talonna et s'éloigna au petit trot.

Pourtant, il n'avait à craindre aucune autre rebuffade de sa part, car ce qu'il venait de dire la laissait sans voix.

Beauté, attraits, un corps si féminin... Bien sûr, il lui avait aussi reproché sa mauvaise humeur, mais c'était un reproche qu'elle entendait de la part de tous ses proches, et elle n'allait pas s'arrêter à cela.

Et puis, son mauvais caractère semblait davantage l'amuser que le contrarier. Même les choses négatives qu'il avait dites mettaient en valeur la bienveillance presque affectueuse qu'il paraissait nourrir à son égard.

Toutefois, il avait menacé de jeter son livre de sermons et, bien qu'elle ait envie de lui adresser un rougissant « merci », elle ne pouvait laisser cette dernière remarque sans réponse.

Elle éperonna sa monture pour le rattraper.

— Vous pouvez jeter mon livre, cela m'est égal, dit-elle, un peu essoufflée par son court galop. Ce n'est pas ma seule lecture.

— Vous en avez apporté d'autres ?

— Non, pas pour ce voyage.

— Ah ! se contenta de faire Hendricks, comme si, ayant dit ce qu'il avait à dire, il ne voyait pas la nécessité de poursuivre la conversation.

— J'ai sans doute voulu rappeler leurs devoirs au couple que je recherche.

— Oh ! votre intention n'est donc pas de lire des sermons, mais d'en faire un !

C'était certainement une remarque innocente de la part de M. Hendricks, mais elle se sentit aussitôt ridicule. La séduisante jeune femme qu'elle était quelques minutes plus tôt venait de se transformer à ses yeux en une insupportable moralisatrice.

— On ne peut pas toujours faire ce que l'on veut, assena-t-elle d'un ton ferme. Que deviendrait le monde si l'on obéissait à tous ses caprices, comme par exemple s'enfuir en Ecosse juste parce que l'on en avait envie ?

— Que deviendrait-il, en effet ?

— Ce serait le chaos ! rétorqua-t-elle, atterrée de s'entendre parler comme son père.

— Etes-vous vraiment certaine de vouloir arrêter ce couple ? Avec un peu de chance, nous pourrons sans doute rattraper vos amis ce soir ou demain, mais il est parfois difficile de détourner les amoureux de leur but. Si vous parvenez à les arrêter maintenant, ils trouveront un autre moyen.

— S'ils s'enfuient de nouveau, eh bien, je les poursuivrai de nouveau, dit-elle avec une sévérité qu'elle n'arrivait pas à contrôler. Je n'entends pas leur donner le choix. Ce mariage ne doit pas avoir lieu, un point c'est tout, conclut-elle en espérant qu'il ne percevait pas le désespoir dans sa voix.

Si sa famille devait être éclaboussée par le scandale, son propre avenir serait compromis. Son père en voudrait énormément à Priscilla et ne serait pas d'humeur à lancer son autre fille dans le monde — celle qui avait échoué à protéger sa fille préférée.

M. Hendricks soupira.

— Très bien. Si vous êtes résolue à les rattraper, je dois charger mes pistolets et me résoudre à l'inévitable.

— L'inévitable ?

— Traîner le couple d'amoureux de l'autre côté de la frontière. De force, si nécessaire.

— Vous feriez cela ?

— Si tel est votre désir.

Elle sourit. Il avait chaussé scs lunettes et plissait des yeux, aveuglé par le soleil déclinant. A le voir ainsi, il était difficile de l'imaginer recourant à la force.

— Votre zèle vous honore, monsieur Hendricks. Mais, comme je vous l'ai dit hier soir, la discrétion est un élément indispensable.

— Un simple coup de feu ne résonnera pas jusqu'à Londres ! répliqua-t-il. Et si je ne me trompe pas sur le caractère féminin, être victime d'une légère blessure est un accident jugé très romantique, non ?

— Mon but n'est en aucun cas de renforcer le pouvoir de séduction de M. Gervaise !

— Oui, vous avez raison.

Il réfléchit un instant, puis proposa :

— Alors, un coup de poing ? Un nez cassé devrait résoudre le problème de sa séduction, vous ne croyez pas ?

L'idée était tentante, songea Druscilla. Tout comme la perspective de ramener Priscilla à Londres par les cheveux, mais il était probable que cela la pousse à s'enfuir de nouveau. En outre, elle ne voulait surtout pas que l'on puisse plaindre l'affreux séducteur.

— Non, finit-elle par répondre. Comme je l'ai dit, monsieur Hendricks, agir avec discrétion est primordial... Mais j'apprécie l'offre.

— A votre service, lady Druscilla, dit-il en s'inclinant.

Bien sûr. Il était à son service. Elle l'avait engagé pour résoudre un problème, et il suggérait des solutions. L'attitude protectrice qu'elle avait cru déceler n'était que le produit de son imagination. Rien de plus.

Elle soupira. La perspective qu'un homme puisse

avoir recours à la violence pour défendre ses intérêts avait été une idée aussi agréable que fugitive.

Ils poursuivirent leur chemin à un bon rythme jusqu'à la première auberge qu'ils rencontrèrent. M. Hendricks la laissa attendre dans la cour, à l'écart des diligences, pendant qu'il allait s'occuper des chevaux et s'enquérir des derniers clients passés par ce relais.

Appliquant les consignes, elle boutonna son pardessus jusqu'au menton, enfonça le chapeau sur ses yeux et se fourra les mains dans les poches d'un air qu'elle espérait revêche.

Malheureusement, les regards que lui jetaient les garçons d'écurie ne laissaient aucun doute sur la piètre qualité de son déguisement.

Elle resserra autour d'elle le manteau de M. Hendricks en se jurant qu'elle ne s'éloignerait plus de lui tant qu'ils ne seraient pas arrivés en Ecosse. Il avait raison… Personne ne la prendrait pour un homme. Elle ne préféra pas imaginer les parties de son anatomie les plus exposées, avec cet accoutrement indécent. Mon Dieu ! Le manteau n'était pas assez long pour cacher ses jambes. Elle aurait pu tout aussi bien être nue au milieu de la cour !

Contrairement à ce qu'elle craignait, l'attitude des palefreniers était plus amusée que menaçante. Elle entendait des bribes de leurs conversations lorsqu'ils nourrissaient les chevaux.

L'un d'eux imaginait qu'ils étaient des amants en fuite. L'autre n'était pas d'accord, arguant l'intérêt du monsieur pour les voyageurs passés par l'auberge *avant* eux et non pas pour ceux qui pourraient suivre. Non, d'après lui, il devait s'agir d'un pari ou d'une sorte de blague d'étudiants.

Le premier insista : l'homme était trop vieux pour venir d'Oxford, et la femme trop chic pour porter des pantalons juste pour amuser des étudiants. Seul l'amour pouvait pousser des gens à agir de façon aussi stupide. Ils étaient des amants en fuite ; il était prêt à parier un penny là-dessus.

Druscilla essaya de ne pas sourire. Elle éprouvait un certain soulagement de savoir que, si on ne pouvait la confondre avec un homme, on ne la prenait pas non plus pour une prostituée. Quant à l'idée qu'elle puisse fuir avec son amant, quelle délicieuse pensée ! Oh ! pouvoir juste une fois être ce genre de femme ! Le genre à se précipiter joyeusement vers la frontière avec son amant pendant que le monde s'écroulait derrière elle.

Elle faillit rire en imaginant tous les chaperons de Londres secouant la tête et murmurant aux jeunes filles dont elles avaient la charge de ne pas se comporter comme la tristement célèbre Silly Rudney…

A l'entrée de l'auberge, M. Hendricks était en train de discuter avec le propriétaire. Elle le vit sortir des pièces de ses poches en marmonnant quelque chose, après quoi il retraversa la cour pour la rejoindre.

Arrivé près d'elle, il murmura :

— Avez-vous votre réticule ?

Elle opina.

— Donnez-le-moi, je vous prie.

Tandis qu'elle sortait le petit sac de soie bleue de la poche de son manteau, elle entendit rire les palefreniers.

Les rires se firent plus forts lorsqu'ils virent M. Hendricks farfouiller dedans, pousser un juron en constatant le peu de pièces qu'il avait en main et le lui rendre avant de s'éloigner.

Un des garçons d'écurie tendit un penny à un autre. Son camarade avait raison, et il s'inclinait. Seul un homme amoureux pouvait accepter de tomber si bas. Druscilla se sentit rougir d'embarras pour le pauvre M. Hendricks.

Les palefreniers jetèrent un regard en direction de l'auberge, et Druscilla les vit détourner vivement les yeux.

Elle jeta un coup d'œil à son tour et vit une jeune femme, entourée de plusieurs cartons à chapeaux, qui agitait un mouchoir dans l'intention d'attirer l'attention.

Les cartons étaient légers et ne nécessitaient aucun effort pour des garçons d'écurie habitués à pousser des véhicules. Comme la jeune femme regardait de son côté, Druscilla rentra immédiatement la tête dans les épaules.

Charlotte Deveral ! Ici ?

Amie de Priss, Charlotte était une personne à éviter à tout prix, et surtout en de telles circonstances. Elle était trop jeune encore pour être qualifiée de mégère mais, dans quelques années, ce qualificatif lui irait comme un gant. Selon son habitude, Charlotte devait être de méchante humeur et, comme toujours, pour une raison futile. Pour passer ses nerfs, elle s'en prendrait sûrement au premier serviteur venu ou à quiconque laisserait la moindre trace sur une de ses boîtes à chapeaux.

— Toi, là-bas !

La voix de Charlotte était cassante et pleine de mépris.

— Toi, là-bas ! répéta-t-elle.

Puis, s'adressant à son chaperon suffisamment fort pour être entendue :

— Ces garçons de ferme sont soit sourds, soit idiots. Il faut toujours crier pour se faire entendre.

« Ai-je ce genre de voix lorsque je donne des ordres à M. Hendricks ? » se demanda soudain Druscilla. Elle se sentit honteuse, et plus encore pour Charlotte dont les cris et les envolées de jupes étaient parfaitement ridicules.

— Hé, toi ! C'est à toi que je parle !

Druscilla comprit avec effroi que c'était à elle que s'adressaient les vitupérations de Charlotte.

— Hein ? parvint-elle à articuler en prenant la voix la plus masculine possible.

Mimant l'indolence d'un jeune paysan indifférent à l'opinion d'une pimbêche de la ville, elle enfonça ses mains dans ses poches,

— Aide-moi avec ces bagages ! Mon cocher est parti je ne sais où, et les gens de l'auberge sont des incapables, dit Charlotte.

Druscilla toucha le bord de son chapeau dans ce qu'elle espérait être un geste de respect viril, en profita pour baisser davantage ledit chapeau sur son visage puis s'approcha à pas nonchalants de Charlotte.

Derrière elle, elle entendit ricaner un garçon d'écurie.

Par bonheur, Charlotte se sembla rien trouver d'étrange au garçon venu l'aider à porter ses bagages et ne reconnut pas celle qu'elle avait pourtant vue des dizaines de fois. Comment aurait-il pu en être autrement ? Aux yeux de cette pimbêche, un palefrenier avait autant d'importance qu'une fourmi par terre et certainement moins d'intérêt que ses boîtes à chapeaux.

— Aide-moi à charger ces boîtes sur la calèche, ordonna-t-elle.

— Mademoiselle, répondit Druscilla en s'inclinant bien bas pour prendre lesdites boîtes aux pieds de Charlotte.

— Tu dois dire « Milady ».

Dans ses rêves ! La famille Deveral était certes une famille honorable, mais ils n'étaient pas titrés. Charlotte abordait peut-être la saison mondaine la tête pleine de folles espérances, mais elle ne la terminerait certainement pas au bras d'un aristocrate.

Le « garçon » n'étant pas supposé savoir cela, Druscilla s'inclina :

— Milady, corrigea-t-elle, ce qui lui valut d'autres ricanements de la part des palefreniers témoins de l'échange.

Elle fit le tour de l'attelage et attacha les boîtes avec le reste des bagages… Et tant pis si l'un des chapeaux de Charlotte — voire tous — ne devait pas survivre aux premiers cahots de la route.

Elle aida ensuite la jeune fille et son chaperon qui venait de sortir de l'auberge à prendre place dans la calèche avant que le jeune homme dont c'était le travail n'arrive à son tour, mais trop tard.

Après avoir refermé la portière, elle recula de quelques pas.

— Pour le dérangement, fit Charlotte en tendant le bras par la vitre ouverte pour lui donner un pourboire.

Préférant sans doute ne pas toucher la main d'un garçon d'écurie à l'hygiène douteuse, elle jeta la pièce dans sa direction.

La pièce rebondit sur les pavés et roula dans la boue.

Druscilla regarda le sol avec dégoût. En temps normal, elle n'aurait même pas remarqué la perte de ce sou, mais les circonstances étaient inhabituelles et l'Ecosse encore loin. Elle se baissa donc pour ramasser la pièce en s'efforçant d'ignorer la boue qui collait dessus.

Comme si cela ne suffisait pas, la calèche des Deveral se mit en route, lui éclaboussant la joue de saleté.

Son humiliation fut complète lorsque M. Hendricks arriva en tenant par la bride deux chevaux frais, juste à temps pour admirer le tableau : lady Druscilla accroupie dans la cour pour ramasser un sou, le visage maculé de boue, raillée par les dames et les palefreniers présents.

Maintenant qu'elle avait été traitée comme une moins que rien par une femme de sa propre caste, elle ne pouvait plus prétendre à des compliments sur sa beauté et sa grâce. En outre, en parlant avec Charlotte, elle avait désobéi à M. Hendricks. Il allait certainement la sermonner pour son imprudence ou, pis, se moquer.

Mais il ne fit aucune remarque et se borna à lui tendre son mouchoir pour qu'elle s'essuie le visage.

— J'ai de bonnes et de mauvaises nouvelles, annonça-t-il lorsque ce fut fait. Le couple que vous cherchez était là ce matin.

— Depuis combien de temps sont-ils partis ? s'enquit-elle, pleine d'espoir.

— Depuis quatre heures, peut-être moins. Ils ont pris un petit déjeuner avant de se mettre en route. Ils ne semblaient pas particulièrement pressés.

— Nous sommes donc en train de les rattraper ! s'exclama Druscilla avec un sourire satisfait. Au départ, ils avaient un jour d'avance. S'ils continuent à lambiner, nous les rattraperons avant qu'ils n'atteignent la frontière.

— Si tel est toujours votre souhait, répondit Hendricks. Mais je crains, Milady, que nous soyons bientôt à cours de ressources.

— Mais je croyais que vous aviez suffisamment d'argent pour m'aider !

Druscilla était atterrée par sa réaction. Elle avait fait dépenser ses derniers sous à cet homme pour rattraper sa sœur ; il était pour le moins malvenu de le blâmer s'ils échouaient dans la dernière ligne droite.

— Je croyais également avoir les ressources suffisantes pour mener à bien cette aventure, répondit M. Hendricks. Hélas ! nous sommes au milieu de nulle part, et je découvre que ma bourse est vide.

Il paraissait furieux. Druscilla se prépara à une avalanche de reproches.

— Je suis le seul fautif, dit-il, à sa grande stupéfaction. Comme un imbécile, j'ai laissé mon manteau dans la malle-poste lorsque nous avons dû descendre pour pousser. Cet infâme marchand, ce porc, a dû se servir dans mes poches. Me voilà maintenant réduit à fouiller le réticule d'une femme et vous à gratter le sol pour ramasser une piécette.

Il lui jeta un regard peiné.

— Je suis désolé, lady Druscilla. J'ai manqué à mes devoirs vis-à-vis de vous.

Elle eut un soudain élan de sympathie. Après tout, ils avaient réussi à faire tout ce chemin grâce à lui, et elle s'étonna qu'il se juge aussi durement.

— C'est faux, répondit-elle. Nous sommes tout simplement confrontés à une nouvelle difficulté, et nous devons examiner les solutions possibles. Que suggérez-vous ?

— Nous pouvons retourner sur nos pas et retrouver le coupable.

— A quoi cela nous mènerait-il ? Il niera sûrement nous avoir volés.

— Au début, certainement. Mais faites-moi confiance, je le secouerai si fort que les pièces tomberont de ses poches.

Son sourire carnassier et la lueur qui traversa son regard laissaient entrevoir le plaisir qu'il y prendrait.

— Monsieur Hendricks ! Revenir sur nos pas serait renoncer à les rattraper. Je n'ai pas fait tant d'efforts pour échouer si près du but. Y a-t-il un autre moyen d'atteindre l'Ecosse ?

Il la regarda en silence, comme si elle était pour lui un mystère qu'il n'avait pas encore élucidé.

Devant son silence, elle insista.

— Alors, monsieur Hendricks ?

— Je réfléchis, répliqua-t-il un peu trop sèchement pour un domestique.

Puis il ajouta, sur un ton plus approprié :

— Il y a une autre possibilité, si vous êtes vraiment décidée à poursuivre. Nous allons continuer vers le nord jusqu'à épuisement de ces chevaux. Je vous préviens, nous devrons dormir à la dure. Nous allons utiliser le shilling que vous avez en main pour acheter du pain et du fromage pour le dîner. Pour les repas suivants, nous devrons mendier ou voler.

Il paraissait honteux de n'avoir mieux à lui proposer.

— J'ai conscience que vous n'avez pas l'habitude de ce genre de situation, mais la seule autre chose que nous puissions faire est de nous avouer battus et de demander l'aide de votre père.

— C'est précisément ce que je voudrais éviter.

Puis, se souvenant qu'elle était fille de duc, Druscilla

redressa les épaules, essuya la pièce boueuse et la tendit à Hendricks en même temps que son mouchoir.

— Prenez cela et achetez-nous à dîner avant que nous repartions.

Elle observa la route sur laquelle s'était éloigné l'attelage de Charlotte Deveral. Frustrée et furieuse, elle aurait aimé pouvoir prendre sa revanche.

Soudain, une idée lui vint.

— Si nous nous dépêchons, dit-elle, il y a peut-être un moyen de résoudre tous nos problèmes. Il nous faut juste le couvert de la nuit et un peu de chance.

Chapitre 8

— C'est de la folie, Milady !

M. Hendricks avait utilisé ce ton de voix doucereux dont il usait lorsqu'il se souvenait qu'elle était son employeur.

— Vous l'avez déjà dit à maintes reprises.

— Et je sais que vous ne m'écouterez pas davantage, mais s'il existe une petite chance de vous ramener à la raison, je dois la saisir. Lorsque j'ai suggéré que nous volions pour manger, j'avais autre chose en tête. Je pensais prendre le strict nécessaire pour assurer notre survie. Un pain posé sur le rebord d'une fenêtre, par exemple.

— Et affamer de pauvres paysans ? N'est-il pas préférable de voler à ceux qui ont trop et de laisser aux autres leurs maigres ressources ?

— En théorie, oui, mais nous ne sommes pas dans un roman. Ce que vous me demandez, c'est d'attaquer une diligence. Je crois, Milady, que vous me confondez avec Robin des bois.

— Tout comme vous me prenez pour la princesse au petit pois, rétorqua Druscilla, exaspérée.

Oui, il se moquait d'elle. Comme d'habitude, on l'entraînait dans des plans calamiteux pour ensuite refuser ses suggestions qui, à défaut d'être parfaites, n'étaient pas pires. Priscilla était coutumière du fait.

— Si vous comptez voler tous les fermiers entre ici et l'Ecosse, eh bien, nous ne sommes pas près d'arriver, ironisa-t-elle. Plutôt que de voler un seul pain à la fois, nous pourrions prendre la bourse d'une seule personne, suffisamment riche pour avoir une calèche. Nous aurions ainsi plus d'or qu'il n'en faut pour finir notre voyage. Aux yeux du Seigneur, je suis sûre que votre idée est pire que la mienne.

— Vous avez trop lu la parabole de la pauvre veuve ! J'aurais dû vous arracher votre livre de sermons lorsque j'en avais la possibilité ! s'exclama M. Hendricks.

— Cela n'aurait rien changé à mon opinion. Je n'ai pas l'intention de dormir dans des granges et de mastiquer des quignons de pain sec.

Pour être honnête, la perspective de dormir à la belle étoile, lovée contre le corps chaud de M. Hendricks, n'était pas si désagréable.

— Je suis désolé, Milady, si vous n'êtes pas satisfaite par ce que je peux offrir.

Son ton était étrangement amer et son « Milady » presque insolent.

— Quant à moi, je suis désolée que vous n'appréciiez pas l'emploi que vous avez, lança-t-elle avec hauteur.

— Pardonnez-moi, Milady, je vous promets de ne plus oublier la place qui est la mienne, dit-il en s'inclinant avec une politesse exagérée.

En voyant les mèches de cheveux blonds glisser sur son front, elle eut soudain une folle envie de les ramener en arrière, mais se retint.

— J'accepte vos excuses. Quant à l'attaque de la diligence…

— Que je n'approuve pas.

— Je note vos réserves et choisis de les ignorer. Les occupants de l'attelage que nous allons arrêter ne méritent pas votre sympathie. Charlotte Deveral est une pimbêche gâtée et capricieuse. Elle préférerait laisser une bourse pleine par terre plutôt que de risquer de se salir les mains en la ramassant.

Le souvenir de la pièce récupérée dans la boue était encore douloureux, même si ses mains étaient maintenant propres. A la suite de cet épisode, elle avait d'ailleurs entraîné M. Hendricks dans une cavalcade effrénée, ne ralentissant qu'une fois sa colère calmée. Son énervement leur avait en tout cas permis de dépasser la calèche de Charlotte dont ils attendaient maintenant le passage, dissimulés sous le couvert des arbres.

Faute de rattraper sa sœur, elle se vengerait au moins de Charlotte Deveral et de toutes les vexations qu'elle lui avait infligées au fil des ans, l'affaire de la pièce n'étant que la dernière en date.

Se réjouissant par avance de la terreur infligée à cette prétentieuse, elle ne put retenir un sourire.

— Je connais de genre de filles, expliqua-t-elle. Toujours à se moquer de ceux qui n'appartiennent pas à leur bande et à trouver drôles leurs mauvaises plaisanteries. Elles n'écoutent jamais les avertissements et préfèrent s'enfuir avec des hommes, à peine plus éduqués que des domestiques, sans tenir compte du dommage pour leur réputation, laissant aux membres de leur famille les plus raisonnables le soin de les secourir, sans souci des conséquences, et…

Elle interrompit sa litanie rageuse en voyant le regard que lui jetait M. Hendricks. Il la prenait manifestement pour une folle.

— La personnalité de nos victimes potentielles m'importe peu, lady Druscilla, dit-il. Et encore moins leur propension à fraterniser avec des inférieurs. Non, ce qui m'inquiète c'est la forte probabilité de notre capture.

Elle balaya ses objections d'un revers de main.

— Si nous sommes pris, je déclinerai mon identité et dirai que vous êtes mon domestique. Je préciserai que, aveuglée par mon goût de l'aventure, je vous ai obligé à me suivre.

M. Hendricks leva les mains comme pour prendre le ciel à témoin de ce qu'il devait endurer.

— Et ainsi, lorsque malgré tout on me pendra pour vol de grand chemin, j'aurai la satisfaction de mourir en me disant que rien de tout cela n'est ma faute.

— Ne dites pas de bêtises ! Mon père a déjà influencé plus d'une fois le cours de la justice pour tirer ma sœur d'un mauvais pas. Si, pour une fois, la mauvaise plaisanterie est l'œuvre de sa fille aînée, il sera certes mécontent, mais il n'hésitera pas une seconde à me sauver la mise. Comparée au nombre monumental d'impairs commis par Priscilla, une petite erreur comme celle-ci ne compte pas.

— Bon Dieu ! s'exclama M. Hendricks. Les aristocrates sont tous fous ! J'ai cru que vous étiez différente, mais votre entêtement dépasse les bornes de la normalité. Vous feriez tourner en bourrique n'importe quel homme sain d'esprit.

— Au moins, j'ai de la suite dans les idées.

— C'est le moins que l'on puisse dire, Milady.

Elle semblait voir perdu l'estime de son compagnon, et cela l'ennuyait. Comment la regagner ? se demanda-t-elle. Aux grands maux, les grands remèdes ! Elle se décida à employer une méthode qu'elle n'avait jamais utilisée, mais dont elle avait vu Priscilla user et abuser avec succès. Elle baissa légèrement la tête, dans une attitude de fausse modestie, et adressa à M. Hendricks un sourire timide tout en le fixant de ses grands yeux.

— Je suis désolée d'avoir été une telle charge pour vous, dit-elle d'une voix suave. Vous avez fait de votre mieux pour me protéger, et je vous en suis très reconnaissante. Si vous pouviez m'aider cette fois encore, soyez assuré que vous en serez récompensé.

Hendricks éclata de rire.

— Nous en sommes donc là ? Vous comptez user des artifices de votre sexe pour me convaincre ?

Il s'interrompit un instant.

— Et comment entendez-vous me récompenser, si j'accepte de risquer ma peau pour vous ? poursuivit-il en la dévisageant avec insolence, la voix soudain rauque.

Druscilla sentit son cœur s'affoler et une chaleur l'envahir — une réponse bien involontaire de son corps.

Sa sœur aurait certainement offert un baiser, mais sa propre inexpérience rendait la proposition ridicule et sans doute dénuée d'attrait.

Une idée lui vint tout à coup. Pourquoi ne pas le laisser choisir sa récompense ? Il choisirait probablement le baiser, mais ainsi la demande émanerait de lui. L'honneur serait sauf… et l'expérience sans doute plaisante pour elle, à défaut de l'être pour lui.

Cependant, au moment de faire son offre, le courage lui manqua.

— Mon père doublera la somme que vous comptiez demander pour vos services. Que pensiez-vous que j'aie voulu dire ?

— Je ne sais pas, répondit-il en secouant la tête. D'accord pour doubler ma paie, et disons... suffisamment d'argent pour remplacer ce qui m'a été volé ?

— Entendu.

— Dans ce cas, je veux bien devenir un bandit de grand chemin, lady Dru.

Il lui avait donné un diminutif ! Sa colère contre elle s'était donc apaisée. « Dru », c'était tellement plus affectueux que « Silly ».

S'entendre appeler ainsi la rendit toute chose, comme s'il lui avait caressé la joue pour lui indiquer qu'ils étaient de nouveau amis.

Elle remarqua que l'attention de M. Hendricks s'était reportée sur la route. Le soleil avait presque disparu derrière la ligne d'horizon, et il devenait de plus en plus difficile de distinguer avec précision ce qui les entourait. Ils entendirent cependant des bruits de chevaux et des cliquetis de harnais qui se rapprochaient.

Il ôta ses lunettes et les remit dans la poche de son manteau.

— N'en avez-vous pas besoin pour la tâche qui nous incombe ? s'enquit Druscilla.

— Non. Il est parfois préférable de ne pas voir clairement ce que l'on fait. Surtout lorsqu'il s'agit d'une telle folie.

Sur ces mots, il tira de sa sacoche une paire de pistolets ainsi que deux foulards noirs. Il lui tendit l'un des pistolets et un foulard.

— Couvrez-vous le bas du visage avec ceci, indiqua-t-il. Restez bien sur le côté, dos au soleil. S'ils n'arrivent pas bien à vous distinguer, vous aurez l'air plus impressionnante aux yeux de vos adversaires. Et surtout, gardez le pistolet pointé vers le haut, *au-dessus* de la tête des cochers.

— Mais il n'est pas chargé ! dit-elle en essayant de masquer son soulagement, car elle avait remarqué qu'il ne l'avait rempli ni de balles ni de poudre, comme il venait de le faire pour le sien.

— Ils n'ont pas besoin de le savoir, et je ne veux pas que vous tiriez. Contentez-vous de le brandir comme si vous étiez prête à l'utiliser. Si vous ne faites rien qui puisse provoquer chez eux un tir de défense, ils ne sauront jamais que votre arme n'est pas chargée.

Il la fixa avec gravité.

— Si par hasard ils tirent et, de façon générale, au moindre signe que les choses tournent mal, je vous ordonne de fuir. C'est compris ?

— Alors, vous serez tout seul ! s'exclama-t-elle.

Soudain consciente du grand danger qu'elle faisait courir à son compagnon, elle sentit sa main trembler.

Il paraissait crispé, tendu, mais ce n'était visiblement pas à cause de l'attaque de la calèche ; il était inquiet pour elle. Druscilla ressentit une pointe de culpabilité, vite balayée par la nécessité dans laquelle ils étaient de se procurer de l'argent pour poursuivre le voyage.

— S'il y a échange de coups de feu, je vous rappelle que vous êtes déguisée en homme et que vous serez donc traitée comme tel, c'est-à-dire sans aucun égard. S'il y a le moindre danger, promettez-moi de fuir, car ce n'est pas la place d'une lady.

— Je suis votre employeur, et vous agissez sous mes ordres, répondit-elle. Pas l'inverse.

Elle regretta immédiatement d'avoir employé son ton bravache. S'il arrivait malheur à M. Hendricks, elle serait la seule fautive. A cette idée, l'angoisse lui serra la gorge.

— Vous ne m'avez pas répondu, insista-t-il. Ce n'est pas une discussion, et je refuse de perdre du temps à écouter votre opinion sur le sujet. Jurez que vous m'obéirez, sinon je ne fais rien. Le temps presse. Allons, donnez-moi votre parole.

Sans ses lunettes, il n'avait plus l'air aussi inoffensif. Sous ce regard viril et protecteur, elle se sentit soudain faible, presque soumise.

— Comme vous voulez, soupira-t-elle.

— Tant mieux. La calèche ne va pas tarder à être en vue, et l'heure n'est plus aux disputes.

Il désigna un monticule qui bordait la route.

— Allez vous poster là. La hauteur donnera l'illusion que vous occupez la meilleure position de tir. Tant que vous m'obéissez, vous ne risquez rien.

Il remonta son foulard sur son nez et Druscilla l'imita. Elle était une femme raisonnable, songea-t-elle et, à la perspective d'attaquer une calèche, elle n'aurait pas dû éprouver ce frisson d'excitation. Mais Hendricks était si séduisant, à cheval, son visage masqué ne laissant voir qu'un beau regard doré !

C'était assez étrange de le voir, lui d'habitude si convenable, si efficace et compétent, sous les traits d'un bandit de grand chemin. L'homme qui était à ses côtés était la vivante image du brigand à cheval. Les jambes étaient musclées, le sombre manteau peinait à contenir l'imposante carrure, et une mèche de cheveux blonds, échappée de son chapeau à large bord, lui barrait le front.

Elle se souvint de ce qu'elle avait éprouvé pendant qu'ils partageaient la même monture. La facilité avec laquelle il la faisait monter et descendre de selle prouvait une force physique certaine, et elle se sentit rougir en imaginant ses mains puissantes caressant son corps…

Ils attendirent en silence l'arrivée de la calèche et, tout à coup, il fut trop tard pour lui poser une main sur le bras et l'arrêter. Elle le vit s'élancer vers la diligence, des gerbes d'eau jaillissant sous les sabots de son cheval.

— La bourse ou la vie !

Sa voix résonna dans les collines alentour et son cheval se cabra lorsqu'il tira un coup de feu en l'air. Imperturbable, il fit signe au cocher et au valet de descendre.

Fidèle à sa promesse, Druscilla, ne bougea pas, se contentant de pointer son pistolet suffisamment haut pour que le cocher puisse voir qu'elle était armée.

Tout comme le valet, le cocher descendit de la calèche. Ni l'un ni l'autre ne firent le moindre geste pour défendre les membres de la famille qu'ils servaient. Connaissant l'occupante de la calèche, il n'était pas difficile d'en deviner la raison, songea Druscilla. Charlotte ne donnait en effet à personne l'envie de risquer sa vie ou de se faire estropier pour la protéger.

En un éclair, M. Hendricks sauta à bas de son cheval et brandit son pistolet pour indiquer aux domestiques de se pousser sur le bas-côté et de se coucher face contre terre. Il ne manqua pas de faire un signe en direction de Druscilla pour leur signifier qu'au moindre mouvement, son complice ne les épargnerait pas. Dès qu'il se fut assuré qu'ils n'oseraient pas bouger, il se dirigea vers la calèche dont il ouvrit la portière.

Druscilla entendit le cri de Charlotte :

— Mes bijoux !

Hendricks s'inclina légèrement en touchant le bord de son chapeau.

— Je m'en voudrais de menacer une si charmante personne ou d'arracher les babioles de sa ravissante gorge, dit-il d'une voix snob.

Sous son masque, Druscilla était certaine qu'il souriait.

— Seule votre bourse m'intéresse, chère madame, poursuivit-il. Rassurez-vous, je ne prendrai que le strict nécessaire.

Il tendit la main vers le réticule de Charlotte. L'idiote se pencha tant hors de la calèche pour mieux le voir qu'elle bascula en avant.

De son poste d'observation, Druscilla fulmina, exaspérée par cette manœuvre délibérée de l'amie de sa sœur. Le comportement effronté de Charlotte faillit lui faire oublier les deux hommes qu'elle était censée surveiller. Fort heureusement, ils étaient trop occupés par la fiasque qu'ils se passaient pour penser à tenter d'aller récupérer les pistolets rangés sous le siège de la calèche.

Sans lâcher son pistolet, M. Hendricks rattrapa Charlotte avant qu'elle ne tombe.

— N'ayez crainte, milady, dit-il d'une voix plus grave que d'habitude. Votre personne, tout comme vos bijoux n'ont rien à craindre. Je dois d'ailleurs reconnaître, en découvrant votre beauté, qu'ils sont pour vous une parure inutile.

Druscilla se mordit la lèvre. Certes, elle n'avait pas envie que Charlotte soit blessée, mais celle-ci en faisait un peu trop. A vrai dire, elle aurait de loin préféré la voir s'affaler dans la boue que dans les bras de M. Hendricks. Elle la vit ouvrir son réticule et faire mine de le fouiller avant de porter une main molle à son front comme si elle allait perdre connaissance.

Hendricks se saisit du réticule tout en resserrant son étreinte pour ne pas laisser choir Charlotte.

Voyant cela, Druscilla se souvint de la sensation qu'elle-même avait éprouvée dans ces bras… Cependant, elle ne lui avait jamais donné l'occasion de la serrer aussi fort ! Faire semblant de s'évanouir était une tactique indigne d'une jeune femme bien née.

Quelques instants plus tard, Charlotte gloussa.

— Je crains de me sentir fort mal, dit-elle en posant sa main sur le biceps du « brigand ». Dieu que vous êtes fort ! Je suis sans défense, monsieur, soupira-t-elle en laissant sa tête retomber en arrière.

— Vraiment ?

Il accueillait favorablement ce comportement de gourgandine, constata Druscilla. Pour être honnête, elle enrageait de voir une autre réussir bien mieux qu'elle à jouer de ses charmes.

— Allons, Charlotte ! protesta alors mollement le chaperon de Charlotte.

Bien à l'abri au fond de la calèche, la gouvernante s'était jusque-là contentée de s'éventer sans perdre une miette du spectacle.

Druscilla ne put s'empêcher de condamner l'attitude de cette femme qui ne faisait rien pour protéger la jeune fille dont elle avait la charge.

Hendricks, qui entre-temps avait sorti la bourse du réticule de Charlotte, la soupesa.

— Je pense que cela me suffira, dit-il. Je ne mettrai pas votre compagne à contribution car, si elle a quelque argent, elle en a sûrement plus besoin que vous.

Sur ces mots, il lança la bourse à Druscilla qui l'attrapa au vol et s'empressa d'en desserrer les liens pour compter l'épais rouleau de billets qui se trouvait à l'intérieur.

— Si vous désirez autre chose, monsieur, je vous en prie, servez-vous, minauda Charlotte. Tant que vous épargnez ma vie et mon collier…

« Epargner ta vertu n'a pas l'air de faire partie de tes préoccupations », pensa Druscilla.

La pimbêche battait furieusement des cils en regardant son « agresseur ».

M. Hendricks émit un petit rire et souleva légèrement son foulard.

— Dans ce cas, je vais prendre un baiser avant de m'en aller, annonça-t-il avant de poser ses lèvres sur celles de Charlotte.

Etant donné la distance, Druscilla avait du mal à voir clairement, mais elle eut l'impression que Charlotte avait ouvert la bouche… Tout comme lui !

Ils donnaient l'impression de se mâcher mutuellement les lèvres.

Le cocher et le valet se poussèrent du coude. Quant au chaperon, elle s'éventa de plus en plus vite comme si la température à l'intérieur de la calèche avait brutalement grimpé.

Maintenant, Charlotte émettait de petits bruits de gorge qui ressemblaient étrangement à des gémissements de plaisir. Son corps était secoué de tremblements et ses mains s'agrippaient aux revers de Hendricks comme si elle ne voulait plus le lâcher.

Ce spectacle donna la nausée à Druscilla qui regretta amèrement de ne pouvoir revenir en arrière. Tout compte fait, elle aurait préféré mendier son pain aux fermiers, comme il l'avait suggéré au départ. Son désir mesquin de se venger de Charlotte leur avait sans doute permis de se procurer suffisamment d'argent pour terminer le voyage, mais cette pécore de Charlotte en profitait pour faire une conquête de plus.

La peste ! Elle lui volait *son* baiser ! Si seulement elle avait choisi les bons mots quelques minutes plus tôt, c'est *elle* qui serait maintenant alanguie dans les bras de M. Hendricks ! Il serait en train de l'embrasser. *Elle* serait en train de frémir de plaisir, accrochée fébrilement à son manteau.

Au lieu de choisir le baiser, elle lui avait bêtement offert de l'argent.

Dépitée, elle regarda la bourse qu'elle avait en main et fourra les billets dans sa poche ; il y avait plus qu'assez pour aller en Ecosse et revenir.

Laissant le petit sac de soie vide tomber par terre, elle fit se déplacer son cheval afin que ses sabots enfoncent la bourse dans la boue.

Lorsque son attention se reporta de nouveau vers la route, elle vit M. Hendricks poser Charlotte sur le sol. Les gémissements avaient cessé.

Druscilla vit clairement l'expression ravie de l'amie de sa sœur.

Une sensation étrange lui serra la gorge et lui fit monter le rouge aux joues. Le coton de sa chemise parut soudain lui comprimer la poitrine et ses pantalons de cuir presser sur un point chaud qui battait entre ses cuisses.

M. Hendricks rabattit son foulard et aida Charlotte à remonter dans la calèche. Il courut ensuite jusqu'à son cheval et sauta en selle, comme animé d'une énergie nouvelle.

— Merci, milady, dit-il en touchant de nouveau le bord de son chapeau.

Puis il inclina légèrement la tête en direction du chaperon de Charlotte :

— Madame.

Cette politesse désinvolte exaspéra Druscilla presque autant que le baiser.

Combien de fois avait-elle ainsi été saluée par un homme séduisant avant qu'il ne reporte toute son attention sur Priscilla ?

— Je dois maintenant vous quitter, ajouta-t-il.

Et, s'adressant au cocher :

— Occupez-vous de votre maîtresse. Si vous êtes malin, vous prendrez votre temps, conclut-il avant d'éperonner son cheval pour rejoindre Druscilla.

Coupant à travers champs et bois, se tenant à distance prudente de la route, ils galopèrent pendant quelque temps. Druscilla ôta son foulard dès qu'il se débarrassa du sien, le suivant sans rechigner, mais son esprit comme son corps étaient en ébullition.

S'il existait des chaperons pour bandits de grand chemin, eh bien, telle avait été sa fonction ce soir.

La seule différence avec un chaperon ordinaire ? Au lieu de broder, elle avait brandi un pistolet. A part cela, comme d'habitude, l'événement vraiment excitant s'était passé à quelques mètres d'elle et, comme d'habitude, personne n'avait souhaité l'y faire participer.

Soudain, M. Hendricks s'arrêta sous le couvert d'un bosquet d'arbres. Il plongea la main dans sa poche et en sortit ses lunettes qu'il se mit à nettoyer. Sans qu'elle ne lui pose la moindre question, il annonça :

— J'ai grandi non loin d'ici. Je préfère remettre mes

lunettes car il n'y aucune raison d'avancer à l'aveuglette, mais je suis content de constater que je connais toujours aussi bien les environs.

Après les avoir mises, il lui jeta un regard sévère.

— J'espère cependant que c'est la dernière fois que j'utilise ma connaissance de la région de cette manière.

Il tendit ensuite la main pour que Druscilla lui donne l'argent et compta les billets.

— Nous ne devrions pas avoir besoin de réitérer l'aventure, et nous avons assez pour louer un attelage. Une fois que nous serons arrivés à Lancaster, vous pourrez remettre une jupe et voyager convenablement. Comme une lady.

Druscilla haussa les épaules. Il se moquait éperdument d'elle, comme elle s'était moquée de la femme qui agitait frénétiquement son éventail alors qu'il embrassait Charlotte, pensa-t-elle le cœur lourd.

— Je n'ai pas besoin de remettre une jupe, si vous jugez plus pratique que nous continuions ainsi.

— J'ai pensé que vous seriez heureuse de voyager plus confortablement, en calèche. Nous pouvons désormais reprendre un rythme plus normal ; nous ne sommes plus obligés de traverser la campagne à bride abattue.

Il regarda pensivement vers le nord pendant un instant, avant de poursuivre.

— Je propose cependant de continuer à cheval encore un peu. Je connais un raccourci qui nous permettra de ne pas croiser l'attelage que nous venons de rançonner, tout en nous plaçant sur la bonne route.

Il se retourna vers elle, observant son inhabituel accoutrement.

— La nuit est claire et nous ne risquons pas d'être

poursuivis. Nous allons donc rester ici et dormir à la belle étoile. Cependant, il serait préférable que vous soyez une femme, demain, et que vous me rendiez mon manteau et mon chapeau.

— Que je sois une femme ? s'indigna-t-elle.

C'était encore pire que d'être ignorée ! Un simple changement de vêtements, et elle semblait avoir perdu à ses yeux son statut de femme.

— Il est préférable que vous soyez *habillée* en femme, voulais-je dire, s'empressa de rectifier M. Hendricks qui avait de toute évidence perçu sa colère. Je sais bien que vous êtes une femme !

Il eut un rire un peu bête qui la surprit.

— Et aussi mon employeur, précisa-t-il.

Choisir ce moment pour lui rappeler la distance existant entre eux était particulièrement cruel, pensa Druscilla.

— Si je vous suis si supérieure que cela, je m'étonne que vous vous permettiez de décider à ma place de ce que je dois porter !

Les différences de condition sociale n'avaient pas eu l'air de le gêner lorsqu'il avait embrassé Charlotte. Certes, elle était son employeur, mais cela n'excluait pas qu'elle éprouve des sentiments ! Puisque c'était comme ça, elle allait lui montrer… lui prouver que… oui, il allait voir ! Elle aussi était capable de… de quelque chose. Elle avait l'impression de l'avoir sur le bout de la langue. Elle savait de quoi il s'agissait mais, étrangement, elle n'arrivait pas à le formuler.

C'était une caractéristique féminine évidente pour tout le monde. Sauf pour elle.

Comment obtenir des précisions là-dessus ? Demander

Chapitre 9

Pour leur campement de nuit, John choisit un champ à plus d'un kilomètre de la grand-route et aussi isolé qu'on pouvait l'espérer. Il y avait des arbres pour s'abriter, des meules de foin sur lesquelles dormir, un ruisseau à proximité, et pas la moindre habitation en vue. Il sauta de son cheval, assez satisfait de la tournure qu'avaient pris les événements.

Certes, cette attaque de calèche avait été une pure folie, mais il avait trouvé l'expérience étrangement grisante. Un peu comme sur le champ de bataille où l'on risque sa vie à chaque instant. Il s'était parfaitement comporté et se tirait de l'aventure sain et sauf et les poches bien remplies.

Quant à lady Druscilla, elle expliquait à elle seule la raison pour laquelle les hommes ne devraient pas prendre de risques dans l'unique but de se rendre intéressants aux yeux des dames.

Il existait bien d'autres manières, ici, en Angleterre, de gagner les faveurs de femmes comme elle — même s'il était fort peu probable qu'il ait la chance, un jour, de lui plaire.

On ne pouvait en dire autant de la petite dinde de la calèche. S'il avait insisté un peu, elle lui aurait cédé sa vertu aussi facilement qu'elle lui avait accordé un baiser. Malheureusement, ce baiser n'avait en rien apaisé son désir pour des yeux sombres et des lèvres sensuelles. Cela n'avait été qu'un moyen pour lui de se sentir un homme, et non cet eunuque que sa fonction exigeait qu'il soit.

— Nous nous arrêtons ici, annonça-t-il.

— Pour dormir sur une meule de foin ?

— C'est bien plus confortable que dormir par terre, vous verrez, dit-il pour la rassurer.

Sa patronne se montrait de nouveau distante et se comportait de façon bizarre, depuis l'attaque. Il s'attendait à une réaction de sa part, après l'aventure qu'ils venaient de vivre. Alors qu'il s'était préparé à de la peur ou de l'excitation, son indifférence boudeuse le prenait de court.

De toute façon, songea-t-il, il était difficile de déterminer ce qui était un comportement étrange ou habituel chez lady Druscilla. Elle faisait preuve d'une telle excentricité !

Elle était capable de monter comme un homme, sans se plaindre et pendant des heures, si les circonstances l'exigeaient. Alors qu'une autre femme aurait tenu le pistolet d'une main tremblante, elle s'était comportée comme un bandit chevronné. Il repensa avec admiration à la façon dont elle avait attrapé la bourse au vol, comme s'ils étaient de vieux complices, habitués à faire le coup de feu ensemble.

Elle semblait s'être assombrie lorsqu'il avait évoqué la possibilité de se déplacer en calèche et en robe, de dormir dans des auberges, bref, de voyager de nouveau comme une jeune fille du monde. Depuis, elle lui opposait un silence qu'il trouvait extrêmement pesant et inconfortable.

Après ces journées de franche camaraderie, ce changement d'humeur aussi inexplicable qu'inexpliqué l'exaspérait

— Eh bien ? fit-il.

Elle fronça les sourcils et se renfrogna davantage. Il essaya de ne pas s'en formaliser, mais son problème était ailleurs : il n'arrivait pas à détourner ses yeux d'elle.

Principalement à cause de ce qu'il avait fini par nommer « la question du pantalon »... S'il avait déjà du mal à regarder son visage sans avoir envie de l'embrasser, il lui était quasiment impossible de repousser les pensées qui lui venaient lorsqu'il regardait... ailleurs.

— Je ne comprends pas votre question, répondit lady Druscilla.

— Je vous ai contrariée, de toute évidence, mais je ne sais ni pourquoi ni comment. J'ai pourtant fait exactement ce que vous m'avez demandé. Expliquez-moi, car je ne peux régler un problème dont je ne connais pas la nature.

— Il n'y a rien, je vous assure.

Elle ôta son chapeau et le toisa comme pour lui rappeler sa place.

— Bien sûr que si ! répliqua-t-il en admirant la cascade de cheveux noirs et en oubliant sa place, une fois de plus.

Après ce qu'ils venaient de vivre ensemble, il était irrité et déçu qu'elle joue à la duchesse avec lui.

— En tout cas, ce n'est rien d'important, admit-elle.

— Si c'est important pour vous, ça l'est aussi pour moi. Allons, dites-moi ce qui vous tracasse.

Elle se mordit la lèvre, comme elle le faisait chaque fois qu'elle croyait révéler une faiblesse.

— Je suis fatiguée, c'est tout. J'ai les muscles endoloris d'avoir chevauché si longtemps.

— C'est normal. Vous n'avez ni mangé ni dormi convenablement, et vous êtes sans doute épuisée. De plus, vous n'avez pas l'habitude de monter à califourchon.

En effet, elle paraissait très fatiguée et titubait presque en descendant de cheval. Il eut envie de la prendre dans ses bras et de la réconforter en lui caressant les cheveux, comme on le ferait avec une enfant.

— Je crois que je ne suis pas habituée à ces pantalons, dit-elle en se massant les reins.

Lui non plus ne s'était pas habitué, et ses pensées prirent un tour qui n'avait rien d'innocent.

— J'imagine qu'ils ne sont pas très confortables...

— Non, ce n'est pas cela.

Elle se tortillait, mal à l'aise, mais n'entendait visiblement fournir aucune explication supplémentaire.

— Quoi qu'il en soit, il est préférable que vous retrouviez vos propres vêtements demain. Si les miens vous mettent si mal à l'aise, vous devriez être contente d'en être débarrassée.

A peine avait-il dit cela qu'il l'imagina totalement nue.

Il se rapprocha d'elle au point de n'avoir d'autre choix que de la regarder dans les yeux. S'il n'avait fait cela, il n'aurait pu résister au désir de laisser son regard se poser à la jonction de ses jambes, ses pensées pleines de chaudes moiteurs qu'il rêvait de découvrir...

Stop ! Il devait absolument chasser ces idées de sa tête. Cela n'avait rien à voir avec les chastes pensées que lui inspirait Emily Folbroke. Là, il éprouvait un désir ardent, dévorant.

Druscilla le regardait elle aussi droit dans les yeux, mais son regard était lointain, ses pupilles dilatées au milieu de l'iris sombre. N'était-ce pas un sourire qui se dessinait sur ses lèvres charnues, comme si elle le mettait au défi de lui révéler ses pensées les plus intimes ?

Etait-elle troublée par ce tissu qui lui collait aux hanches, aux cuisses ? Peut-être avait-elle plus appris de cet amoureux en fuite qu'elle ne le laissait entendre…

John se ressaisit. Il était sans doute flatteur de s'imaginer qu'elle le désirait, mais plus probablement éprouvait-elle une excitation passagère provoquée par ces circonstances inhabituelles.

Mais, après tout, pourquoi ne pas en profiter ? songea-t-il. Certes, il serait un tantinet vexé lorsqu'elle retrouverait sa froideur, mais c'était préférable au statut d'être asexué et parfois même invisible qu'elle lui avait attribué.

Pour faire une expérience, il lui adressa un sourire censé la charmer.

Elle se mordit encore la lèvre.

Il décida de lui offrir la possibilité de se dévoiler.

— Il ne s'agit pas vraiment de se déguiser ou pas en homme, n'est-ce pas ?

— Non.

Etait-ce une affirmation ou une question de la part de Druscilla, comme si elle ne savait pas elle-même ce qui se jouait entre eux ?

Il se rapprocha davantage.

— Il ne s'agit pas non plus de savoir si mes vêtements

vous vont bien. Ils vous vont très bien, si c'est que vous voulez savoir.

— Ils ne sont pas très confortables, mais ils sont surtout très inconvenants, répondit-elle avec un petit sourire, comme si elle partageait avec lui un secret.

— C'est cette inconvenance qui fait tout leur attrait !

Après cette remarque, il attendit la réponse cinglante qui le remettrait à sa place et le retour de *lady* Druscilla, sa froide et hautaine patronne.

A sa grande surprise, il la vit retenir un instant son souffle avant de murmurer :

— M'auriez-vous admirée ?

— Comme le ferait n'importe quel homme sain d'esprit. Je peux vous recommander quelque chose qui pourrait vous détendre. Voulez-vous de mon aide ?

— A quoi pensez-vous ?

Probablement lui avait-il prêté une expérience qu'elle n'avait pas, car sa question était candide et n'essayait pas non plus de s'exonérer pour ce qui allait suivre.

« Arrête-toi tout de suite ! » s'admonesta-t-il. C'était une jeune femme innocente, et il ne lui incombait pas de changer cela.

Cependant, ce fut plus fort que lui ; après l'aventure qu'ils venaient de partager, il était aussi exalté qu'elle. Pour une nuit, elle serait peut-être un peu moins une lady, et lui, un peu plus un coquin.

La distance entre eux devint presque inexistante. Pour le meilleur ou pour le pire, il s'apprêtait à toucher la femme qui le rendait fou depuis leur première rencontre.

Il posa une main sur son épaule.

Elle ne s'écarta pas.

— Pour faciliter la circulation du sang, il est parfois

utile de se faire masser les muscles endoloris par une longue chevauchée, expliqua-t-il d'une voix sensuelle et grave.

— Je vois…

Mais, manifestement, elle ne « voyait » pas du tout, car elle ajouta :

— Comme on étrille les chevaux.

— Euh… oui… presque, fit-il, momentanément désarçonné.

— Et vous feriez cela pour moi ?

Il se reprit et, de sa plus belle voix de basse, répondit :

— Si vous le souhaitez.

— Faites-moi une démonstration, dit-elle d'une petite voix douce.

Se plaçant derrière elle, il lui caressa les épaules en repoussant le lourd tissu du manteau.

Il commença très innocemment par lui masser le cou, les épaules et le dos.

Ayant abandonné sa camisole en même temps que sa robe, elle ne portait rien sous sa chemise, et il sentait donc parfaitement la douce fermeté de sa chair ainsi que la façon dont les nœuds de ses muscles se dénouaient sous ses mains.

Aller plus loin serait malhonnête de sa part, John en avait parfaitement conscience. Il pouvait difficilement prétendre qu'il s'agissait là d'un jeu de séduction mutuel car, malgré sa nature franche, Druscilla était beaucoup plus innocente qu'elle n'en avait l'air.

Il se donna néanmoins bonne conscience en se disant que, après tout, il ne faisait que rendre service ! Elle était fatiguée, tendue, et dormirait bien mieux après un bon massage.

Elle se laissa aller contre lui. Il l'entendit soupirer et imagina ses lèvres entrouvertes, prêtes à recevoir son baiser.

Entourant alors sa poitrine de son bras, il posa sa joue sur ses cheveux et ne fit même plus semblant de soulager son dos. Elle ne pouvait plus ignorer qu'il la tenait ainsi par plaisir, les lèvres à quelques centimètres de son cou.

Elle ne bougea pas et resta confortablement dans ses bras puis, tout à coup, se redressa.

— Pourquoi avez-vous embrassé Charlotte ? demanda-t-elle tout de go.

John sursauta mais ne relâcha pas son étreinte. Il n'avait pas imaginé qu'elle ait pu voir le baiser — elle était censée surveiller le cocher et le valet — ou que, même si elle en avait été témoin, elle ait pu en être contrariée.

Serait-elle jalouse ? C'était assez flatteur, songea-t-il, et cela lui laissait espérer que ses avances seraient bien accueillies.

Il fit donc mine de réfléchir à ce baiser stupide et sans importance à ses yeux.

— Je savais qu'elle ne nous dénoncerait pas tout de suite si je la mettais de bonne humeur. Elle semblait avoir envie d'être embrassée, ne croyez-vous pas ? Lorsqu'une femme fait tant d'efforts pour tomber dans les bras d'un homme, il est cruel de ne pas la gratifier d'un baiser.

— Vous saviez donc que son évanouissement était feint ?

— Bien entendu.

Que cherchait-elle, en lui posant ces questions ? Elle était certes naïve, mais elle pouvait aussi se montrer particulièrement maligne. Son comportement n'était donc pas innocent et, d'ailleurs, ses mouvements contre lui étaient presque une invitation. Si elle souhaitait qu'il l'émoustille en lui racontant l'événement par le menu, eh bien, il allait la satisfaire.

— J'ai moi aussi apprécié ce baiser, reconnut-il. Votre amie est très jolie, n'est-ce pas ? ajouta-t-il, ne résistant pas au plaisir de provoquer Druscilla.

— Oui… Si on veut.

Il sentit ses épaules se contracter comme s'il l'avait frappée.

— Elle n'est pas mon amie, précisa-t-elle.

Puis elle releva la tête et frotta ses cheveux contre la joue de John, comme un chat se frotte à son propriétaire.

— J'imagine qu'elle racontera à qui veut l'entendre comment elle a été agressée par un bandit, tout en se gargarisant de chaque détail de sa mésaventure, reprit-elle.

Son exaspération était-elle due au baiser ou à l'émoi que ce spectacle avait suscité en elle ? se demanda John.

— Il est assez normal qu'une jeune fille bien née trouve extraordinaire et excitant d'être embrassée par un bandit de grand chemin.

Druscilla émit un murmure de mécontentement, et il imagina la moue que devaient faire ses lèvres charnues.

— Charlotte n'est pas si jeune, cela fait au moins deux ans qu'elle a fait son entrée dans le monde. De plus, je ne la considère pas comme « bien née ». Ses parents sont de vulgaires parvenus qui prennent leurs grands airs pour des titres de noblesse. Et, par-dessus le marché, cette fille est une insupportable commère.

— Elle n'est pas innocente, non plus, ajouta-t-il

en lui entourant la taille. En l'embrassant, je l'ai su immédiatement.

— Que voulez-vous dire ?

Ah ! Elle voulait des détails ? John sourit et s'empressa de la satisfaire. Il colla ses lèvres à son oreille.

— Elle s'est collée à moi pour que je sente parfaitement sa poitrine contre la mienne ; elle a ouvert la bouche dès que mes lèvres l'ont effleurée et a aspiré ma langue comme si elle ne pouvait se rassasier de moi.

Pendant qu'il parlait, il entendit son souffle s'accélérer. Elle n'était pas choquée ; elle était émoustillée.

— Mais elle est blonde, et les femmes blondes ne sont pas à mon goût, dit-il en laissant ses mains abandonner son dos, s'égarer sur ses côtes, et effleurer ses seins.

Elle sursauta.

— Je n'ai pas de muscles douloureux à cet endroit, protesta-t-elle mollement.

John s'immobilisa, mais laissa ses mains en place.

— On ne peut pas traiter une partie du corps sans s'occuper de l'ensemble. Tout comme on n'étrille pas une seule jambe d'un cheval.

Ce n'était pas une analogie très romantique, mais Druscilla n'était pas une jeune femme romantique.

Il sentit ses épaules s'appuyer davantage contre lui et son corps se détendre.

— C'est assez logique, concéda-t-elle.

— Vous verrez, c'est très agréable.

— Très bien. Poursuivez donc votre histoire.

— Vos désirs sont des ordres, lady Druscilla.

Il passa sa langue sur ses lèvres et, comme par accident, le bout de sa langue effleura l'oreille de sa compagne. Il reçut comme une récompense la pression de ses hanches contre son bassin.

Elle devait certainement sentir son désir, mais elle ne s'écarta pas. Au contraire, elle recula davantage entre ses cuisses, pressant ses fesses contre lui.

— Je voulais me montrer délicat avec elle et ne pas la vexer. Pour moi, il s'agissait juste d'effleurer ses lèvres, rien de plus, mais il est difficile pour un homme de résister au désir d'une femme.

Comme le prouvait celle qu'il tenait dans ses bras, à l'instant… Pour s'installer plus confortablement, Druscilla posa une main sur la cuisse de John, et ce contact enflamma son désir.

— Alors, je l'ai tenue fermement et j'ai enfoncé ma langue profondément dans sa bouche. Encore et encore, jusqu'à ce que je la sente faiblir.

Il n'avait tiré aucun plaisir particulier de cette expérience mais, avec Druscilla, c'était autre chose. Contre lui, elle était chaude, ronde, douce, et il remercia Dieu de toute son âme pour le cadeau extraordinaire qui lui était fait. Il reprit ses caresses et sentit aussitôt la pointe de ses seins se dresser sous ses mains. Lorsqu'il les pinça délicatement entre ses doigts, elle frissonna de plaisir.

— Oh !

Il s'agissait davantage d'un gémissement que d'un mot, et elle se tortillait maintenant contre lui. Peut-être était-il temps d'arrêter avant que la situation n'échappe à son contrôle.

— Vous sentez-vous mieux ? demanda-t-il.

— Un peu.

La tête de Druscilla était rejetée en arrière et reposait sur son épaule.

— Je ne veux pas que vous arrêtiez. Pas encore…, souffla-t-elle en se tournant vers lui.

A la clarté de la lune, il distingua ses yeux mi-clos et ses lèvres entrouvertes.

— Charlotte s'est très mal comportée, ajouta-t-elle en s'humectant les lèvres.

— Peut-être voulez-vous me montrer comment aurait dû agir une jeune femme respectable ? dit John, abandonnant toute prudence.

— Je ne sais pas si cela est bien raisonnable…, répondit-elle d'une voix lente et rêveuse, comme une femme un peu ivre essayant de se rappeler l'objet même de la discussion.

Puis elle leva son visage vers le sien, attendant un baiser.

— Essayons toujours…, murmura John en se penchant vers elle.

Il la serra contre lui, un bras autour de sa taille, et plongea sa main libre dans sa chevelure. Elle était beaucoup plus dense qu'il ne l'avait imaginé et sentait encore le savon, même après trois jours passés sur les routes.

Ses lèvres étaient parfaites, aussi pleines et douces que ses seins.

A première vue, elles pouvaient sembler crispées par la désapprobation, avec une moue boudeuse, mais si on les observait, on remarquait qu'elles étaient légèrement entrouvertes, prêtes, offertes, tout comme celles de l'autre fille.

Druscilla voulait être embrassée au moins autant que lui voulait l'embrasser.

Il ne résista pas. Il effleura d'abord ses lèvres, puis prit possession de sa bouche comme s'il en avait le droit. Elle réagit en s'agrippant à ses épaules et en se plaquant contre lui, les seins écrasés contre son torse.

John lutta pour ne pas bouger, pour lui permettre de s'habituer au contact de sa bouche d'homme contre la sienne.

Oh ! le plaisir de la sentir lui rendre son baiser, le doux contact de sa langue, ses lèvres charnues s'écartant des siennes pour courir le long de sa mâchoire !

— J'éprouve avec vous des choses inhabituelles, monsieur Hendricks, murmura-t-elle lorsque sa bouche atteignit l'oreille de John.

Il sentit à son souffle irrégulier qu'elle le désirait, aussi fort qu'il la désirait.

— Ce que vous ressentez est la chose la plus naturelle au monde. Inutile de vous alarmer.

— Un acte naturel n'est pas forcément exempt de danger…

— Quel bel esprit logique, lady Druscilla ! s'exclama-t-il en riant.

C'était typique de la part de cette femme si originale de réfléchir aussi sérieusement pendant un tel moment ! Il ne la désira que davantage.

— Cela vous effraye-t-il ?

S'il voulait réveiller la passion qui brûlait en cette femme, il devait s'assurer qu'elle n'était pas dépassée, effrayée par ce qu'elle était en train de vivre.

— Certainement pas. Je me demande juste si tout cela est raisonnable.

— Probablement pas, reconnut-il.

— Mais, c'est…

Elle s'humecta de nouveau les lèvres et lui embrassa le lobe de l'oreille.

— … assez plaisant. Et puis, tant que nous sommes debout et que ne nous allongeons pas…

— Ce que nous ne ferons pas, promit John.

— … que nous sommes tous les deux habillés…

— Et que nous le resterons, ajouta-t-il, parfaitement sincère.

Disant cela, il eut cependant conscience qu'elle ignorait tout des choses que l'on pouvait faire, même en respectant ces deux contraintes.

— … nous n'agissons pas si mal que cela, poursuivit-elle.

— Tant mieux, car je n'ai pas envie d'arrêter, conclut John.

Il l'embrassa encore une fois, sur les lèvres, dans le cou, sur les épaules, et lui demanda, la bouche collée à l'oreille :

— Puis-je vous caresser encore ?

— Je vous en prie.

John laissa alors ses mains explorer chaque centimètre accessible à son désir. La poitrine ferme, la taille fine, le ventre plat. Le postérieur rond, les cuisses douces et charnues. Il glissa la main entre elles et les imagina nouées autour de sa taille. Puis il remonta jusqu'à son entrejambe, la paume de la main pressée contre sa féminité, sentant sa chaleur… Il se vit déboutonnant le pantalon de la belle, et sa main se fit plus hardie.

— Cela vous soulage-t-il ? s'enquit-il avec une ironie un peu méchante car, pour lui, l'exercice devenait de plus en plus douloureux.

Alors qu'il s'attendait à la voir se dégager de son emprise, elle lui saisit l'avant-bras pour se presser davantage contre la paume de sa main. Il l'entendit gémir.

— Vous êtes exactement au bon endroit, murmura-t-elle. Vous pourriez frotter avec un peu plus d'insistance...

— Très bien, lady Druscilla.

John la regarda dans les yeux et s'autorisa donc une caresse plus appuyée. A travers le cuir du pantalon, il la sentit devenir de plus en plus brûlante.

Elle ferma les yeux, mais ses cils battaient encore, comme animés d'une vie propre. Puis elle se cabra et se mordit la lèvre.

— Plus fort ? fit-il, son souffle caressant la peau de Druscilla.

A ce stade, elle semblait bien incapable de parler. Elle opina pour signifier son accord et, très rapidement, John vit ses lèvres trembler, offertes, parfaites.

Il ne résista pas et l'embrassa fougueusement, la serrant contre lui, pressant son bassin contre le sien en s'imaginant en elle, enveloppé par elle.

La langue de Druscilla sembla s'affoler dans sa bouche et ses doigts lui agrippèrent les épaules.

Son propre désir était maintenant tel qu'il en devenait douloureux, et il se surprit presque à regretter de s'être lancé dans un jeu qui le laisserait insatisfait.

Cependant, la joie de sentir Druscilla gémir contre sa bouche et presser son sexe sur sa main valait bien un moment de frustration.

Soudain, elle fut parcourue de tremblements et s'arracha à ses lèvres pour chercher un peu d'air avant de se laisser complètement aller dans ses bras.

Elle resta ainsi immobile un bon moment, sa respiration s'apaisant tout doucement.

John repoussa délicatement les mèches de cheveux tombées sur les yeux de Druscilla. C'était la première fois qu'elle éprouvait du plaisir, il en était certain, et c'était lui qui venait de le lui offrir…

Sans doute ignorait-elle même le sens de ce mot et était-elle incapable de comprendre ce qui venait de lui arriver.

— Dru…, murmura-t-il.

Elle frissonna, souriante, puis sembla tout à coup prendre conscience du comportement qu'elle venait d'avoir et se redressa.

D'un geste machinal, elle brossa les plis d'une jupe imaginaire et essaya de retrouver la contenance d'une lady Druscilla Rudney, employeur du sieur Hendricks.

— Que signifie cela ?

La voix était glaciale et le ton accusateur, comme si elle lui reprochait la réaction physique provoquée par ses caresses.

John lui répondit par un sourire innocent.

— C'était une réaction physique normale.

— A votre baiser ?

— Je crois qu'il s'agit plutôt de votre pantalon et de la manière dont j'ai…

Il vit son expression outragée.

— … pratiqué mon massage. Je suis certain que vous vous sentez plus détendue. Vous pouvez d'ailleurs reproduire ce massage vous-même, si besoin est.

— Certainement pas !

— Ou je peux continuer à vous aider, si vous le souhaitez, dit-il en essayant de ne pas sourire.

— Pourquoi ai-je la désagréable impression que vous vous moquez ?

— Vous vous trompez. Vous étiez fourbue, je vous ai simplement soulagée.

Si on apprenait le type de « service » qu'il venait d'offrir, songea-t-il, il était peu probable qu'il retrouve jamais du travail.

Pour l'heure, cependant, il se moquait de savoir qui était le père de Druscilla et le tort que cette aventure pourrait causer à sa carrière. Il ne regrettait rien.

— Vous savez très bien que ce n'est pas ce que j'ai voulu dire, rétorqua-t-elle. Je préférerai ne pas éprouver ce... cette sensation. Et je ne veux pas que cela se reproduise.

« Quel dommage ! » pensa-t-il. Pourtant, dans le regard sévère de Druscilla, une petite lueur persistait. Oui, il en était certain, elle avait pris un immense plaisir à l'expérience, et l'émotion ressentie était loin de lui déplaire.

— Je me sens mal à l'aise... après la chose indécente que vous venez de me faire.

Puis elle ajouta dans un murmure :

— J'ai l'impression d'avoir oublié d'accomplir une tâche, mais je n'arrive absolument pas à me souvenir laquelle.

S'il ne se retenait, il lui enlèverait son pantalon, la coucherait sur l'herbe et se chargerait de lui faire recouvrer la mémoire, se dit John, exaspéré et frustré.

Quel idiot ! Se comporter ainsi avec elle avait été une erreur de jugement catastrophique. Il s'était aventuré sur un chemin qu'il n'avait pas le droit d'emprunter.

Il croisa le regard de Druscilla et le soutint.

— Je crois que vous n'aurez plus besoin de ce genre de service, lady Druscilla. Même si l'expérience est fort agréable, je m'abstiendrai de vous montrer la suite, et je vous prie d'excuser mon comportement. Cela ne se reproduira pas, et nous n'en parlerons plus. Nous ferons comme s'il ne s'était rien passé, proposa-t-il.

Il s'écarta d'elle et, ce faisant, eut l'impression de nier ce qui venait de se passer entre eux.

« Ne me renvoie pas ! » la supplia-t-il mentalement.

— Merci, fit-elle, glaciale.

— Je vais m'occuper des chevaux. Vous pouvez utiliser cela pour faire un lit, dit-il en lui tendant une couverture. Vous verrez, la paille fait un matelas assez confortable. Et moi… les chevaux…

Il s'éloigna dans la fraîcheur de la nuit pour rejoindre les chevaux.

Chapitre 10

« Cela ne se reproduira pas. »

« C'est dommage », se dit Druscilla en s'enroulant dans la couverture. La part la moins raisonnable d'elle-même ne demandait qu'une chose, répéter l'expérience.

Un baiser, voilà ce qu'elle espérait, au départ. Elle avait imaginé qu'il se comporterait avec elle comme il s'était comporté avec Charlotte et lui avait donc permis de l'embrasser.

Elle avait sous-estimé M. Hendricks et avait été dépassée par la situation. Certes, il prétendait n'avoir agi que dans un but pédagogique et dans l'intention de soulager son corps endolori, mais elle le suspectait de mentir.

Cependant, si elle se refusait à poursuivre l'expérience et ne lui posait pas de questions, jamais elle ne connaîtrait le fin mot de l'histoire.

Ce qui lui était arrivé était bien trop agréable pour être une chose courante. Non, ce devait être mauvais pour la santé et certainement inconvenant ! Elle soupira. C'était souvent le cas pour les choses agréables…

Si porter des pantalons provoquait de tels désordres, elle ne s'étonnait plus de la réputation de libertins qu'avaient la plupart des hommes. Bien que rien dans le comportement passé de M. Hendricks n'ait suggéré une tendance au libertinage, sa gouvernante lui avait affirmé que les hommes se transformaient en satyres à la moindre provocation.

Bien entendu, on lui avait épargné les détails des turpitudes que cela entraînait et, de toute façon, elle ne s'était pas sentie concernée. Elle n'était pas le genre de femme à susciter de tels débordements, encore moins affublée d'un pantalon boueux et sentant vaguement le cheval.

Tout de même, elle aimerait bien voir M. Hendricks perdre la tête sous le coup de la passion, sous l'emprise de cette folie dont elle venait sans doute d'expérimenter les premiers symptômes. Satané pantalon !

A l'idée qu'ils allaient dormir côte à côte, elle se sentit… Elle secoua la tête, honteuse.

Elle avait envie de glousser, de minauder bêtement, comme une débutante qui vient juste de conclure une danse avec un cavalier particulièrement séduisant. Pourtant, la situation dans laquelle elle se trouvait n'avait rien de réjouissant, et elle n'était pas à un bal, que diable !

S'allonger à côté de cet homme était un mal nécessaire, se rappela-t-elle. Un moyen de se réchauffer en l'absence d'un feu. En tout cas, elle s'était dit cela avant qu'il ne la touche. Depuis, son corps avait répondu avec une force qui la surprenait au massage de M. Hendricks.

Druscilla sourit. Au moins, elle était rassurée : il ne la prenait pas pour un être asexué. Pendant le… massage, il l'avait regardée avec assurance, visiblement conscient de ce qu'elle éprouvait et amusé par sa réaction. Lorsqu'il l'avait embrassée, il avait eu l'air également de savoir ce qu'il pouvait attendre de sa bouche et de son corps. Il avait vu en elle un potentiel et avait voulu le développer.

Comme il l'avait promis, elle s'était sentie ensuite plus détendue, mais aussi très confuse. Quant à lui, il avait paru curieusement nerveux, inquiet, le regard fuyant.

Le pauvre, elle avait été si dure avec lui !

Elle avait sans doute tout gâché en lui reprochant d'avoir abusé de sa confiance alors qu'elle avait conscience d'avoir désiré ce qui s'était passé.

Certainement vexé, M. Hendricks s'était éloigné en toute hâte, sous prétexte de s'occuper des chevaux.

Si elle ne changeait pas de ton, il était peu probable qu'il partage sa couverture, ce soir ; il irait sans doute dormir avec les chevaux et elle serait seule.

Elle haussa les épaules. C'était peut-être mieux ainsi. Demain, ils reprendraient la route, elle retrouverait Priscilla et, avec l'aide de M. Hendricks, ramènerait sa sœur à Londres. Elle expliquerait alors à leur père ce qui s'était passé — ainsi que la participation de M. Hendricks — en omettant, bien sûr, certains détails. Il serait payé et elle s'assurerait qu'il reçoive une lettre de recommandation. Une façon de le remercier pour sa discrétion et son aide.

Ensuite il s'en irait, et elle ne le reverrait plus jamais.

Une bouffée d'angoisse l'envahit à cette idée. Que ferait-elle, sans lui ?

« Ce que tu as toujours fait », se sermonna-t-elle. Elle redresserait le menton, garderait son calme face aux folies de sa famille, et supporterait la perpétuelle désapprobation de son père. Elle oublierait ses besoins et ses aspirations, en espérant qu'un jour, peut-être, elle pourrait s'occuper d'elle-même.

Pour la première fois depuis sa petite enfance, elle eut envie de taper du pied et de pleurer.

Sa vie serait-elle toujours cette suite ininterrompue de devoirs à accomplir, et toujours dans la plus terrible solitude ? Cette question, elle se la posait souvent, non sans inquiétude. Pourtant, à l'occasion de ce voyage, les choses avaient pris un tour différent.

Il avait suffi qu'elle donne un coup de pied au voyageur assis en face d'elle, dans la diligence, pour que le poids de ses responsabilités soit soudain ôté de ses épaules par un homme merveilleux. Alors non, pas question de reprendre ce fardeau ! Et puis, retourner chez elle serait plus difficile, à présent que le coin du voile s'était levé, maintenant qu'elle avait eu un avant-goût du monde merveilleux qui l'attendait dehors — un monde où elle n'était plus « Silly », mais Druscilla, une femme désirable.

Oui, que M. Hendricks revienne pour qu'elle puisse nouer ses bras autour de son cou et se coucher dans le foin avec lui !

Elle lui demanderait alors de lui apprendre à le toucher comme il l'avait touchée, jusqu'à l'âme. Elle voulait le voir allongé à côté d'elle aussi heureux et comblé qu'elle l'avait été grâce à lui.

Comme elle aurait aimé l'entendre dire qu'elle n'avait rien imaginé, qu'il y avait bien quelque chose entre eux ! Elle voulait l'entendre jurer qu'ils ne se quitteraient par sur un simple « merci » pour que chacun retrouve ensuite sa position dans le monde.

Elle se releva et, roulant la couverture sous son bras, se dirigea vers les arbres.

— Monsieur Hendricks ?

Il était debout, adossé à un arbre, les yeux clos, en paix. Pour un peu, on aurait pu croire qu'il dormait. Dès qu'il la vit venir vers lui, il parut pris de panique et jeta des regards désespérés autour de lui, comme s'il cherchait à fuir.

— Lady Druscilla.

— Monsieur Hendricks, il est tard et je souhaiterais me retirer. Partageriez-vous une meule de foin avec moi ?

Cela semblait ridiculement formel, mais que dire dans un moment pareil ?

Elle s'était visiblement fort bien débrouillée, car il sourit. De toutes ses dents et avec un air satisfait.

C'était insolent et déplacé, songea-t-elle. Pourtant, sans réfléchir, elle répondit à son insolent sourire en lui en adressant un identique en retour. Ils détournèrent ensuite tous deux les yeux, gênés. Elle fit mine d'ajuster ses vêtements et lui d'essuyer ses lunettes.

— Je crois qu'il est plus sage de nous abstenir, après ce qui vient de se passer, finit-il par dire. Enfin, si vous ne souhaitez pas…

— Je ne souhaite pas avoir froid, ni être seule, l'interrompit-elle avec assurance. Et puis, la paille doit abriter d'autres… résidents. Peut-être même de la vermine ou des vipères.

— Et cela vous effraie ?

Non, cela ne l'effrayait pas. Ce serait déplaisant, tout au plus. Avoir peur d'aussi petites bêtes était parfaitement ridicule mais, pour une fois, elle eut la présence d'esprit de donner la bonne réponse.

— Oui, cette idée me terrifie.

Il éclata de rire pour lui signifier qu'il n'en croyait pas un traître mot, et lui prit la couverture des mains.

— Bien sûr, je partagerai une meule de foin avec vous, lady Druscilla. Loin de moi l'idée de laisser une faible femme telle que vous seule et effrayée.

Ils retournèrent donc ensemble vers la meule de foin et il y étala la couverture.

— J'aurai au moins l'occasion de voir à quoi vous ressemblez lorsque vous êtes effrayée. Ce doit être un spectacle rare, ajouta-t-il.

— C'est vrai, reconnut-elle. Je ne vois pas l'intérêt de se donner en spectacle. Montrer sa peur, c'est fournir aux autres une arme contre soi.

Il émit un bruit bizarre, comme une bête grognant pour repousser un intrus, avant de l'attirer pour qu'elle se love contre lui. Bientôt, ils furent aussi emboîtés l'un dans l'autre que les pièces d'un puzzle.

— Ne craignez pas d'être vous-même avec moi, Dru. Vous êtes en sécurité, et vos secrets aussi.

Elle eut l'impression qu'un nœud se défaisait à l'intérieur d'elle ; un nœud qu'elle avait tenu serré jusqu'à présent.

Avait-elle vécu si longtemps dans la peur d'être démasquée ?

— Monsieur Hendricks ? fit-elle, testant sa nouvelle bravoure.

— Oui, Milady ?

Il était fini le temps où il n'était qu'un simple employé et elle sa patronne. Bien que les mots soient ceux d'avant, sa voix avait des accents nouveaux, comme si son « Milady » avait un autre sens.

— Si je ne vous avais pas engagé, m'auriez-vous aidée ? Je reconnais que je vous ai un peu forcé la main, mais vous pouviez refuser. Je me serais très bien débrouillée seule et vous auriez pu, dès le début, dénoncer mon mensonge.

— Oui, je vous aurais aidée. Même si la perspective d'une rémunération était la bienvenue, je n'aurais jamais refusé mon aide à une femme, dit-il en souriant. Vous ne voulez pas l'admettre, mais vous aviez vraiment besoin de moi.

— Oh !

Comme toujours, son intonation — ce ton de maîtresse d'école que lui reprochait Priscilla — sembla plus froide qu'elle ne le souhaitait et cela masqua la joie que cette réponse lui causait.

« Cesse de te faire des illusions ! » lui rappela la voix de la raison. Bien sûr, il l'aurait aidée, comme l'aurait fait tout gentilhomme. Car il en était un, même s'il ne disposait ni du titre ni de la fortune. Il en avait les manières et le respect pour le sexe faible.

— Si vous pensez que j'ai agi comme l'aurait fait tout gentilhomme, permettez-moi de vous détromper, ajouta-t-il, comme s'il devinait ses pensées. Certes, je n'aurais pas abandonné une demoiselle en détresse et, une fois mes services achetés, je fais mon devoir jusqu'au bout. Mais il y a certaines choses que l'argent, ou les belles manières, ne peuvent acheter. L'attaque d'une calèche, par exemple. Il faut une femme extrêmement persuasive pour cela.

— Et... pour ce qui s'est passé ensuite ? demanda-t-elle en retenant son souffle.

— J'ai agi par choix, pas par devoir.

Il redressa légèrement la tête et l'observa.

— Il m'arrive d'embrasser des femmes sur une impulsion, mais il est très inhabituel pour moi d'être bouleversé par la présence de l'une d'elles au point de perdre la tête.

Heureusement, il faisait sombre, et elle put lui dissimuler son sourire. Il semblait la comprendre et, avec lui, elle n'avait pas besoin de s'expliquer.

C'était très bien ainsi, songea-t-elle, car elle n'aurait su par quoi commencer.

Les bras de Hendricks l'enlaçaient avec plus de tendresse que de passion, et elle se sentit en paix.

— Ce qui est arrivé n'avait rien à voir avec une quelconque rémunération ou le sens du devoir. Non, c'était quelque chose de particulier. Je doute qu'il se serait passé la même chose si vous ou moi avions été avec quelqu'un d'autre. Comprenez-vous ?

Elle acquiesça. Ils étaient si près l'un de l'autre qu'il devait percevoir chacun de ses mouvements.

— Et ne vous inquiétez pas, je n'irai pas plus loin. Vous êtes en sécurité avec moi, comme vous l'avez toujours été.

En sécurité ? Ils n'avaient pas la même définition de ce mot… Dès l'instant où ils s'étaient trouvés en tête à tête, Druscilla avait cessé de se sentir en sécurité. Mais ce n'était pas cela qui l'inquiétait, c'était sa réaction à la présence de cet homme. Elle ne s'était jamais sentie aussi heureuse, aussi vivante.

Désormais, en le regardant, elle voyait d'un côté l'homme pondéré et honnête, l'intellectuel à lunettes qui suivait ses instructions à la lettre et, de l'autre, le bandit de grand chemin, le coquin sans foi ni loi, capable d'inviter poliment une lady à descendre de sa calèche pour ensuite la compromettre.

Au lieu de le sermonner comme il le méritait, elle sentit son cœur battre d'excitation.

— Je voudrais moi aussi vous poser une question, dit-il.

Elle se doutait du genre de question qu'un gentilhomme posait après s'être comporté comme il l'avait fait avec elle. Il allait la demander en mariage, cela ne faisait aucun doute.

Et elle répondrait : « Oui ! » Ce serait dramatique car son père leur interdirait d'être ensemble, mais tant pis.

Au diable son avenir de duchesse ou de princesse ! Adieu le beau mariage rêvé par le duc, son père, et bon vent ! Avant qu'ils ne rentrent à Londres, elle allait avouer dès ce soir à M. Hendricks ses vrais sentiments.

— Après les jours que nous venons de passer, je crois que vous avez gagné le droit de me poser toutes les questions, répondit-elle en essayant de paraître douce et accessible.

— Justement… Après tout ce qui s'est passé, souhaitez-vous encore aller en Ecosse pour sauver votre amie ?

Druscilla essaya de cacher sa déception. Le but de ce voyage était très important, mais elle ne souhaitait pas, pour l'heure, donner d'explications.

— Oui. Et les difficultés rencontrées ne m'ont pas découragée. D'ailleurs, j'ai l'impression que nous gagnons du terrain, n'est-ce pas ? Cet arrêt ne nous retarde pas trop, j'espère ?

Si s'oublier dans les bras de M. Hendricks lui avait fait perdre sa sœur, elle ne se le pardonnerait pas. Mais était-ce si condamnable de vouloir, elle aussi, ce que Priscilla considérait comme allant de soi ?

— Je pense que nous les aurons presque rattrapés

lorsque nous serons de retour sur la route principale. Mais comprenez-vous ce que cela signifie ? Ils ont pris tout leur temps. Ils n'ont pas hésité non plus à déjeuner et dîner ensemble, dans des lieux publics, où ils pouvaient être vus. En outre, ils ont dormi dans des auberges, ce qui n'a rien de discret.

Elle s'en doutait bien sûr, mais n'avait pas voulu en discuter avec lui.

— La jeune femme est irrémédiablement compromise, et il ne reste au gentilhomme qui l'accompagne qu'une seule chose honorable à faire. Je sais que vous voulez empêcher ce mariage, mais il vaudrait mieux, pour que l'honneur soit sauf, que ce gentilhomme épouse sa compagne.

— Je comprends, répondit-elle en posant une main sur sa poitrine. Mais continuerez-vous à m'aider, comme promis ? Je vous assure que ce mariage ne doit pas avoir lieu. Je ne le permettrai pas.

Elle le sentit se raidir et il expira lentement, comme s'il avait retenu son souffle en attendant sa réponse. Lorsqu'il reprit la parole, sa voix était distante.

— Bien entendu, Milady. Si tel est votre désir, il en sera ainsi.

Il parlait de nouveau comme un employé. Aurait-elle commis un impair ou échoué à une sorte de test ? Elle resta silencieuse, perplexe.

— Parlez-moi de ce M. Gervaise que nous poursuivons, s'enquit-il après quelques instants, cette fois d'une voix presque menaçante, comme s'il parlait d'un rival.

Druscilla réfléchit, cherchant un moyen de répondre à la question sans révéler trop d'informations sur la fuite embarrassante de sa sœur.

— M. Gervaise est un homme charmant, répondit-elle enfin. Il serait vicomte et français.

C'était là une invention car, d'après ce qu'elle savait, Gérard Gervaise était né Gerry Jarvis. Pour l'heure, elle ne voyait pas l'intérêt d'en informer M. Hendricks.

Il poussa un grognement de dégoût.

— Il a fui la France lorsque Bonaparte est arrivé au pouvoir, expliqua-t-elle, craignant qu'il ne soupçonne sa famille de collusion avec l'ennemi.

— Que c'est tragique ! fit Hendricks d'une voix totalement dénuée d'empathie. Et, en même temps, si romantique… Exactement le genre d'histoire qui plaît aux femmes. Et puis un titre français est toujours préférable à une absence de titre, n'est-ce pas ? Il est riche, sans doute.

— C'est un homme qui ne dépend de personne, concéda-t-elle.

Sur ce point, elle ne mentait pas vraiment, car les emplois successifs occupés par Gervaise pouvaient être considérés comme une forme d'indépendance. D'ailleurs, M. Hendricks était lui aussi un homme indépendant.

— Je parie qu'il est également séduisant, grommela-t-il.

— Très séduisant.

Là, au moins, elle disait vrai.

— Il est un peu plus grand que vous, ajouta-t-elle. Bien fait, avec de beaux yeux sombres ; il a l'allure d'un homme fort et délicat à la fois. En outre, il est charmant et c'est un excellent danseur.

Sa profession exigeait des talents de danseur, mais son apparence et ses manières étaient ses principaux atouts. Si elle tenait compte de tout cela, il était difficile de condamner sa sœur de s'être laissé impressionner et de s'être enfuie avec lui.

— Et la femme qui l'accompagne ?

— Elle est insignifiante, s'empressa de répondre Druscilla.

La dernière personne dont elle avait envie de discuter dans les bras de cet homme était de sa ravissante sœur. Il la rencontrerait bien assez tôt et ne manquerait pas de les comparer. Avec la chance qui la caractérisait, devant la blondeur radieuse de Priscilla, l'intérêt de M. Hendricks pour elle s'évanouirait aussi vite que la rosée matinale.

— J'aurais vraiment mauvaise conscience, si nos manœuvres devaient causer souffrances et déshonneur à cette femme.

— Ne vous souciez pas d'elle ! Je m'assurerai qu'elle ait regagné la sécurité de ses foyers avant la fin de la semaine.

« Et qu'elle y soit enfermée à triple tour pour empêcher toute nouvelle folie », ajouta-t-elle, *in petto.*

— Si nous parvenons à garder le secret sur cette fuite, poursuivit-elle, son honneur sera intact. Mais vous, monsieur Hendricks, que comptez vous faire, ensuite ?

— Ensuite ? répéta-t-il d'une voix morne, comme s'il n'avait pas envisagé la fin de ce voyage.

— Si je me souviens bien, vos plans étaient assez vagues lorsque je vous ai rencontré.

— C'est une façon comme une autre de décrire ma situation d'alors, dit-il. J'étais ivre, j'avais le cœur brisé, et j'étais prêt à me jeter dans la mer du Nord.

— Et maintenant, comment allez-vous ? s'enquit-elle, pleine d'espoir.

— Sobre. Mais à part cela, rien n'a changé.

Druscilla se souvint brusquement de l'histoire qu'il lui avait racontée lors de leur première nuit. Comme cela ne concernait pas son voyage, elle n'y avait plus pensé.

— Lorsque nous nous sommes rencontrés, vous m'avez confié éviter la compagnie d'une certaine lady…

— J'ai eu la malchance de tomber amoureux d'elle, la coupa-t-il. Mais je ne vous ai pas dit qu'elle était la femme de mon employeur.

— C'était lady Folbroke ?

Druscilla ne se souvenait pas avoir rencontré le comte, mais elle avait croisé Emily Longesley lors d'une soirée londonienne, une des rares sorties de la comtesse. Elle était aussi belle que Priscilla et dotée d'un esprit qui avait captivé l'attention de tous les hommes présents. La comtesse s'était montrée amicale avec elle, et l'avait poussée à s'éloigner du coin des chaperons pour la faire s'asseoir à côté d'un soupirant de Priscilla.

L'idée que M. Hendricks puisse la comparer, à l'instant même, à cette éblouissante créature, lui donna envie de disparaître dans le foin.

— Le couple est resté séparé pendant trois ans, et j'ai passé le plus clair de mon temps à faire la navette entre eux pour transmettre des informations. J'ai fini par tomber amoureux de la comtesse.

— J'imagine que son mariage n'est pas très heureux, dit-elle, préférant trouver une excuse au comportement de M. Hendricks.

— Non, pas vraiment. Mais si vous vous imaginez un mari diabolique et une belle comtesse en détresse, vous vous trompez.

Elle le sentit resserrer son étreinte, comme s'il cherchait dans la chaleur de son corps la force d'affronter de douloureux souvenirs.

— Emily était assez belle pour le rôle, mais son mari l'était tout autant, et de fortune et de position très supérieures aux miennes. C'était également un ami.

— Alors, elle lui a été infidèle et s'est moquée de vous…

— Pas du tout. Même pendant leur séparation, elle n'a cessé de l'aimer. Elle n'avait aucune attirance pour moi, et me l'a fait comprendre très clairement.

— Comme c'est cruel !

— La cruauté est une gentillesse, lorsque sa cible est une personne aussi obtuse que je l'étais. Mes sentiments étaient devenus si évidents que le mari, pas plus que la femme, ne pouvait les ignorer. Ma déclaration d'amour n'a été ni grandiose ni romanesque. J'ai balbutié quelques mots qui ont été très mal accueillis.

Druscilla l'enlaça et enfouit son visage contre sa poitrine. Elle ressentait son embarras comme s'il avait été le sien ; elle aussi avait souffert des rebuffades de son entourage chaque fois qu'elle avait eu le malheur d'exprimer ses sentiments.

— Adrian s'est montré très compréhensif et Emily aurait volontiers oublié toute cette affaire, mais j'étais trop gêné pour rester chez eux. J'ai démissionné le jour même. Puis, j'ai fait mes bagages, je me suis soûlé et je suis monté dans la mauvaise diligence.

— C'est affreux…

Son comportement avec elle était-il une façon d'oublier cette autre femme ? se demanda Druscilla en espérant que non.

— Non, pas vraiment, dit-il en souriant. Voyager avec vous m'a fait oublier mes soucis.

Voilà donc ce qu'elle avait été pour lui, une diversion, pensa-t-elle amèrement.

— Je suis contente d'avoir pu vous aider, répondit-elle en fermant très fort les yeux pour ne pas pleurer.

— La compagnie d'Emily était extrêmement plaisante et nous travaillions bien ensemble. J'ai de bons souvenirs des moments passés auprès d'elle, lorsque je m'imaginais avoir une chance de lui plaire.

— Elle est si charmante ! Je comprends combien il devait être difficile de travailler à ses côtés sans être tenté…

« S'il te plaît, ne me parle plus d'elle et de tout ce qui nous différencie, elle et moi ! » le supplia-t-elle en silence.

— Je crois que vous avez fait le bon choix en démissionnant, conclut-elle.

Il eut un silence, puis elle sentit M. Hendricks lui caresser les cheveux.

— Je vous ai raconté cela pour que vous compreniez combien cette toquade pour lady Folbroke était étrangère à mon caractère. Je finis toujours par choisir la solution la plus rationnelle, lady Druscilla. Certains d'entre nous ont le malheur d'être toujours raisonnables.

— Le reste du monde devrait nous en remercier.

— Même les plus raisonnables d'entre nous ne sont pas épargnés par l'amour.

— A vous entendre, on pourrait croire qu'il s'agit d'une maladie !

— Dans un sens, ça l'est.

« Une maladie que tu m'as transmise », se lamenta

intérieurement Druscilla. Comment pouvait-il être étendu à son côté et n'avoir aucune idée de ce qu'elle éprouvait pour lui ?

Avec une cruauté qu'elle savait involontaire, il poursuivit :

— J'ai adoré Emily pendant des années en silence. Mais, obligé de voir la futilité de mon amour, j'ai… Je voulais vous en parler pour vous faire comprendre l'impossibilité de faire entendre raison aux gens amoureux. Mais vous m'avez convaincu, lady Druscilla. J'aurais juré que mes sentiments pour Emily dureraient toute ma vie, mais force est de constater qu'il a suffi de quelques jours pour qu'ils disparaissent. Si les sentiments que vous cherchez à étouffer chez le couple que nous poursuivons sont de nature aussi volatile, alors vous aurez plus de succès que je ne le pensais au début de ce voyage.

— Je suis contente de vous l'entendre dire. Garder espoir est essentiel.

— Je suis d'accord. Si je retombe sur mes pieds après cela, j'en tirerai la leçon qui s'impose et je prendrai femme. Ne serait-ce que pour me guérir de cette folie amoureuse.

Cette perspective ne semblait pas l'enthousiasmer, mais elle comprit son besoin de se trouver un but et de s'y tenir. Se marier était un objectif préférable à celui d'aller se jeter dans la mer du Nord.

— Je ne vois qu'un seul problème… Les femmes qui sont à ma portée m'ennuient généralement à mourir, dit-il avec un rire amer.

— Et qui sont ces femmes ? demanda Druscilla, presque effrayée à l'idée d'entendre sa réponse.

— Des femmes dont les parents ne sont pas gênés par

mon statut de bâtard. Et je dois accepter cela. Lorsque j'étais amoureux de la comtesse, mon problème n'était pas son mari, mais bien ma tendance à vouloir atteindre l'inaccessible. Je ne commettrai plus la même erreur, je vous l'assure.

Il s'écarta d'elle et plongea son regard dans le sien.

— Il est temps que j'apprenne où est ma place et que je m'en contente, ajouta-t-il.

Il tira son manteau pour les en recouvrir et il la serra contre lui, lui offrant son bras en guise d'oreiller.

— Nous devrions dormir, maintenant. Si nous nous mettons en route de bonne heure, nous devrions pouvoir rattraper vos amoureux avant le déjeuner.

Chapitre 11

« Nom de Dieu ! Nom de Dieu ! Nom de Dieu ! »

Les jurons silencieux de John accompagnaient le martèlement des sabots de son cheval.

Druscilla avait dormi toute la nuit dans ses bras, et il n'avait pas fermé l'œil. Les doux tourments de son amour pour Emily n'étaient rien, comparés à ce qu'il éprouvait maintenant.

Il avait caressé Druscilla, lui avait procuré du plaisir, et elle l'avait éconduit. Cinq minutes plus tard, elle l'avait attiré sur sa meule de foin pour lui annoncer qu'elle n'avait pas l'intention de renoncer au godelureau français qu'elle pourchassait.

Il était écœuré. Il était fort probable qu'en secouant un peu le bonhomme, on découvrirait qu'il n'était qu'un vulgaire roturier, affublé d'un accent chic et d'un manteau suffisamment cintré pour s'attirer les faveurs des dames.

Lorsqu'il rattraperait cet individu, il lui faudrait supporter le spectacle d'une lady Druscilla énamourée et le mouchoir à la main, tandis qu'une autre malheureuse pleurerait toutes les larmes de son corps.

Avoir vu ses jambes ne lui donnait aucun droit sur elle, se sermonna-t-il. Il devait se rappeler que, pour lui, elle n'était pas « Dru », mais *lady* Druscilla Rudney.

Oui, il devait se forcer à utiliser son titre plus souvent, cela l'aiderait à se souvenir de leur différence sociale.

Elle l'avait tout de même autorisé à glisser la main entre ses cuisses, se dit-il dans un sursaut de révolte. Apparemment, une aristocrate, en tête à tête avec un homme dans le noir, oubliait vite son titre !

Le lendemain matin, au réveil, elle s'était comportée comme si leur intimité des dernières heures ne l'avait pas affectée. Elle avait ôté la paille de sa chevelure, était allée jusqu'au ruisseau pour s'asperger le visage d'eau, puis s'était déclarée prête à partir.

Elle avait fait tout cela sans même le gratifier d'un : « Bonjour, John. »

« M. Hendricks », voilà comment elle l'avait appelé toute la matinée.

Pourquoi était-il surpris ? Après tout, elle ne l'avait jamais appelé autrement. Il aurait dû comprendre qu'elle ne souhaitait aucune familiarité entre eux.

Son expérience passée ne lui avait donc rien appris ? Certes, hier soir, il lui avait tenu un beau discours sur sa volonté de rester dorénavant à sa place, mais tout cela n'était que mensonge. En moins d'une semaine, il avait transféré l'affection qu'il éprouvait pour Emily sur une femme tout aussi inaccessible.

Curieusement, Dru était presque l'exact contraire d'Emily. Brune alors qu'Emily était blonde ; froide alors qu'Emily était chaleureuse ; maladroite tandis qu'Emily était l'aisance même. Druscilla avait cependant répondu passionnément à ses caresses. A sa manière, elle s'était aussi intéressée à lui. Elle s'était montrée curieuse, compatissante, et soucieuse de son avenir.

Oui, elle avait de l'affection pour lui.

En tout cas, elle en avait manifesté la nuit passée. Ce matin, elle semblait l'avoir oublié et lui témoignait la plus complète indifférence.

Son esprit était de nouveau occupé par ce maudit Gervaise ; cette femme avait décidément de la glace dans les veines !

Cela dit, lui-même n'était pas exempt de torts. Pourquoi diable avait-il fallu qu'il proclame sa volonté de s'en tenir désormais aux femmes de sa propre classe ? C'était aussi une façon de lui rappeler l'impossibilité d'une relation entre eux. Bref, si elle avait éprouvé le moindre sentiment pour lui, ses déclarations y avaient certainement mis un terme.

Avant qu'ils ne se mettent en route, il l'avait persuadée d'abandonner ses vêtements masculins. Ils allaient certainement rattraper l'homme qu'elle recherchait. Elle n'avait pas envie de paraître devant lui en pantalon couvert de foin, n'est-ce pas ?

Elle avait pris son sac pour aller se changer derrière des buissons. Pendant ce temps, il avait monté la garde, lui tournant le dos par déférence, et se privant ainsi d'un charmant spectacle.

Peu après, elle le rejoignit, vêtue d'une robe d'un vert profond. Elle avait rassemblé ses longs cheveux afin de les mettre sous un bonnet.

Il tendit la main pour ôter un brin de paille coincé dans ses boucles avant de reculer à distance respectueuse.

Elle le remercia d'un signe de tête.

— Ai-je l'air convenable ? demanda-t-elle avec un manque de confiance évident. Cela fait si longtemps que je n'ai pas vu un miroir !

— C'est très seyant, Milady. Vous devriez néanmoins

redresser le ruban de votre bonnet. Vers la gauche. Oui, comme cela.

Lorsqu'il fut certain que, occupée avec son bonnet, elle ne le voyait pas, il glissa le brin de paille dans sa poche.

Il l'aida à remonter sur son cheval pour faire le trajet jusqu'à la prochaine auberge où ils pourraient louer une calèche.

John essaya de ne pas penser à la rangée de petits boutons qui fermaient le corsage de Druscilla. Il rêvait de les défaire un à un, et de glisser sa main dans l'ouverture…

« Oublie cela ! » s'ordonna-t-il. Ils étaient seuls, mais cela ne l'autorisait pas à prendre ce genre de libertés, surtout avec une jeune fille.

Druscilla se comportait en adulte, mais elle était encore très jeune. Et vierge de surcroît, même si grâce à lui elle n'était plus aussi innocente. En outre, elle n'était pas mariée, mais son cœur était pris.

« Gagne son cœur et garde-le pour toi ! » lui cria sa voix intérieure.

Il lui suffisait d'arrêter son cheval, de la prendre dans ses bras et de lui prouver qu'elle n'avait pas besoin de s'acharner à pourchasser un homme qui, visiblement, ne voulait pas d'elle.

Mais que pourrait-il faire ? Lui dire « Je t'aime » ? « Je ne suis pas digne de ta personne, mais je suis tombé amoureux de toi en trois jours à peine » ?

Comme il aurait aimé pouvoir plaider sa cause sous un jour plus favorable ! Leurs caractères se ressemblaient, ils avaient tous deux l'habitude d'être les laissés pour compte, tout juste bons à réparer les bêtises des autres.

Il avait l'impression de la comprendre comme aucun autre homme ne pourrait le faire.

Il saurait la rendre heureuse, et la réciproque était vraie.

Si seulement il avait des économies, une famille, ou même un emploi… Mais non.

En fait, un emploi ne ferait qu'aggraver les choses.

Il s'imaginait mal lui dire : « Ma chérie, suis-moi dans ma mansarde pour vivre comme une femme de domestique. »

Il grimaça. Ce serait sordide.

Il pourrait certainement obtenir de Folbroke qu'il le reprenne, et il serait sans doute autorisé à installer sa femme sur place. Le comte et la comtesse seraient peut-être même soulagés de le savoir guéri de son amour pour la comtesse.

Mais quel futur offrirait-il à Dru ? Elle n'avait pas été élevée pour ce genre de vie. On lui avait appris à évoluer avec aisance dans le meilleur monde, à gérer une importante domesticité pendant que son mari élaborerait des lois ou collecterait des loyers gagnés grâce au travail d'autrui.

Si elle l'épousait, elle serait l'égale de ses employeurs, mais exclue à jamais de leur cercle. Non, c'était sans espoir. La seule place qu'il pouvait occuper dans la vie de Druscilla était celle d'un laquais.

John ne fit donc rien.

Il chevaucha en silence, avec elle montée en amazone devant lui. Il ne la toucha pas plus que nécessaire, se dépêchant d'arriver au relais suivant.

***

Lorsqu'ils l'atteignirent, John sauta à bas de son cheval et tendit les bras pour aider Druscilla à démonter. Elle aurait très bien pu se débrouiller seule, mais il ne résista pas au plaisir de la toucher.

Lorsque sa poitrine effleura son torse, le bout de ses seins se durcit, John aurait pu le jurer. Elle n'en avait peut-être pas conscience, mais son corps reconnaissait le lien et l'attirance qui les unissaient. En tout cas, rien dans les grands yeux sombres qu'elle fixait sur lui ne laissait deviner le moindre trouble. En revanche, elle avait froncé les sourcils et sa bouche esquissait une moue boudeuse qu'elle devait croire rébarbative, mais qui était pour John une incitation au baiser.

— Qu'allons-nous faire, maintenant ? demanda-t-elle.

— Vous pouvez attendre dans l'auberge, Milady. Prenez un rafraîchissement, détendez-vous, et laissez-moi m'occuper du reste. Je vais poser quelques questions et louer une chaise de poste et un cocher.

Sur ces mots, il l'escorta dans la pièce déjà pleine de voyageurs. Ravie à l'idée d'avoir un fauteuil confortable et une boisson fraîche, elle lui jeta un regard reconnaissant.

Il aurait tant aimé pouvoir la rendre heureuse en lui offrant plus que ce modeste plaisir, mais il chassa cette pensée et la conduisit à son siège avant de faire ce que requérait son service.

L'aubergiste l'informa que M. Gervaise et sa « sœur » avaient en effet passé la nuit dans la meilleure chambre.

— Si vous voulez connaître le fond de ma pensée, la jeune dame n'était pas la sœur du monsieur. Mais bon, ce ne sont pas mes affaires…, conclut le bonhomme en secouant néanmoins la tête avec désapprobation.

D'après l'aubergiste, le couple n'avait cessé de se disputer, dérangeant les autres clients.

— La jeune dame a interdit sa chambre au monsieur qui a fini la nuit dans un fauteuil du salon, expliqua-t-il sans se faire prier.

Et ce matin, au grand dam de son compagnon, la jeune femme s'était réveillée tard. Il avait fallu beaucoup de cris et des claquements de portes pour tirer la demoiselle de son lit et la traîner jusqu'à la calèche.

Le couple était enfin parti, au grand soulagement de l'aubergiste et des autres voyageurs. Ils avaient pris la direction du nord, à peine une heure plus tôt.

Si les amoureux étaient du genre à lambiner, ce qui semblait être le cas, ils les rattraperaient sans doute au prochain relais ou au suivant, songea John.

Cette perspective le soulagea. Il avait hâte que tout cela se termine.

Ils rattraperaient le couple avant qu'il n'atteigne l'Ecosse. Lady Druscilla récupérerait enfin son Français, et on trouverait sûrement une sortie honorable pour la pauvre fille qui accompagnait Gervaise.

Bien sûr, il y aurait beaucoup de larmes ; il se montrerait compatissant, s'arrangerait avec le cocher de la chaise de poste et tout le monde tournerait casaque et serait de retour à Londres avant qu'on ait remarqué leur absence.

Il encaisserait son salaire, déboucherait sa fiasque et retournerait à son but initial, noyer son chagrin d'amour dans l'alcool.

Mais, que Dieu le damne s'il rentrait à Londres assis en face de Druscilla ! Non, il y avait des limites à ce que l'on pouvait exiger d'un homme, et il pressentait qu'il les aurait atteintes avant la nuit. Il préférait monter à côté du cocher plutôt que d'endurer pareille torture.

Après une rapide visite aux écuries, John rejoignit Druscilla et lui expliqua qu'ils devaient un peu modifier leurs plans.

— S'il n'y a aucune chaise à louer, demandez donc à l'aubergiste des chevaux, suggéra Druscilla. Je me changerai de nouveau et nous pourrons continuer comme nous l'avons fait jusqu'à présent.

— J'ai vu les pauvres haridelles qui attendent aux écuries, et je doute qu'elles puissent parcourir plus d'un kilomètre, alors dix ! Les chevaux les plus robustes sont réservés pour les attelages, et les meilleurs sont destinés à *la Scrupuleuse*, la diligence qui parcourt régulièrement cette section de la route. Elle attend d'ailleurs dans la cour.

— Eh bien, achetez-nous deux billets ! dit-elle en le gratifiant d'un sourire, étonnée qu'il n'ait pas mentionné plus tôt cette solution.

— La diligence est pleine et a pris du retard. Les voyageurs que vous voyez autour de vous l'attendent. Le cocher aurait trop bu la nuit dernière, et il a encore la tête plongée dans un baquet d'eau froide. Il ne sera pas en état de voyager avant quelques heures.

Druscilla fronça les sourcils, semblant chercher la personne à blâmer pour ce contretemps.

— Si je comprends bien, vous m'annoncez qu'ils sont à portée de main, que nous avons l'argent pour les rattraper, mais qu'ils vont malgré tout nous échapper ?

John serra les dents. Que pouvait-il répondre à cela,

sinon « oui » et présenter ses excuses ? L'homme dont Druscilla était amoureuse allait lui filer entre les doigts, passer la frontière avec une autre femme, la laissant seule, en colère et… libre.

Mais libre pour qui ? Il n'avait aucun espoir de la conquérir. Pas le moindre. S'il était chanceux, elle vanterait ses efforts à son père, on lui offrirait un poste dans la maison ducale, et il pourrait la regarder épouser un autre homme.

— Non, finit-il par répondre. Nous avons encore une chance. Avez-vous les nerfs solides ?

Elle lui sourit avec une charmante espièglerie qui lui fit battre le cœur.

— Vous devriez connaître la réponse à cette question.

— Dans ce cas, surveillez l'aubergiste pendant que je m'occupe des chevaux. Nous allons voler la diligence.

— Etes-vous sérieux ? s'exclama-t-elle.

— Vous m'avez contraint à attaquer une diligence à la pointe du pistolet. Ne me dites pas que vous hésitez à poursuivre une carrière dans le crime, juste au moment où je commence à y prendre plaisir ?

— Mais qui conduira la diligence ?

John sourit et vit avec plaisir les joues de sa compagne rosir d'excitation.

— Faites ce que je vous dis, et tout ira bien.

Chapitre 12

Druscilla garda un œil sur l'aubergiste et circula au milieu des voyageurs en leur chuchotant que, s'ils ne craignaient pas un peu d'aventure et voulaient bien gagner leur place, la diligence ne tarderait pas à partir.

Un par un, les voyageurs se dirigèrent vers la cour, puis montèrent dans la diligence. Druscilla regarda M. Hendricks glisser discrètement quelques billets au garçon d'écurie, puis examiner les harnais et les roues pour s'assurer que tout était prêt. Quand ce fut fait, il sauta sur le siège du cocher, prit le fouet et attendit.

Il siffla, et Druscilla courut vers lui. Il lui offrit sa main et elle grimpa à son côté. L'instant d'après, il fit claquer les rênes et la diligence s'ébranla.

Ils prirent de la vitesse, filant vers le portail et vers la route. Ils entendirent derrière eux le juron du cocher qui venait de sortir de l'auberge. Druscilla se retourna pour le voir le poing brandi, hurlant des invectives.

— Puis-je vous suggérer de vous couvrir les oreilles, Milady ? Je crains que le bonhomme ignore qu'une lady est assise à sa place. Baissez la tête, dit-il en l'obligeant à s'incliner lorsqu'ils franchirent l'arche de pierre qui marquait la sortie de la cour.

Dès qu'il la lâcha, elle se redressa comme un ressort.

Elle se retourna de nouveau, regarda d'abord l'auberge

devenir une masse lointaine, puis droit devant elle, avant de contempler l'homme assis à son côté.

— Vous dirigez quatre chevaux d'une seule main ? remarqua-t-elle, incapable de contenir l'admiration dans sa voix.

Priscilla aurait été fière d'elle.

« Toutes les femmes savent que le plus sûr moyen de gagner le cœur d'un homme est la flatterie », aurait dit sa sœur qui n'était jamais à court de préceptes tous plus idiots les uns que les autres.

— Lorsque j'étais à Cambridge, j'étais considéré comme le meilleur pour ce genre de stupide canular, répondit-il en gardant les yeux fixés sur la route. Voyager ainsi va vous demander plus d'efforts, car vous allez devoir m'aider, mais vous serez quand même plus confortable que lorsque nous étions à cheval. Selon mes estimations, nous devrions progresser assez vite et être en mesure de rattraper vos amis d'ici à une heure. Nous verrons bien alors si ce M. Gervaise est toujours fidèle au souvenir que vous en avez gardé.

« Quelle remarque étrange », pensa Druscilla.

Dans son souvenir, Gervaise était un joli garçon, mou et incompétent, et elle doutait qu'il ait beaucoup changé en trois jours.

Elle observa son voisin qui, le regard toujours braqué sur la route, fit claquer son fouet pour inciter les chevaux au galop.

Elle poussa un soupir de contentement ; elle avait eu raison d'engager M. Hendricks, c'était sans doute la chose la plus intelligente qu'elle ait faite depuis son départ de Londres.

Gervaise était un incompétent qui, sans l'argent

de Priscilla, aurait été bien incapable de se rendre en Ecosse par ses propres moyens. Tout comme elle-même aurait été bien en peine d'y parvenir sans Hendricks. Elle n'avouerait d'ailleurs jamais à Priscilla les graves entorses qu'elle avait dû faire à la morale et à l'étiquette pour la rattraper.

Elle regarda de nouveau le profil de M. Hendricks. Contrairement à Gervaise, elle était certaine que lui n'était pas du genre à se laisser rattraper… Et puis, un gentilhomme capable de diriger un attelage d'une seule main devait sans doute savoir aussi comment se comporter sur une piste de danse. Dès que Priscilla découvrirait les nombreux talents et la belle figure de son compagnon, les jours du pauvre Gervaise seraient comptés, et M. Hendricks devrait se défendre des assauts amoureux de sa sœur.

— Gardez votre bourse à portée de main, Milady, car il doit y avoir un péage, dit l'objet de ses pensées en faisant de nouveau claquer son fouet. Vous devrez payer et garder un œil sur les passagers pendant que je m'occupe des chevaux. Si vous pouviez apprendre également à utiliser la corne pour avertir les autres attelages que nous croiserons sur la route, ce serait formidable.

Il l'observa un instant et conclut :

— Je crois que vous ferez un excellent second.

— Eh bien, me voilà rassurée. En cas de revers de fortune, je pourrai toujours devenir cocher ! Merci, monsieur Hendricks.

— Je vous en prie, répondit-il en souriant. Il faudra néanmoins revoir votre garde-robe, lady Druscilla.

— Pourquoi ? Vous n'aimiez pas mon pantalon ? répliqua-t-elle, regrettant aussitôt son audace.

— Vous savez bien que si.

Druscilla rougit, flattée.

Le vent souleva son bonnet et elle décida de l'ôter avant de le lâcher à ses pieds. Ses cheveux voletaient au vent, le soleil réchauffait son visage, et un homme séduisant était à son côté. Elle regretta presque que le voyage se termine, mais elle repoussa cette pensée et décida de savourer la dernière aventure qu'avait concoctée pour elle son cher M. Hendricks.

Rejetant la tête en arrière, elle sourit au bonheur d'être là.

— Monsieur Hendricks, n'y a-t-il rien que vous ne sachiez faire ?

— Le nombre de choses que l'on peut accomplir est étonnant, pour peu que l'on s'en donne la peine. Lorsqu'on n'a pas grand-chose, on devient audacieux.

Tandis qu'il parlait, ses lunettes avaient glissé au bout de son nez. Sans réfléchir, Druscilla tendit la main et les remit en place.

— Je vous aime, balbutia-t-elle, n'y tenant plus.

— Je vous demande pardon ? dit-il en se penchant pour mieux l'entendre.

— Rien d'important, répondit-elle précipitamment. Je me demandais juste à quelle vitesse nous avancions.

Ils prirent un virage un peu serré, et l'attelage s'inclina dangereusement. M. Hendricks glissa son bras autour de la taille de Druscilla pour l'empêcher de tomber du siège. Elle entendit les protestations des passagers et pria en silence pour qu'ils arrivent tous sains et saufs et sans trop de plaintes à propos de l'inexpérience du cocher.

— Je mène les chevaux plus vite que ne l'aurait fait

le cocher mais, n'ayez crainte, je nous mènerai sains et saufs à bon port.

Druscilla acquiesça et, de peur de parler une fois de plus et qu'à la faveur d'un moment de silence son compagnon entende la vérité de sa bouche, elle s'occupa à apprendre le maniement de la corne.

« Je vous aime. »

Si Hendricks l'avait entendue, elle aurait pu prétendre parler de ses capacités de cocher — qui étaient par ailleurs remarquables. Cependant, se connaissant, elle se serait plus probablement accrochée à son bras en répétant les mots fatidiques avec ce regard vague qu'elle trouvait si exaspérant lorsqu'elle l'observait chez les autres.

Maintenant, elle comprenait enfin ce qu'il impliquait. Elle était amoureuse de M. Hendricks et, lorsqu'il la quitterait, elle pleurerait toutes les larmes de son corps.

Alors qu'ils abordaient un autre virage, elle s'accrocha à son voisin en portant la corne à ses lèvres.

Elle réussit à émettre un petit son étranglé, bien loin du bruit de basse habituel.

« Ce sera bien suffisant pour avertir les voyageurs venant d'en face », se consola-t-elle.

Comme elle s'était agrippée à lui, M. Hendricks la prit de nouveau par la taille jusqu'à ce qu'ils soient sortis du virage. Cet instinct protecteur était une des qualités qu'elle adorait chez lui. S'il ne l'avait pas protégée tout au long du voyage, s'il ne s'était pas montré aussi attentif à son confort, à son bonheur, elle n'éprouverait pas de tels sentiments à son égard.

Mais pour lui, tout cela n'avait pas la même signification. Il agissait ainsi par devoir, parce qu'il était son employé. Son domestique. Il faisait un travail pour lequel il serait payé, après quoi il partirait. A moins qu'elle ne demande à son père de le garder à son service ; elle aurait alors la possibilité de le voir dès qu'elle en aurait envie.

Mais quelle occupation pourrait-on lui trouver ? Son père avait déjà des secrétaires, des commis, des majordomes, et elle pouvait difficilement demander à avoir un homme à son service.

En imaginant qu'elle parvienne à convaincre son père de l'engager, elle ne pouvait le garder comme on garde un animal domestique. Il voudrait se voir confier une tâche.

Elle pensa à la nuit précédente. Les caresses qu'il lui avait prodiguées n'avaient rien à voir avec ses fonctions auprès d'elle, selon lui.

Non, décidément, elle ne pouvait pas le faire engager. Elle passerait ses journées à se languir de lui, espérant l'apercevoir dans les couloirs. Bref, elle se comporterait exactement comme elle avait reproché à Priscilla de le faire avec M. Gervaise. Quant à M. Hendricks, il continuerait à l'ignorer comme il le faisait maintenant.

Et puis, tôt ou tard, il finirait par trouver une femme, une fille dont le père accorderait plus d'importance au caractère de son gendre qu'à sa naissance. Elle aurait alors le cœur brisé.

Hendricks l'arracha à ses tristes pensées en lui donnant un coup de coude. Elle sonna de la corne et, lorsqu'ils s'arrêtèrent peu après, paya son dû au préposé du péage.

— Voici notre auberge, indiqua Hendricks un peu plus tard en montrant la forme sombre qui se découpait à l'horizon. Nous sommes encore à trente kilomètres de l'Ecosse.

Il tira sur les rênes et l'attelage commença à ralentir.

— Beau travail, monsieur Hendricks ! s'exclama-t-elle en lui touchant le bras.

Elle sentit ses muscles, à peine tendus par la conduite des chevaux. Des bras si puissants, mais qui savaient se faire si tendres lorsqu'ils l'enlaçaient…

A regret, elle retira sa main et, pour masquer son trouble, fit mine de s'intéresser à l'auberge de laquelle ils approchaient.

— Regardez, il y a une calèche noire, avec une couronne sur la porte ! Et le cocher porte notre livrée.

— Votre livrée, répéta-t-il en tirant si fort sur les rênes que les chevaux se cabrèrent.

— Oui, fit-elle sur un ton léger, comme si cela allait de soi. La calèche que nous poursuivons appartient à ma famille.

— Et vous n'auriez pas pu mentionner cela plus tôt ? Lorsque j'interrogeais les aubergistes, j'aurais aimé pouvoir leur donner un maximum de détails.

— Je ne voulais pas courir le risque que l'on puisse identifier les armoiries, répliqua-t-elle. Je préfère que le moins de gens possible connaissent l'identité du couple.

— De toute évidence, vous n'aviez pas assez confiance en moi ! lança-t-il d'une voix courroucée.

— Je ne vous connais que depuis quelques jours… Je ne pouvais pas vous accorder ma confiance aussi vite.

— Evidemment. Comment aurais-je pu prétendre à une telle intimité… Milady ?

L'emploi de son titre, sur un ton aussi glacial, était une façon de lui rappeler qu'elle se trompait lourdement si elle croyait les événements de la veille anodins.

— Avant que nous arrivions, daignerez-vous m'expliquer comment M. Gervaise s'est trouvé à voyager dans la calèche ducale ? Ou est-ce pour vous aussi une surprise ? Décidez-vous vite, car nous n'allons pas tarder à entrer dans la cour.

Il avait raison, songea Druscilla. Il ne servait à rien de garder le secret plus longtemps, car il connaîtrait la réponse dès qu'il verrait Priscilla.

— M. Gervaise voyage dans la calèche de mon père parce qu'il s'est enfui avec ma sœur.

Les chevaux firent un écart. Les protestations des passagers s'élevèrent, mais M. Hendricks reprit rapidement le contrôle de l'attelage et, quelques instants plus tard, il fit arrêter la voiture devant l'auberge.

— Allez parler à votre cocher pour vous assurer de son obéissance, et occupez-vous ensuite de votre sœur, dit-il. Je me charge de votre précieux M. Gervaise.

Avant que Druscilla ait pu ajouter un mot, il sauta de la diligence, tendit les rênes au garçon d'écurie qui était venu à leur rencontre, et se dirigea vers la porte de l'auberge.

Chapitre 13

Lorsque John entra dans l'auberge, il n'était pas d'humeur à expliquer « l'emprunt » de la diligence ou à discuter une minute de plus avec la femme assise sur le siège du cocher.

Elle l'avait traîné sur les routes, sans jamais mentionner ni les armoiries sur la calèche ni le fait qu'il s'agissait d'une querelle entre deux sœurs se disputant les faveurs du même homme. Si elle avait gardé tant de choses secrètes, qu'allait-il encore découvrir ?

Il comprenait à présent que la jeune Priscilla ait décidé de fuir ; elle ne pouvait en aucun cas faire le poids face à la volonté de fer de son aînée. Si Druscilla voulait M. Gervaise, sa cadette n'aurait eu aucune une chance si elle était restée à Londres.

Il observa rapidement les occupants de la sallc. Ne voyant pas les fuyards parmi eux, il demanda à l'aubergiste s'il savait où se trouvaient les propriétaires de la voiture armoriée. L'homme lui indiqua un salon privé dont il poussa la porte.

Attablé près de la fenêtre, un jeune couple qui venait manifestement de finir de déjeuner était plongé dans une conversation à voix basse, mais très animée. En l'entendant entrer, l'homme leva les yeux, visiblement honteux de la situation dans laquelle il était surpris.

La jeune fille, en revanche, arbora une mine triomphante et posa la main sur celle de son compagnon, indiquant clairement le type de relation qui les liait.

Voyant John s'approcher d'eux, le regard du nommé Gervaise alla de la porte à la fenêtre, comme s'il cherchait par où il pourrait s'éclipser.

— Monsieur Gervaise, j'imagine ? Et vous, mademoiselle, vous êtes lady Priscilla, n'est-ce pas ? dit John en s'inclinant devant la sœur de Druscilla.

Il porta ensuite son attention vers l'homme dont la pomme d'Adam allait et venait tandis qu'il tendait nerveusement la main vers un verre de liqueur.

John s'était attendu à une explosion de rage, comme celle d'un homme du monde ou d'un officier surpris dans une situation embarrassante. Mais non. Il avait devant lui un homme mince, bien fait, aux mains manucurées et lisses, portant une veste très cintrée, peut-être un peu trop voyante pour être qualifiée d'élégante.

Un maître de ballet…

Oui, l'individu ressemblait tellement à un maître de ballet de comédie que John fut certain d'avoir vu juste.

Puis il se tourna vers la jeune fille, qui n'avait pas lâché la main du bellâtre.

Elle ne ressemblait pas du tout à Druscilla. Priscilla était menue et insipide, avec une masse de cheveux blonds et des yeux bleus. Des yeux dont la lueur mutine lui fit penser à ceux de Dru, la candeur en plus — une association susceptible de bouleverser un homme s'il n'y prenait garde.

Décidément, la personnalité de Druscilla le rendait de plus en perplexe. Il avait imaginé son amoureux sous les traits d'un jeune lord, contraint par son père de l'épouser. Un gentilhomme bien élevé, mais faible de caractère, qui avait préféré fuir avec une autre plutôt que d'épouser la femme impressionnante qu'on lui destinait. Ou alors, autre possibilité, Gervaise était un libertin dont elle s'était entichée mais dont la fortune et le titre compensaient le comportement indigne.

Dans tous les cas de figure qu'il avait envisagés, l'homme était un gentilhomme et, lorsque Druscilla l'épouserait, il devrait une fois de plus s'incliner devant le haut lignage. Il s'éclipserait alors, sachant qu'elle avait fait le meilleur choix.

Mais un maître de ballet ? Cette fille était folle ! Comme les autres écervelées de son espèce, elle était prête à perdre son honneur pour un vulgaire mignon ?

— Alors, mon brave ? Comptez-vous rester ainsi planté là ou êtes-vous décidé à parler ? dit le dénommé Gervaise avec un accent français aussi pathétiquement mauvais que prévu.

— Ce n'est pas à moi de m'expliquer, Gervaise. Je ne suis pas en train de fuir vers la frontière avec la fille du duc de Benbridge.

En apprenant cela, le duc allait être furieux, songea John. S'il avait su ce qui se tramait, il serait sans doute intervenu avant que la situation ne dégénère.

Priscilla donna une tape sur le bras de son compagnon.

— Ne faites pas l'imbécile, Gérard ! Cet homme travaille pour mon père, n'est-ce pas, monsieur ? dit-elle en fixant John de ses yeux aussi bleus qu'un lac de montagne. Père est-il ici ? Vous a-t-il accompagné ?

Gervaise jeta un regard paniqué à la cour que l'on apercevait de la fenêtre.

— Je m'appelle John Hendricks, répondit John en

s'inclinant poliment devant Priscilla. Je suis au service de votre sœur, lady Druscilla.

Les épaules de Priscilla s'affaissèrent sous l'effet de la déception, et Gervaise parut soudain plus inquiet encore, comme s'il craignait davantage la sœur que le père.

— C'est donc Silly qui vous envoie ! s'exclama-t-il.

— Lady Druscilla ne « m'envoie pas ». Elle m'a engagé pour l'escorter.

— Elle est ici ? fit Priscilla en se levant brusquement, une main sur la joue. Ce n'est pas possible ! Emmenez-la loin d'ici, et allez chercher mon père. Je souhaite rentrer à la maison.

— Allons, ma puce, susurra Gervaise en lui tapotant la main. Nous sommes presque arrivés à Gretna Green.

— Vous êtes toujours en Angleterre, Gervaise, et vous n'êtes pas encore mariés.

— Mais nous le serons une fois de l'autre côté de la frontière, dit-il en levant un sourcil. Tout comme le souhaite Priss.

— Je ne souhaite rien de tel, espèce de nigaud ! rétorqua Priscilla.

John leva la main.

— Je vous suggère d'aller rejoindre votre sœur, milady. Je m'occupe du reste, ajouta-t-il en adressant à Gervaise un regard lourd de menaces.

Gervaise l'ignora et s'adressa directement à Priscilla.

— Je ne vous ai pas obligée à m'épouser. Vous avez d'ailleurs organisé vous-même notre voyage. C'était votre idée depuis le début, et c'est ce que je dirai à votre mégère de sœur dès que je la verrai.

— Je n'ai jamais eu l'intention de vous épouser. Je voulais m'enfuir, c'est tout.

Ayant souvent côtoyé ce genre d'écervelées, John n'était pas surpris par le tissu d'âneries qu'il venait d'entendre. Il soupira et s'apprêta à subir le flot d'absurdités qui allait immanquablement suivre.

— L'un et l'autre sont liés, ma douce, expliqua Gervaise. Comme je vous l'ai déjà dit, lorsqu'une jeune fille s'enfuit avec un homme et se comporte d'une certaine façon, l'homme a forcément… hum… des espérances.

— Espèce de goujat ! s'exclama John en tapant du poing sur la table.

Il préféra ne pas s'imaginer les privautés que ce faquin avait pu prendre avec les deux sœurs pour se les attacher ainsi.

— Lady Priscilla, je dois insister pour que vous quittiez cette pièce. Je m'occuperai de… ceci, dit-il en désignant Gervaise.

— Je ne sais pas qui vous êtes, monsieur, mais je ne bougerai pas d'un pouce avant l'arrivée de mon père !

— Il ne viendra pas, Priss, même si tu l'attends ici jusqu'au Jugement dernier, annonça alors Druscilla qui se tenait près de la porte, les bras croisés sur la poitrine.

Priscilla lui jeta un regard désespéré.

— Si je rentre à la maison maintenant, tu vas tout gâcher pour moi !

— Et si je t'autorise à rester, tu vas tout gâcher pour moi. Allez, viens. Nous partons immédiatement, répondit Druscilla.

— Tu fais ce que tu veux, mais je n'irai nulle part ! s'écria Priscilla en se dirigeant vers la porte d'un pas décidé. Je monte dans ma chambre, et je ne veux pas être dérangée.

— Mais nous n'avons pas réservé de chambre ici, Priss ! intervint Gervaise.

— Eh bien, je vais en prendre une, répliqua-t-elle sans se retourner.

— Et tu peux compter sur moi pour t'y enfermer à double tour ! lança Druscilla avant de se tourner vers le maître de danse. Mais tout d'abord, je vais m'occuper de vous, Gérard.

— Je m'en occupe, Milady, annonça John.

Il n'allait pas regarder une sœur échapper aux griffes de ce parasite pour voir l'autre la remplacer !

— Cela ne vous regarde pas, monsieur Hendricks, rétorqua sèchement Druscilla.

— Je ne suis pas d'accord.

Furieuse qu'il la contredise, elle retourna la colère qu'elle éprouvait pour Gervaise contre lui.

— Tant que vous êtes à mon service, ce genre de décision n'est pas de votre ressort ! Si vous permettez, je souhaite m'entretenir seul à seul avec M. Gervaise.

— Dans ce cas, je démissionne ! lança John. Maintenant que je comprends toute l'affaire, il est évident que je n'ai aucune chance de m'attirer les faveurs de votre père si je continue à obéir à vos ordres délirants. Je ne vous laisserai pas en tête à tête avec ce répugnant personnage. D'ailleurs, vous n'allez pas rester en sa présence une minute de plus. Vous allez immédiatement vous occuper de votre sœur et cesser vos enfantillages ! Maintenant, sortez d'ici !

— Surtout, monsieur Hendricks, soyez discret, murmura-t-elle.

Quoi ? Elle n'opposait aucune résistance ? s'étonna John. Il s'était vaguement attendu à voir Gervaise voler au secours de Druscilla, mais le goujat n'avait pas bronché. Quant à elle, elle ne semblait préoccupée que par une seule chose, la discrétion.

— Oh ! je serai discret, Milady ! assura-t-il. N'ayez aucune crainte.

Il serait donc discret, puisqu'elle y tenait. Mais il refusait d'être celui qui regarderait la femme aimée se cramponner à un freluquet enrubanné pendant tout le trajet jusqu'à Londres et, ensuite, le traîner vers l'autel.

En soupirant, il ôta ses lunettes afin d'éviter de les casser.

— Monsieur..., commença Gervaise avec un rire nerveux et en jetant un regard de biais à Druscilla qui s'en allait. Je pense qu'il s'agit d'une méprise. Voyez-vous, lady Priscilla a beaucoup insisté pour que nous fassions ce voyage. Et je ne dis pas cela avec irrespect, car je tiens cette jeune fille en très haute estime.

— N'essayez pas de faire blâmer cette innocente à votre place, espèce de minable ! répliqua John, indigné.

— L'amour ne peut être un péché, monsieur Hendricks. On ne peut blâmer quelqu'un pour avoir écouté son cœur, répondit Gervaise avec des accents de pieuse sincérité.

« Quel comédien ! pensa John. Pas étonnant qu'il ait réussi à circonvenir les deux filles. »

— Et je ferai n'importe quoi pour arracher la délicieuse Priscilla à l'autorité de lady Druscilla. Cette femme a les yeux d'un aigle et la langue d'une vipère. Elle ne me lâchait pas d'une semelle.

Après trois jours passés en compagnie de Druscilla, John aurait pu éprouver quelque pitié pour son rival. Mais l'image de Gervaise, pomponné comme un mignon et dansant avec elle, lui traversa soudain l'esprit.

— Et, maintenant, elle vous a rattrapé et elle m'a engagé, rétorqua John en contractant ses muscles. Je vais vous faire regretter d'avoir rencontré ces deux jeunes femmes.

— Oh ! Mais je peux vous assurer que je le regrette, et que je n'ai pas besoin de votre aide pour cela ! s'exclama Gervaise en secouant la tête. Vous avez dû découvrir la vérité, depuis le temps. La passionnée et insatiable Priscilla et sa vieille fille de sœur sont toutes les deux folles. Croyez-moi, elles auraient besoin l'une comme l'autre d'une bonne partie de jambes en l'air pour se remettre les idées en place !

Pendant une seconde, John eut un voile rouge devant les yeux. Lorsqu'il reprit ses esprits, il avait les mains serrées autour du cou de l'homme et le traînait vers la porte.

— Quoi ? croassa Gervaise qui était devenue écarlate.

— Pour avoir proféré de telles insultes en parlant de dames, je devrais vous demander raison sur le champ d'honneur ! Mais comme il est clair que vous en êtes dépourvu, je me contenterai de vous rosser.

— AAAAHH ! fit Gervaise.

John relâcha un peu son étreinte et le poussa devant lui, jusque dans la cour de l'auberge.

— Cet endroit est parfait. A moins que vous n'ayez une meilleure idée ? Approchez, mon garçon ! cria-t-il à un garçon d'écurie.

Il relâcha Gervaise pour ôter son pardessus qu'il tendit au palefrenier qui s'était approché.

— Tenez-moi ceci, je vous prie.

Son rival se frotta la gorge et se redressa, tentant de rassembler le peu de dignité qui lui restait.

— Je n'ai aucune intention de me battre avec vous, dit-il avec hauteur.

— Dans ce cas, vous allez recevoir une belle correction, répondit calmement John en se mettant en garde.

— Très bien. Mais je vous préviens… M. Jackson dit que j'ai un méchant coup droit, répliqua Gervaise en faisant avec ses maigres poings des moulinets qu'il voulait menaçants.

— Quel dommage ! Cet éminent professeur ne verra pas votre triomphe, railla John avant de lui envoyer un direct dans le nez.

Gervaise laissa échapper un cri de douleur et recula en se cachant le nez derrière ses mains.

— Vous m'avez frappé !

— Se pourrait-il que vous n'ayez pas compris les règles de l'art que vous pratiquez ? Revenez. Nous allons reprendre et je vais vous les expliquer.

— Au secours ! hurla Gervaise, les yeux pleins de larmes de rage et de douleur.

— Pour l'amour de Dieu…, murmura John, se sentant presque coupable de l'avoir frappé.

Puis il repensa à Dru et décida qu'il pouvait vivre avec cela.

— Cessez de pleurnicher et approchez pour recevoir votre punition, Gervaise !

— Non, gémit le bellâtre en se frottant le nez. Vous allez encore me frapper.

— Vous avez déshonoré les dames, par vos actes et par vos paroles. Pensiez-vous vraiment que cela n'aurait aucune conséquence ? Allons, battez-vous ! Je vous ai traité de minable, d'ordure… de fumier dansant ! ajouta

John pour faire bonne mesure et convaincre le couard de défendre son honneur.

Gervaise se redressa, tira sur les revers de sa veste, et haussa les épaules.

— Ah ! les femmes ! marmonna-t-il.

Un crochet au menton l'envoya au sol. John le toisa avec mépris.

— Ne vous ai-je pas déjà dit de ne pas reporter votre faute sur les dames présentes ?

Sans chercher à se relever, Gervaise haussa de nouveau les épaules.

— Mlle Priscilla avait envie d'échapper à la prison dorée dans laquelle son père et sa sœur l'ont enfermée. Et comme je commençais à me lasser de lui faire la cour en secret, j'ai été ravi de l'aider.

Il jeta à John un regard entendu.

— Je suis étonné que, compte tenu de tout ce temps que nous avons passé sans chaperon, un gentilhomme tel que vous ne nous souhaite pas bonne chance en nous escortant jusqu'en Ecosse. Au moins, il pourrait témoigner que tout a été fait dans les règles.

John faillit oublier un instant que frapper un homme à terre n'avait rien d'honorable. En soupirant, il remit Gervaise sur ses pieds en le tirant par les revers de sa veste.

— J'ai entendu la jeune lady dire qu'elle ne voulait pas y aller, répliqua-t-il sèchement. Quant à sa sœur, elle est tout aussi opposée à ce mariage.

Gervaise sortit un mouchoir de sa poche et essuya le sang qui s'écoulait de son nez.

— Dans ce cas, on devrait m'offrir une compensation pour garder le silence… Sans oublier les dommages causés à ma personne et à mes vêtements, se plaignit-il en s'époussetant tant bien que mal et en adressant à John un regard accusateur.

— Et, d'après vous, ce serait à moi de vous l'offrir.

— Vous êtes bien la créature du duc de Benbridge, n'est-ce pas ?

— Non, fit John. Je suis pour l'instant sans emploi et j'agis comme je l'entends. Voyez-vous, il se trouve que vous me déplaisez au plus haut point.

Il agrippa Gervaise par ses revers et le tira vers le haut jusqu'à ce qu'il soit sur la pointe des pieds.

— Ce qui s'est passé entre vous et l'une ou l'autre de ces dames m'indiffère. Et je n'ai aucunement l'intention d'acheter votre silence, reprit-il d'une voix basse et menaçante. Pour s'assurer de la discrétion d'un certain type d'individus, il est préférable d'user de méthodes, disons… définitives.

— Vous n'oseriez pas…

— Vous seriez surpris, monsieur, de ce que je suis capable de faire lorsqu'il s'agit des intérêts de lady Druscilla. Ou de ceux de sa sœur, ajouta John. Si l'on vous revoit à Londres et si j'entends la moindre rumeur à propos de l'une ou l'autre des sœurs Rudney, je vous trouverai et je mettrai un terme à votre misérable existence. Me suis-je bien fait comprendre ?

Les yeux écarquillés de terreur, Gervaise acquiesça en silence.

— Jeune homme, demanda John au garçon d'écurie, donnez-moi le billet qui est dans la poche intérieure de mon manteau.

Le garçon lui apporta le billet. John relâcha Gervaise et lui fourra le billet dans la main.

— Je vous suggère d'aller vers le nord... Pour votre santé. On m'a dit que Orkney est charmant, à cette période de l'année.

Gervaise parut surpris.

— Mais... Orkney est sur l'autre côte ! Avec ce billet, il est plus logique de...

— Peu importe ! fit John en prenant son manteau des mains du garçon d'écurie.

Il se tourna ensuite vers le cocher des Benbridge qui avait observé la scène en silence.

— Emmenez ce parasite et ses bagages hors de ma vue. Peu importe l'endroit, tant que vous le laissez sur la route du nord. Vous reviendrez chercher les dames demain matin. Elles seront prêtes à partir après le petit déjeuner.

Chapitre 14

Druscilla marchait de long en large dans la petite chambre qu'elle avait prise pour se rafraîchir un peu et attendre le retour de M. Hendricks.

Enfermée dans la plus grande chambre de l'auberge, Priscilla était plongée dans une crise de colère qui allait sûrement durer une bonne partie de la journée. Plus Druscilla lui accorderait d'importance, plus long ce serait.

Elle avait donc décidé de la laisser se calmer seule. A travers la porte, sa sœur avait, entre deux sanglots, dit quelque chose à propos d'un pistolet et de Gervaise. Etait-ce une façon pour elle de faire croire qu'elle avait dû partir sous la contrainte ? Si Gervaise possédait vraiment un pistolet, elle devait avertir M. Hendricks que l'homme lui faisant face était peut-être armé.

Lorsqu'elle lui avait annoncé qu'elle descendait voir ce qui se passait, Priss avait entrouvert sa porte avec l'intention de l'accompagner. L'impudente était curieuse d'assister au duel engagé en son honneur !

Dru avait eu du mal à en croire ses oreilles.

Comme elle la sermonnait, Priss s'était remise à sangloter de plus belle. Perfidement, Druscilla lui avait alors fait remarquer qu'aucun homme ne se battrait pour une femme au nez rouge et à la figure bouffie par les larmes. Priss ayant alors renoncé à l'accompagner, elle se savait tranquille jusqu'au matin.

Elle s'estimait heureuse de la tournure des événements, car les choses auraient été dramatiques si le couple était parvenu à atteindre la frontière.

Cependant, l'idée d'avoir mis M. Hendricks en danger en lui demandant son aide lui était insupportable. S'il lui arrivait quoi que ce soit, elle ne se le pardonnerait jamais.

Pendant le voyage, elle lui avait expliqué qu'une confrontation physique ne serait pas nécessaire. Le silence et la discrétion devaient être les mots d'ordre. S'il l'avait laissée s'occuper de Gervaise comme elle l'entendait, elle aurait trouvé un compromis financier, et l'odieux personnage aurait quitté la scène sans faire d'histoires.

Pas un instant elle n'avait envisagé que, le moment venu, M. Hendricks déciderait de régler la question à sa place… avec ses poings ou avec une arme quelconque.

C'était vraiment stupide, car un peu d'argent aurait suffi à faire déguerpir Gervaise. D'ailleurs, cela n'aurait peut-être même pas été nécessaire… Après quelques jours passés en tête à tête à tête avec Priss, il était fort possible qu'il n'en puisse plus et soit prêt à se décharger du fardeau le plus vite possible sans demander son reste.

Malheureusement, l'explosion de colère de M. Hendricks avait mis un terme à tout espoir de solution pacifique. Voyager en sa compagnie l'aurait-il rendu fou ? Son agressivité avait conduit à un échange d'insultes dont l'issue ne pouvait être qu'un duel. Ivre de rage, il lui avait même donné sa démission, s'assurant ainsi qu'elle ne puisse plus l'arrêter.

Il était fort et plein de ressources, et elle était surprise qu'un homme aussi intelligent puisse en venir à de telles extrémités. Décidément, Priscilla avait le don de faire oublier aux hommes qu'ils avaient un cerveau. Toute cette affaire allait mal finir.

Elle repensa à la comtesse de Folbroke. Eût-elle été plus charitable avec ce pauvre M. Hendricks, il n'en aurait peut-être pas été réduit à risquer sa vie sur les routes.

Certes, elle pouvait difficilement souhaiter qu'une femme trompe son mari par gentillesse, mais la comtesse aurait pu faire preuve d'un peu de tact, au lieu se débarrasser de lui comme s'il n'était rien.

Mon Dieu, mais c'était exactement ce qu'elle avait fait elle aussi ! songea-t-elle soudain.

Comme elle aurait aimé pouvoir revenir en arrière et tout recommencer ! D'abord, elle aurait été plus aimable avec lui. Ensuite, elle lui aurait donné quelques indices au sujet des sentiments qu'elle éprouvait… ou, du moins, se serait-elle arrangée pour qu'il ne meure pas fâché contre elle.

Elle sursauta lorsque la porte s'ouvrit tout à coup à la volée et que M. Hendricks entra.

— Vous n'avez rien ? s'écria-t-elle.

Et, sans réfléchir, elle se jeta dans ses bras, soulagée. Elle lui palpa le torse et les bras, mais ne trouva aucune blessure, aucune trace du duel imaginé par Priscilla.

Il lui jeta un regard peu amène, mais ne la repoussa pas.

— Oui, je vais bien. Mais ce n'est pas grâce à vous. Après deux ans passés sur les champs de bataille au Portugal, j'ai assez d'expérience pour ne pas risquer grand-chose face à un maître de ballet.

Il avait dit cela avec rage, comme si quelque chose dont il ne voulait pas parler lui pesait sur le cœur.

— Et Gervaise ?

— Il est parti avec son joli nez cassé, comme je vous l'ai promis.

— Mais le scandale…

— Il n'y en aura pas. Je ne sais pas où l'emmène votre cocher, mais ce n'est pas à Londres.

Il la repoussa gentiment et arracha sa cravate qu'il lança par terre.

— Je ne comprends pas comment les jeunes filles peuvent être attirées par de tels énergumènes. D'après moi, si vous aviez la moindre jugeote, vous ne traverseriez même pas la rue pour vous assurer qu'il va bien. Pourtant, vous êtes venue jusqu'ici, à quelques kilomètres de l'Ecosse…

— Il serait très ennuyeux qu'il lui arrive malheur, l'interrompit-elle. Priss est déjà assez bouleversée comme cela. Et puis, je ne vous ai pas donné l'autorisation de vous battre contre cet homme.

— Pardon ?

Il jeta son manteau qu'il n'avait pas remis sur la chaise la plus proche du lit.

— Rappelez-vous, lady Druscilla, que j'ai quitté votre service avant d'user de mes poings sur cet homme.

— Imaginez que l'altercation ait entraîné son décès !

— Eh bien, tant pis pour vous ! s'exclama-t-il avec amertume. Si j'avais su que cet homme était la cause de votre voyage, j'aurais refusé de vous aider.

— Je suis contente que n'ayez rien su, répliqua Druscilla en relevant le menton d'un air de défi. Si l'implication de cet homme était plus importante à vos yeux que ma petite personne, il était en effet inutile de prendre le risque de l'affronter.

— Enfin la vérité ! rétorqua John en déboutonnant rageusement sa veste. Vous m'avez choisi car vous me pensiez incapable de m'opposer à lui. Croyiez-vous que je resterais à nettoyer tranquillement mes lunettes pendant qu'il vous insulterait ?

Sa veste maintenant ouverte, il l'ôta et la jeta avec la même désinvolture que son manteau. Il rata la chaise et elle tomba par terre.

— Vous êtes très injuste, dit-elle en ramassant la veste et en la déposant sur le dossier de la chaise pour qu'elle ne se froisse pas.

Soudain, elle interrompit son geste et regarda le vêtement, interdite. Ce n'était pas encore l'heure du souper, et donc encore moins celle de se préparer à dormir.

De plus, il n'était pas dans sa chambre, mais dans la sienne ! Et rien ne les obligeait à la partager. Ils avaient suffisamment d'argent pour dormir séparément, et elle lui avait d'ailleurs réservé une chambre au bout du couloir.

Il devait partir immédiatement ! En tout cas, dès qu'il aurait remis sa veste et son manteau. Après tout, elle devait penser à sa réputation !

Elle se retourna pour lui demander une explication et découvrit qu'il avait déboutonné sa chemise, lui montrant plus de chair nue qu'elle n'en avait jamais vu.

Il poursuivit, sans se soucier de son expression sidérée.

— C'est vous qui êtes injuste, lady Druscilla ! J'ai été contraint de dormir à votre côté comme un moine pour que vous puissiez arrêter ce mariage ; vous avez méprisé votre amie pour s'être jetée dans les bras d'inférieurs…

— Charlotte est l'amie de Priss, pas la mienne, se justifia-t-elle en essayant de détacher ses yeux du torse nu.

Il parut ne pas l'avoir entendue, car il poursuivit :

— Et maintenant, vous voulez que je fasse le vide, pour que vous puissiez vous jeter sur ce freluquet poudré ?

— Faire le vide ? Une minute, monsieur Hendricks !

— Non, je n'attendrai pas une minute de plus, dit-il en s'avançant vers elle, l'air menaçant.

Druscilla se sentit soudain minuscule et sans défense.

— Si vous croyez que je vais rester les bras croisés et vous laisser faire la même erreur que votre idiote de sœur, vous vous trompez lourdement, reprit-il. J'ai stoppé une fuite, je peux en arrêter deux.

— Ma sœur n'est pas idiote !

Même s'il avait raison, songea-t-elle, rien ne l'autorisait à faire ce genre de commentaire. Et devant elle, de surcroît.

Elle le vit replier ses lunettes, les poser sur la table avant de la fixer avec des yeux furieux.

Elle soutint son regard et ce qu'elle y lut la fit trembler. C'était terrifiant, sauvage, irrésistible. Elle ne pouvait détourner les yeux. Elle recula et ses jambes heurtèrent le bord du lit.

Il lui adressa un sourire cruel de prédateur. Un sourire… excitant, s'avoua-t-elle.

— Ce que je veux dire, ma chère Dru, c'est que vous m'avez traîné à travers la moitié de l'Angleterre, sous un prétexte fallacieux, et me traitant à peine mieux qu'un laquais asexué. Maintenant, il est temps pour vous de payer le prix. Vous pouvez bien courir pour soigner les blessures de votre danseur si le cœur vous en dit, mais vous le ferez lorsque j'en aurai fini avec vous. Et pas avant.

— Mais que…

Avant qu'elle n'ait eu le temps d'en dire plus, il avait bondi sur elle, comme le loup sur l'agneau.

Juste avant qu'il ne touche ses lèvres, elle eut le temps de comprendre qu'il avait mal interprété ses actions. Elle n'avait aucune intention de suivre Gervaise et lui était reconnaissante d'avoir réglé si vite la situation. Il n'avait pas compris les raisons de son voyage !

Puis sa langue fut dans sa bouche, et elle ne put plus respirer et encore moins penser.

De toute façon, elle n'avait pas envie de s'expliquer pour ensuite entendre John Hendricks s'excuser poliment avant de se rhabiller et de refermer doucement la porte derrière lui.

Quant à le considérer comme asexué… son comportement dans la paille n'avait-il pas fourni la preuve du contraire ? Et la façon dont elle avait répondu à ses caresses, comme elle le faisait maintenant à son baiser ?

La main de John lui caressa la gorge pendant que sa langue prenait possession de sa bouche. Un baiser profond, rythmé…

Il était là ; il ne l'avait pas quittée. Elle avait eu si peur de ne plus le revoir ! Elle s'abandonna à lui.

L'embrasser ne suffisait pas à John, car il entreprit de défaire les boutons de sa robe avant de glisser la main dans l'ouverture.

Lorsque ses doigts effleurèrent ses seins et pincèrent doucement ses mamelons, elle laissa échapper un petit cri de surprise. Il s'écarta d'elle et plongea ses yeux dans les siens.

— Vous voulez de nouveau jouer à la « jeune fille respectable qui ne mange pas de ce pain-là » ? Comme si vous ignoriez l'effet sur les hommes de ces grands yeux et de ce corps de rêve ! Vos simagrées ne marchent plus avec moi.

— Mais… qu'ai-je fait ?

Elle ne faisait rien, songea Druscilla. C'était lui qui lui faisait perdre la tête ! C'était ses doigts *à lui* qui griffaient doucement sa peau, la tourmentant, titillant ses mamelons sous le tissu de sa camisole. Ce furent eux encore qui défirent les rubans jusqu'à ce que la camisole s'ouvre, dévoilant ses seins nus. Druscilla eut chaud et froid en même temps ; elle sentit ses jambes la lâcher lorsqu'il la poussa pour la faire asseoir sur le lit.

Il enleva à son tour sa chemise en la passant par la tête. Puis il se pencha et, la saisissant par le cou, plaqua son visage contre son torse nu, jusqu'à ce que ses lèvres fermées butent contre le petit mamelon d'homme.

Elle eut soudain envie d'ouvrir la bouche. Elle résista quelques secondes avant de céder à ce désir fou et se mit à lui lécher les mamelons.

— Vous avez trouvé amusant de vous jouer de moi pendant que vous couriez retrouver votre amant, mais un homme ne peut pas supporter cela bien longtemps, Dru. Et j'ai supporté bien plus que je ne le devais, dit-il avant de la pousser en arrière sur le lit.

Il la fit pivoter pour que ses jambes aussi reposent sur le lit, puis s'allongea sur elle, sa langue prenant lentement possession de sa bouche alors que ses mains dénouaient son corset, la dénudant jusqu'à ce qu'il puisse poser les mains sur ses seins nus.

La veille au soir, l'expérience avait été délicieuse,

risquée et dangereuse, mais ce n'était rien à côté de ce qu'elle éprouvait maintenant. Dans l'obscurité, elle n'avait pu voir ses yeux pendant qu'il la caressait — ce regard d'ambre qui la tenait prisonnière et semblait se repaître de son plaisir. Elle n'avait pas non plus vu son sourire pendant qu'elle tremblait sous sa main.

Ses mamelons étaient si tendus qu'ils en devenaient douloureux. Pourtant, il continua sa caresse en se penchant vers eux, comme s'il entendait les embrasser.

— S'il vous plaît..., supplia-t-elle.

Il eut un rire moqueur et les prit dans sa bouche, l'un après l'autre, ses lèvres expertes lui apportant un soulagement indescriptible.

Elle se laissa aller contre les oreillers, le laissant faire d'elle ce qu'il voulait.

Une sensation de chaleur montait en elle, la même que celle éprouvée dans le champ.

Il s'interrompit tout à coup et se mit à califourchon sur elle.

— Je vais prendre maintenant la seule chose que je désire en paiement de ce voyage... Déboutonnez mon pantalon, lady Druscilla. Vous savez très bien comment faire.

Elle faillit lui obéir.

— Non, je ne dois pas ! dit-elle, recouvrant soudain ses esprits.

— Je ne vous donne pas le choix, répliqua-t-il en emprisonnant sa main qu'il plaqua sur le côté, contre le matelas.

Puis il se pencha et se remit à lui embrasser les seins.

Elle n'avait pas le choix. Elle n'avait pas à s'inquiéter de la colère de son père, du bien-être de sa sœur ou de ce que l'avenir leur réservait à tous deux. En cet instant, John Hendricks était aux commandes et ne demandait qu'une chose, lui donner du plaisir. D'ailleurs, ce qu'il était en train de lui faire était si délicieux qu'elle allait hurler.

Non, il ne fallait pas crier, sinon quelqu'un viendrait et ils seraient découverts.

« Les battements de mon cœur sont si forts qu'ils vont alerter toute l'auberge », pensa-t-elle.

Elle se mordit la lèvre, étouffant son cri qui se transforma en un gémissement rauque, et essaya de se calmer pour apaiser les bruits de son cœur.

Une vague étrange prit possession d'elle. Elle s'amplifia, mettant tous ses sens en feu, avant de retomber doucement. Druscilla poussa alors un soupir de soulagement. Elle avait réussi à se contrôler, et personne n'avait surgi dans la chambre, alerté par ses gémissements. L'espace d'un instant, elle avait été au centre de l'attention et elle n'aurait pas aimé laisser la vedette à des poings de voisins outragés tambourinant sur la porte.

John lâcha sa main, et sa bouche abandonna ses seins. Il la regarda et sourit.

C'était un sourire coquin, plein de promesses — les délicieuses punitions qu'il lui réservait, les merveilleuses tortures qui la laisseraient épuisée de plaisir. Elle eut l'impression que certaines parties de son corps étaient comme un fruit mûr à point, laissant échapper un jus qu'il boirait avant de se lécher les lèvres en souriant de plus belle.

Avant même qu'il ne la touche, elle se mit à trembler. D'une main, il releva sa jupe, puis son jupon, jusqu'à ce que sa chair soit exposée jusqu'à son ventre.

Il la contempla, soutint son regard, puis son doigt suivit la ligne de ses bas jusqu'au haut des cuisses, s'arrêtant à l'endroit qu'il avait touché avant qu'ils ne dorment sur la paille.

Ses doigts étaient maintenant libres de passer la barrière de ses sous-vêtements pour toucher sa peau nue, et elle comprit combien la caresse prodiguée à travers son pantalon avait été amoindrie par l'épaisseur du cuir. La main atteignit la partie la plus sensible de son anatomie, une chair moite, brûlante. Soudain, les doigts la pénétrèrent et, sous le choc, elle faillit bondir du lit.

Ne comprenant pas ce qui se passait, elle lutta quelques secondes, mais le regard toujours rivé au sien lui intima l'ordre silencieux de ne pas bouger tandis que les doigts s'enfonçaient en elle, plus fort, plus loin.

Elle se cabra avant de se relâcher, ses jambes s'ouvrant d'elles-mêmes. Lorsque les lèvres de John se posèrent de nouveau sur ses seins, son dos s'arqua pour mieux s'offrir à lui.

Et la vague l'envahit de nouveau. Elle se sentit partir jusqu'à ce que les sensations se mêlent, jusqu'à l'ultime caresse qui fut à la fois douce et brutale. Elle crut que son âme quittait son corps et se retrouva vaincue, pantelante sur le lit.

Interrompant sa caresse, il se redressa, et se remit à califourchon sur elle. La déception la fit gémir.

— Maintenant, faites ce que je vous ai demandé, dit-il avec un sourire plein d'autorité.

Il prit ses mains dans les siennes et les posa sur la ceinture de son pantalon.

Avec un frisson d'excitation, elle défit les boutons jusqu'à ce que le pont du pantalon tombe. Il se pressa alors contre la paume de sa main et se pencha pour couvrir sa gorge de baisers.

Comme il se frottait doucement contre elle, elle le sentit devenir plus grand et plus dur à chaque mouvement, et elle fut surprise par ce contact qui ne correspondait pas à ce qu'elle avait imaginé. C'était chaud, lourd, et pulsant de vie.

Elle aurait dû avoir peur et se sentir vulnérable. Au lieu de cela, elle éprouvait une sensation similaire à celle ressentie lorsqu'il l'avait caressée pour la première fois : étrangeté, excitation, désir…

A ce moment-là, elle n'avait pas compris ce qui se passait mais, maintenant, elle se surprenait à imaginer quelque chose d'encore plus agréable. D'ailleurs, s'il ne tentait rien, elle lui ferait part de son idée, quitte à le choquer.

Puis elle se souvint. Elle était sa chose, et il ne lui avait pas donné le choix. Alors elle sourit, écarta les jambes et attendit.

Il comprit qu'elle était prête, car il se redressa pour ôter ses bottes et se débarrasser du reste de ses vêtements. Un court instant, il la domina de toute sa taille, nu, magnifique, les yeux baissés sur elle, couchée sur le lit en désordre, presque nue, offerte. Il la regarda comme s'il la possédait corps et âme.

Une pensée fulgura dans l'esprit de Druscilla. C'était pour sauver sa sœur de ce genre de situation qu'elle avait traversé la moitié de l'Angleterre ! Si Priss avait éprouvé ce qu'elle-même éprouvait à l'instant, il était fort probable qu'elle n'ait pas souhaité être secourue.

Des mains puissantes se refermèrent sur ses genoux et écartèrent plus largement ses jambes.

Il s'allongea sur elle et elle sentit son poids sur elle, entre ses cuisses, en elle. Il eut une poussée soudaine, une douleur.

— Maintenant, vous êtes mienne, murmura-t-il.

« Oui, je suis à vous », pensa-t-elle.

Quoi qu'il puisse lui arriver, cela n'avait plus d'importance. A cet instant précis, elle appartenait à quelqu'un et, pour la première fois de sa vie, elle se sentit protégée.

Il était immobile, allongé sur elle, et elle se demanda si c'était terminé.

Ainsi donc, elle avait perdu sa virginité. C'était moins douloureux que prévu. C'était également moins agréable que ce qui s'était passé avant. La douleur s'estompait déjà, et elle sentit ses lèvres contre son épaule, l'effleurant doucement comme pour la réconforter.

— Lady Druscilla…, murmura-t-il. Druscilla, c'est si bon.

Sur ces mots, il se mit à bouger, très doucement. Elle en eut le souffle coupé. C'était une sensation si étrange, si nouvelle et… il avait raison, c'était si bon ! La vague de chaleur l'envahit de nouveau.

— Monsieur Hendricks…, haleta-t-elle.

— Ma chérie, appelez-moi John.

— John…, répéta-t-elle en essayant de paraître plus sûre d'elle qu'elle ne l'était en réalité. Oh ! John ! gémit-elle.

Il était en elle, sa chair palpitante envahissant de plus en plus la partie la plus sensible de son être, et elle se sentit partir.

Elle s'accrocha à lui. Ses épaules étaient douces et fermes. Sa peau était chaude, et elle n'avait pas envie de s'arrêter là. Elle laissa ses mains courir le long de ses bras, de son dos, pour finir sur les muscles saillants de ses fesses.

Sous l'effet de cette caresse, John lui mordit l'épaule, juste assez fort pour qu'elle se cabre. Lorsqu'elle poussa ses hanches à la rencontre des siennes, il donna un coup de reins plus fort.

Elle aurait pu le supplier d'arrêter. Même à ce stade, elle avait entendu dire que l'on pouvait minimiser le risque de grossesse si on s'interrompait. Au lieu de cela, elle le serra davantage contre elle, en bougeant à l'unisson.

Il ne semblait plus vouloir s'arrêter.

— John ! fit-elle dans un râle.

Ce qu'il lui faisait était si bon ! Bien meilleur encore si elle contractait ses muscles autour de lui en murmurant son nom. Elle se sentit perdre contrôle, et cette folie qui l'avait envahie une fois déjà reprit possession d'elle.

Cette fois, c'était encore plus fort. Les gémissements de son amant répondirent aux siens et ils plongèrent dans une spirale de plaisir.

Cria-t-elle son nom une dernière fois ? Elle n'en fut pas certaine. Elle ne pensait plus à rien d'autre qu'au plaisir intense d'être avec lui, sous lui, autour de lui.

Le corps de John se tendit, puis il s'abattit sur elle, comme s'il était soudain sans force. Cependant, lorsqu'elle tenta de se libérer de poids pesant sur elle, il parut revenir à la vie. Il l'enlaça, la caressant jusqu'à ce qu'un tremblement de plaisir raidisse de nouveau tous ses muscles, avant de s'éteindre doucement.

La vague de plaisir apaisée, elle recouvra ses esprits

et prit conscience qu'elle venait de se donner à un quasi-étranger, sur la route de l'Ecosse.

Pouvait-elle se considérer comme mariée ? Etait-ce l'acte qui créait l'union, au lieu de l'inverse ?

— Druscilla ?

Sa voix était étrangement dénuée de passion. C'était curieux de la part de quelqu'un dont le corps était toujours… Elle contracta ses muscles, le sentit encore en elle, et se demanda soudain ce que recommandaient les manuels de savoir-vivre en pareille circonstance.

— Monsieur Hendricks, finit-elle par dire, je crois que nous… vous avez agi impulsivement.

Oui, maintenant qu'elle y repensait, *il* avait créé cette situation… même si elle y avait pris beaucoup de plaisir. Elle poursuivit :

— Je crois que vous devriez…

— Faire quoi ? l'interrompit-il.

Toujours en elle, il se mit à caresser le bouton de chair, siège de tant de plaisir.

— Que voulez-vous que je fasse ? ajouta-t-il.

« Vous devriez partir », telle aurait été la réponse la plus sage, mais cela pouvait certainement attendre un peu.

Elle préféra patienter jusqu'à ce qu'il ait fini ce qu'il venait de commencer…

John sourit et l'embrassa.

— Je crois que je vais encore décider seul de ce qu'il convient de faire, dit-il. Je vais m'assurer que vous ne penserez plus jamais à un autre homme que moi.

Les genoux de Druscilla se soulevèrent, entourant les hanches de John jusqu'à ce que les mains de ce dernier étreignent ses cuisses pour l'amener à enrouler ses jambes autour de lui.

« Est-il possible pour une femme de se compromettre deux fois dans la même soirée ? » se demanda-t-elle.

Lorsque son amant la pénétra, la réponse s'imposa d'elle-même.

Chapitre 15

Lorsque John se réveilla, le lendemain matin, il tendit la main vers la femme endormie à son côté et eut un choc en ne rencontrant que le vide.

Pendant quelques secondes, les yeux encore fermés, il tâtonna, comme si elle avait pu se perdre dans ce lit étroit et inconfortable.

Il se réveilla alors complètement et se rappela qu'il était dans sa chambre, et non dans celle de Druscilla. Il l'avait quittée quelques heures plus tôt, dès l'apparition des premiers rayons de soleil. Il s'était glissé subrepticement hors de sa chambre pour rejoindre celle qu'elle lui avait louée, au bout du couloir. Il n'était pas question qu'on le voie sortir de chez elle.

Il s'était ensuite écroulé sur son lit, en espérant dormir quelques heures pour paraître en forme au petit déjeuner.

Avec le réveil vint également l'appréhension. Les activités de la nuit passée avaient été incroyables et, lorsqu'il s'était éclipsé, Druscilla souriait dans son sommeil. Cependant, elles n'avaient pas été totalement consensuelles. Lorsqu'il l'avait rencontrée, trois jours plus tôt, elle ne connaissait rien à l'amour. C'était une jeune femme convenable, lectrice de livres de sermons, et bien partie pour devenir une honorable vieille fille. Il était certain que le baiser qu'il lui avait donné l'avant-veille était le premier qu'elle ait reçu.

Il s'était acharné à briser ses défenses, à affaiblir sa résistance, pour finir par prendre sa vertu.

Certes, la possibilité qu'une telle femme reste célibataire et vierge était un véritable crime. Par ailleurs, si ses livres de sermons ne contenaient pas quelques pensées sur la nécessité de se multiplier, alors leurs leçons étaient incomplètes et elle devait changer ses lectures.

Cela ne lui donnait toutefois pas le droit de forcer la porte de sa chambre.

S'il avait usé de ruses pour qu'elle lui donne sa virginité sans rien lui promettre en retour, il ne valait pas mieux que Gervaise. Aujourd'hui, il lui devait donc des excuses et une demande en mariage.

Malheureusement, il n'avait aucun moyen de savoir si sa demande serait ou non bien reçue ; elle était la fille de duc, et lui bâtard.

Une fois qu'elle aurait recouvré ses esprits et pris pleinement conscience de ce qui s'était passé, il était possible qu'elle se plaigne à son père sitôt rentrée. Le duc le corrigerait alors à coups de fouet bien mérités pour avoir déshonoré sa fille chérie.

Pour être honnête, John se posait des questions sur ce père qui autorisait la famille à surnommer sa fille aînée « godiche » et sa cadette à faire son entrée dans le monde, alors que l'aînée était reléguée à l'arrière-plan. Que Druscilla ait l'air de trouver cela normal le choquait profondément. Il éprouvait une indignation croissante et n'avait qu'une envie, la secourir, l'emmener loin de ces gens, et lui prouver qu'elle était belle, aimée et désirée.

Il avait cru ne rien ignorer de l'amour et de ses

chagrins, mais ce qu'il éprouvait pour Druscilla Rudney lui était inconnu.

Lorsqu'il avait craint de la perdre, il avait ressenti de la rage et cru devenir fou. Il avait éprouvé de la félicité en se couchant à son côté, une impression de... familiarité. Comme s'ils partageaient depuis toujours des secrets connus d'eux seuls. La confiance, la communion d'esprit...

Pour dire les choses simplement, tout semblait à sa place quand il était avec elle, et rien n'allait plus quand elle n'était pas là.

Eprouvait-elle la même chose pour lui ? Il l'ignorait car, la nuit dernière, ils n'avaient pas eu le temps de parler. Etait-il possible qu'elle soit effrayée, incapable de se plaindre de lui par peur des répercussions — le déshonneur, la honte, la grossesse ? Elle entendait peut-être garder le silence sur une expérience qu'elle jugeait humiliante et qu'elle préférait oublier.

Il fut bouleversé à l'idée qu'elle ait pu supporter ses caresses avec stoïcisme comme elle le faisait pour beaucoup de choses. Sa sœur voyageant désormais avec eux, il allait avoir plus de difficultés pour la voir en tête à tête afin d'éclaircir ce point et se déclarer.

Le fait qu'il se soit jeté sur elle au lieu de l'avoir courtisée normalement jouait en sa défaveur.

Durant quelques heures merveilleuses, il avait été un homme, et elle, une femme, avant d'être une aristocrate. Même maintenant, seul dans sa chambre, il n'arrivait toujours pas à formuler avec précision ce qu'il éprouvait pour elle.

Hier soir, il avait laissé son corps parler à la femme aimée, conscient qu'il était sur le point de commettre quelque chose d'irrévocable, mais certain que son bon sens finirait par prendre le dessus et qu'il écouterait alors la voix de la sagesse. Finalement, il n'en avait rien été.

Coucher avec elle avait été un acte égoïste, irrationnel et fou, mais jamais il n'avait voulu quelque chose autant qu'il l'avait désirée, elle.

Il l'avait rendue heureuse, il le savait. Et c'est cette certitude qui l'avait convaincu du bien-fondé de ses actes. Maintenant, il lui restait à en assumer les conséquences et à trouver un moyen d'agir au mieux.

Lorsqu'il descendit dans la salle de l'auberge afin de prendre son petit déjeuner et de préparer leur calèche, il n'y vit pas Druscilla. Probablement dormait-elle encore, car la nuit avait été mouvementée.

En revanche, Priscilla était assise dans le petit salon, à la table qu'elle avait partagée la veille avec M. Gervaise. Elle profitait du soleil, comme un petit chat gâté. John espéra que le soleil lui ferait du bien, car ses joues étaient pâles et ses yeux un peu rouges. La nuit avait sans doute été difficile pour elle, mais il doutait que le départ de Gervaise lui ait brisé le cœur.

Priscilla était aussi jolie que l'avait dit Dru. Elle avait cette joliesse fragile et sans défaut qui semblait l'apanage naturel de l'aristocratie. Il avait certes été séduit par le même genre de physique chez la femme de son ami, mais le regard de Priscilla manquait de cette intelligence, si vive chez Emily Folbroke.

Depuis peu, il avait décidé qu'il préférait les femmes qui alliaient intelligence, esprit et caractère. Sans oublier les grands yeux sombres. Il essaya de retenir le sourire qui lui montait aux lèvres en pensant à Dru, couchée au milieu des draps froissés, fixant le plafond, se demandant comment elle était arrivée là.

La jeune demoiselle Rudney vit son sourire et, le lui croyant adressé, lui sourit à son tour.

Un sourire radieux, séducteur. Il se sentit immédiatement mal à l'aise.

— Bonjour, monsieur Hendricks. Quelle belle journée, n'est-ce pas ?

Il acquiesça.

— Bonjour, lady Priscilla.

Il ne trouva rien à ajouter et, d'ailleurs, leur différence de statut social lui interdisait d'engager la conversation.

— Silly m'a beaucoup parlé de vous, ajouta-t-elle, toujours tout sourires.

John faillit réagir en entendant ce surnom. Il se retint de voler au secours de sa bien-aimée en arguant que Dru n'avait rien d'une godiche. A voir l'attention avec laquelle Priscilla l'observait depuis le début de leur conversation, il se demanda si elle n'avait pas employé ce surnom à dessein, pour tester sa réaction. Une sorte de piège à son intention.

En effet, quand Dru aurait-elle trouvé le temps de parler à sa sœur ? Ils avaient passé la plus grande partie de la nuit ensemble.

De toute façon, il était presque certain que Druscilla ne lui aurait rien dit, même si elle en avait eu l'opportunité.

Priscilla essayait donc de lui arracher des informations.

— Elle parle également beaucoup de vous, dit-il.

— J'ai dû lui faire peur en m'enfuyant de la sorte, mais elle a eu tort de s'inquiéter.

Elle bougea afin, sans doute, de lui offrir son meilleur profil.

— Comme vous pouvez le constater, je vais bien et je suis capable de prendre soin de moi.

C'était un mensonge éhonté. Il avait rarement rencontré une femme qui ait autant besoin d'être secourue.

— Je suis certain que lady Druscilla est ravie de vous avoir trouvée, répondit-il prudemment.

Le sourire de Priscilla s'élargit.

— Mais elle n'aurait pas réussi sans votre aide, j'en suis certaine. Les routes étaient particulièrement difficiles, et nous avons nous-mêmes été plusieurs fois retardés. La vitesse avec laquelle vous nous avez rattrapés est d'ailleurs étonnante.

C'était donc cela, songea John. Priscilla voulait savoir ce qu'avait fait sa sœur pour éviter la colère paternelle.

— Lady Druscilla souhaitait vivement vous retrouver le plus vite possible afin que le scandale soit évité.

— Et vous l'avez aidée, conclut-elle avec une moue approbatrice

— Elle m'a engagé pour cela.

— Et rien de plus ? s'enquit Priscilla avec une fausse candeur.

Elle avait l'air de le mettre au défi d'admettre qu'il ait pu se passer quoi que ce soit entre lui et sa sœur.

— Je ne comprends pas ce que vous voulez dire, assura-t-il en mentant comme un arracheur de dents. J'ai rencontré votre sœur sur la route, il y a trois jours de cela. Ce fut un hasard heureux, car je cherchais précisément un emploi au moment où elle avait besoin d'aide.

Priscilla sembla soulagée.

— Oh ! monsieur Hendricks, vous êtes si galant ! Je suis sûre que vous avez fait bien plus que l'aider.

La sœur de Druscilla le fixait de ses grands yeux bleus, mais il pouvait voir entre ses longs cils un regard aussi intelligent et observateur que celui de son aînée.

— Vous vous trompez, lady Priscilla.

Depuis le début, le comportement de la jeune femme le mettait mal à l'aise et le poussait à se montrer méfiant.

— Si, si. En l'aidant, vous m'avez épargné une désastreuse erreur. J'ai donc de multiples raisons de vous être reconnaissante. Si par malheur le récit de ce voyage transpire, je suis perdue.

— Aucun mot ne franchira mes lèvres, promit-il avec un sourire rassurant.

— Et vous êtes-vous assuré du silence de M. Gervaise ?

Le visage de Priscilla s'était légèrement crispé à l'énonciation de ce nom. Elle se leva et s'approcha de lui, si près qu'il eut presque l'impression de sentir la chaleur de son petit corps.

— Comment pourrais-je jamais vous remercier ?

Il recula, se cognant à la table.

« Comment puis-je vous faire payer cela ? » était probablement ce qu'elle avait envie de dire.

Pour une raison qui lui échappait, il avait visiblement contrecarré les plans de cette jeune fille. Des plans où l'amour n'avait pas de place.

— Il est inutile de me remercier, votre sœur m'a engagé pour cela, dit-il en s'écartant de la table et en reculant encore d'un pas.

— C'était assez excitant, vous savez. Mon Dieu, des hommes se battant pour moi !

Elle paraissait au bord de l'évanouissement, mais ses yeux bleus racontaient une tout autre histoire.

— C'est vrai. D'une certaine manière, je me suis battu pour vous, reconnut John. Mais il s'agissait de défendre l'honneur d'une femme, et j'ai agi comme doit le faire tout gentilhomme.

— Quoi qu'il en soit, le vainqueur mérite une récompense.

— Comme je l'ai déjà dit, lady Druscilla sera...

Priscilla se jeta soudain dans ses bras, se dressa sur la pointe des pieds, et posa ses lèvres sur celles de John.

Cela le prit totalement au dépourvu. Avant qu'il n'ait eu le temps de réagir, la langue de Priscilla était dans sa bouche.

Elle était bien trop expérimentée pour quelqu'un de si jeune, constata-t-il avec effroi. Bien trop entreprenante, aussi. Et la façon dont son corps se collait au sien laissait deviner que l'éloignement du maître de danse était advenu trop tard pour sauver sa vertu.

A ce stade, la seule chose que l'on pouvait encore espérer était de la ramener à sa famille afin qu'elle soit enfermée à double tour pour éviter une autre fuite.

Il fallait absolument qu'il éloigne Dru de cette fille. Vouloir la garder sur le droit chemin était un combat perdu d'avance, et il ne tenait pas à ce que Druscilla y perde son temps au lieu de vivre sa vie.

Il se dégagea le plus élégamment possible de l'étreinte tentaculaire de la jeune femme, non sans remarquer son gémissement lorsqu'il put enfin s'écarter d'elle.

— Comme je viens de vous le dire, milady, je n'ai fait que mon devoir, dit-il en la regardant droit dans les yeux. Inutile de me remercier.

— Très bien, mais si vous changez d'avis…

— Je me souviendrai de votre proposition.

Convaincue d'avoir fait une conquête de plus, Priscilla recula enfin. Il allait falloir l'éviter jusqu'à ce qu'il puisse parler à Dru, songea John.

Une fois qu'il serait certain d'avoir gagné le cœur de son aimée, il pourrait contrer tout autre assaut sur sa personne, en assurant Priscilla de son affection fraternelle, tout en évitant qu'elle n'aille raconter n'importe quoi à son père.

Il remit en place ses lunettes qui avaient été bousculées par la soudaineté de l'attaque.

Lorsqu'il redressa la tête, il s'aperçut que Druscilla se tenait dans l'embrasure de la porte, l'air profondément blessé.

Qu'avait-elle vu ? se demanda-t-il. Sans doute plus que nécessaire…

Il était vain de nier le baiser et il pouvait difficilement se placer en victime de sa sœur, même si c'était vrai, car les liens du sang seraient les plus forts.

Si Druscilla avait fait tous ces kilomètres pour sauver sa sœur et non Gervaise, elle ne lui pardonnerait pas de critiquer l'écervelée qu'ils avaient secourue.

— Lady Druscilla, dit-il en s'inclinant, pardonnez mon comportement. Votre sœur était bouleversée, je lui offert mon soutien et la situation a un peu dérapé. Cela ne se reproduira plus.

— Oui, veillez à ce qu'il en soit ainsi, monsieur Hendricks.

Elle paraissait calme et indifférente, mais il vit que ses yeux s'étaient embués.

Des larmes ! Maudit soit-il ! Il avait réussi à la faire pleurer, elle que rien ne semblait pouvoir ébranler.

Elle cilla avant de poursuivre.

— Quant à toi, Priscilla, éloigne-toi immédiatement de M. Hendricks.

Priscilla adressa à John un regard contrit et un haussement d'épaules en guise d'excuse. Puis, avant de faire face à sa sœur, elle eut le toupet de lui faire un clin d'œil, comme si le seul problème était d'avoir été surpris.

— Allons, Silly, ne fais pas tant d'histoires ! s'exclama-t-elle.

Druscilla se redressa et adopta une attitude altière, au calme étudié. Elle était visiblement capable de ravaler ses larmes et de masquer ses véritables sentiments.

Elle jeta à John un regard méprisant avant de retourner son dédain contre sa sœur.

— Priscilla, nous allons avoir une autre discussion sur le genre de gens que tu fréquentes. Tu commences par t'enfuir avec un maître de ballet et, maintenant, ceci ? dit-elle avec un geste dédaigneux pour désigner John.

Il essaya discrètement de lui indiquer la porte et leva une main hésitante dans l'intention d'attirer son attention. Il espérait avoir une chance de lui parler seul à seul et de dissiper ce malentendu.

Ou sa vision latérale était défaillante ou elle choisit volontairement de l'ignorer, car elle fit comme s'il était transparent, comme s'il n'était qu'un meuble de plus dans la pièce. Pis que cela, elle se comporta comme s'il ne faisait pas partie de son monde.

— Milady, fit-il. J'ai parlé trop vite, hier, lorsque je vous ai remis ma démission. Si vous avez encore besoin de mes services…

Le regard de Dru alla de sa sœur à lui, et il la vit baisser les épaules, résignée.

Croyait-elle réellement que les sentiments qu'il éprouvait pour elle avaient pu changer si vite ?

Malheureusement oui, pensa-t-il.

Elle était persuadée que Priscilla était irrésistible et imbattable pour tout ce qui avait trait à la gent masculine.

Pourquoi avait-il fallu qu'il lui raconte son amour pour Emily et la rapidité avec laquelle il s'était éteint après une semaine passée loin d'elle ?

Elle le pensait inconstant parce qu'il lui avait donné de bonnes raisons de le croire.

Lorsqu'elle parla, sa voix était glaciale, hautaine ; la voix que l'on utilisait pour s'adresser à un domestique que l'on n'appréciait pas.

— Vous méritez toujours une compensation pour le service que vous nous avez rendu, et vous la recevrez dès notre retour à Londres. En revanche, aucune de nous n'a besoin, ni n'accepte, les attentions particulières dont vous nous avez gratifiées ces derniers jours. Est-ce clair, monsieur Hendricks ?

— Oui, Milady.

D'un geste plein d'autorité, elle fit signe à sa sœur de la suivre. Puis, sans un regard de plus pour lui, elle se retira d'un pas rapide.

Il la vit cependant prendre le mouchoir glissé dans sa manche.

Chapitre 16

La calèche des Benbridge progressait lentement vers Londres, les vitres ouvertes pour lutter contre la chaleur lourde qui avait succédé à la pluie.

Dru s'éventa avec son livre ouvert. C'était d'ailleurs le meilleur usage qu'elle pouvait réserver à ce fichu livre de sermons, pensa-t-elle.

Priscilla semblait, quant à elle, indifférente à la température. Elle était aussi fraîche qu'à son départ, et parfaitement remise de ses émotions.

Apparemment, il lui avait suffi de prendre la seule chose qui avait de la valeur aux yeux de sa sœur pour se sentir mieux.

Soudain, l'image de Priscilla dans les bras de John Hendricks lui traversa l'esprit. Elle éprouva une bouffée de rage et le désir d'assommer sa sœur avec le livre qu'elle avait à la main.

Il était fort improbable que Priss comprenne le désastre qu'elle avait provoqué. Si seulement elle arrivait à faire entrer dans cette jolie caboche ne serait-ce qu'une once de considération pour les sentiments des autres, alors peut-être…

Elle s'éventa plus énergiquement pour se calmer. Quelle idiote elle avait été ! Elle aurait dû se préparer à l'inévitable. Les hommes étaient irrésistiblement attirés par sa sœur. En général, un coup d'œil en direction de Priscilla suffisait. Jamais, cependant, cela ne lui avait causé tant de peine.

Aucun homme ne l'avait jamais tenue dans ses bras, ne lui avait jamais murmuré qu'elle était belle, désirable et, surtout, n'avait jamais fait suivre ses paroles par des actes avec autant d'enthousiasme.

Druscilla n'était pas naïve ; elle savait que les événements de la nuit ne signifiaient pas automatiquement le mariage. Mais était-ce trop demander que de ne pas être trahi à la fois par son amant et par sa sœur ?

Si Priscilla avait été capable de penser un peu plus aux autres et un peu moins à elle-même, Dru aurait pu lui demander de mettre son charme sous le boisseau, pour une fois dans sa vie, juste avec cet homme-là. N'aurait-elle pas pu prétendre, ne serait-ce qu'une fois, être gênée par le trouble qu'elle suscitait au lieu de se comporter comme une enfant gâtée ?

Pas étonnant qu'elle ait l'air si joyeux et si reposé ! Elle n'avait pas été contrainte de braver la boue et la pluie, de sauter des repas ou de dormir dans le foin. Dès que Dru avait mis la main sur le contenu du réticule de sa sœur, elle avait trouvé non seulement de quoi les ramener tous à Londres, mais en plus dans le confort, en s'arrêtant où bon leur semblait et en dormant dans des lits confortables.

Elle lui lança un regard sévère. Comme d'habitude, Priss provoquait des catastrophes dont elle ne subissait jamais les conséquences. Mais jamais encore elle n'était parvenue à réduire sa sœur à une pauvre chose sanglotant dans les toilettes d'une auberge.

— Cesse de me regarder comme ça, Silly, c'est

inutile ! s'exclama Priscilla. Mon intention n'était pas de tirer une leçon de cette expérience. De plus, tu devrais savoir qu'il vaut mieux éviter de me suivre.

— Père ne me pardonnerait jamais de ne pas te surveiller pour t'empêcher de faire des folies, rétorqua Druscilla, exaspérée d'avoir encore à endosser le rôle de la rabat-joie.

— Ma pauvre ! Père ne te pardonnerait jamais de ne pas me surveiller, même si je me conduisais bien ! Vraiment, Silly, tu le crois meilleur qu'il n'est et tu cherches trop son approbation. Il ne la donne que très rarement, et jamais très longtemps.

— Ce n'est pas une façon de parler de père, répondit Druscilla, presque par réflexe.

— C'est pourtant la vérité ! Regarde dans ton livre, je suis sûre que tu trouveras un sermon sur l'intérêt de dire la vérité. Surtout lorsqu'elle est juste devant soi.

— Ce livre parle aussi d'honorer ses parents !

— Et nous l'avons fait car, en la matière, on ne nous laisse de toute façon pas beaucoup le choix.

Puis, gênée par le regard sévère de sa sœur, elle ajouta :

— Et puis tu honores assez notre père pour nous deux. Je devrais d'ailleurs me montrer plus reconnaissante, je l'avoue.

Le compliment était inattendu et bienvenu, mais ne compensait pas la peine qu'elle lui avait causée.

— Merci, dit néanmoins Dru.

— Je crois avoir hérité du mauvais caractère de père, reprit Priscilla en soupirant. Comme lui, je suis très têtue et il m'est difficile d'obéir sans poser de questions. De ce fait, tu es souvent prise entre deux feux. Je suis désolée, Dru.

Druscilla aurait aimé pouvoir rester en colère contre cette bécasse qui méritait une sérieuse réprimande, mais elle ne résistait jamais bien longtemps au charme de sa sœur.

— Pour l'instant, tu devrais profiter du temps passé loin de cette horrible maison, l'encouragea Priscilla. Je ne ferai plus de bêtises, je te le promets.

Druscilla leva les yeux au ciel. Faire des bêtises était une seconde nature, chez Priscilla.

— J'ai l'impression que voyager avec M. Hendricks ne te serait pas si désagréable, si tu te laissais un peu aller, ajouta Priscilla avec un sourire coquin.

Puis, elle observa un instant par la fenêtre M. Hendricks qui chevauchait à la hauteur du cocher avant de reprendre :

— C'est un homme vraiment fascinant. Dommage qu'on ne voie pas bien ses yeux, derrière ses lunettes !

— Ils sont bruns, dit rêveusement Druscilla en regardant ses mains. En fait, ils ont la couleur de l'ambre.

« Et, au clair de lune, ils sont dorés », ajouta-t-elle *in petto.*

Priscilla continua, comme si elle n'avait pas entendu.

— Je me demande s'il voit sans ses lunettes… Il serait tellement plus séduisant, s'il les ôtait.

— Ce serait absurde de sa part. C'est un homme raisonnable, et il n'est pas du genre à renoncer à bien voir par vanité, répliqua sèchement Druscilla.

Elle se mordit immédiatement la lèvre, gênée par sa propre véhémence et rougissant au souvenir des occasions où il avait retiré ses lunettes.

Priscilla sourit.

— Je suis sûre qu'il ne se rend pas compte de l'effet

qu'il produit sur les femmes quand il les enlève. Et sache qu'aucun homme n'est aussi convenable que tu le crois.

Druscilla lissa nerveusement sa jupe. La nuit dernière aurait dû lui prouver qu'il avait la même propension au péché que les autres hommes, et qu'il était tout aussi capable de profiter d'une femme sans défense, sans se soucier de sa réputation ou de sa pudeur. Et, non content de se comporter le lendemain comme s'il ne s'était rien passé, il avait été jusqu'à entreprendre sa sœur.

Elle serra les poings de rage et sentit ses ongles s'enfoncer dans ses paumes.

Elle s'en voulait d'autant plus qu'elle ne s'était pas comportée comme elle l'aurait dû. La nuit dernière, elle aurait dû crier, et au diable les conséquences ! Ce matin, elle devrait être morte de honte, rongée par la culpabilité, et inquiète pour la sécurité de sa sœur que l'infâme avait cherché à séduire en prétextant l'aider.

Au lieu de cela, elle éprouvait…

De la jalousie.

En voyant Priscilla dans ses bras, elle avait éprouvé de la colère. Pas seulement contre lui, mais aussi contre sa sœur.

Priscilla était responsable de la situation dans laquelle elles se trouvaient toutes deux, et elle ne semblait pas en comprendre la gravité. Leur réputation et leur avenir étaient en jeu. Après avoir fait scandale en s'enfuyant avec Gervaise, elle paraissait totalement indifférente à son départ.

Elle s'était d'ailleurs empressée de s'attaquer à l'homme suivant, usant des charmes qui lui permettaient toujours d'arriver à ses fins. Avait-elle envisagé un seul instant que sa « proie » puisse être attachée à quelqu'un d'autre ? Ou inversement ?

Pour être honnête, Druscilla n'avait aucune preuve que les événements de la nuit étaient autre chose qu'une réponse émotionnelle à l'anxiété. Elle avait sans doute eu tort de rêver à John, un genou à terre, la suppliant de le laisser réparer. Ou encore de l'imaginer se glissant dans sa chambre, ce soir, brûlant de désir et peu soucieux des convenances.

Ce matin, elle avait été rattrapée par la réalité. Elle avait découvert John plein d'attentions pour sa sœur, mais crispé et cérémonieux avec elle, comme si elle avait perdu tout intérêt, maintenant qu'il avait partagé son lit. Elle s'était sentie glacée, blessée, comme si, à l'intérieur d'elle, il n'y avait plus que du verre brisé.

Elle avait donc réagi comme elle avait pu : elle s'était concentrée sur ces morceaux de verre jusqu'à ce qu'ils sortent d'elle, puis elle s'était réfugiée derrière une carapace d'indifférence.

A présent, elle était seule de nouveau, mais en souffrait. Elle souffrait de voir John Hendricks s'éloigner, comme elle lui avait ordonné de le faire. Il ne les ennuyait plus, elle ou sa sœur. Il voyageait avec le cocher et elle ne l'apercevait que fugitivement.

Elle vit Priscilla sortir la tête de la calèche pour attirer l'attention de John et lui demander s'il ne voulait pas voyager avec elles.

— Quel dommage qu'il ait refusé ! s'exclama-t-elle en se retournant vers sa sœur. Il prétend qu'il n'aime pas l'atmosphère confinée des calèches.

C'était un mensonge poli, car la relative promiscuité n'avait jamais paru le gêner lorsqu'il voyageait en sa compagnie, songea Druscilla qui avait parfaitement entendu la réponse de John.

— Vu la façon dont il s'est comporté avec toi ce matin, je préfère qu'il m'obéisse et qu'il reste dehors, dit-elle. Cela lui épargnera mon sermon sur les limites de la bienséance. Il va faire ce pour quoi je le paye, à savoir nous aider à terminer notre voyage dans les meilleures conditions, tout comme la tâche de M. Gervaise était de t'apprendre à danser. Des hommes pareils doivent apprendre à rester à leur place. Quant à toi, tu devrais apprendre à ne pas t'abaisser.

Peut-être arriverait-elle un jour à appliquer ses propres conseils… Malheureusement, le simple fait d'entendre le son de la voix de John lui faisait battre le cœur. Le contact de son corps contre le sien lui manquait ; sa jambe collée contre ses jupes ou son bras protecteur autour de sa taille…

La calèche ducale était extrêmement confortable, et elle n'avait nul besoin d'un corps ami pour la protéger des soubresauts de la route. Pourtant, jamais la vie dans le luxe ne lui avait paru si froide et solitaire.

Priscilla la tira de sa rêverie en lui tapotant la main.

— Arrête de bouder, Silly. Je sais faire la différence entre un soupirant et un domestique. Il fait un temps magnifique mais, à te voir, on pourrait croire que nous sommes un jour sombre de décembre. Pourquoi ne pas s'arrêter pour profiter de la campagne ?

— La prochaine auberge est à six kilomètres, dit Druscilla en s'écartant de la fenêtre. Si nous nous arrêtons sans cesse, nous mettrons une éternité à arriver.

— Tu as gagné, je rentre à maison. Alors, pourquoi se précipiter ? Londres est une ville morte, en cette saison.

— Père est à Londres, répondit Druscilla. Et c'est là que nous l'attendrons.

— Je te connais, je parie que tu l'as averti de notre retour. Tu pourras toujours lui dire que nous avons été retardées. Il est presque midi, je suis rompue, et j'ai une faim de loup. Pique-niquer me paraît une excellente idée. S'il te plaît, dis au cocher de s'arrêter !

Druscilla soupira. Sa sœur avait une idée en tête, et personne n'aurait la paix tant qu'elle n'aurait pas eu gain de cause. Elle demanda donc au cocher de s'arrêter dès que possible.

Mis à part un sourcil levé lorsqu'il comprit le but de l'arrêt, John Hendricks ne montra aucune émotion particulière. Il devait sans doute être impatient de rencontrer son père, de recevoir son paiement, et de pouvoir enfin sortir de leurs vies.

A cette idée, elle se raidit et lui ordonna d'étaler une couverture sur l'herbe. Il s'occupa également d'ouvrir la bouteille de vin et de préparer des tranches de viande, de fromage, et de pain. Puisqu'il se comportait avec elle comme si rien ne s'était passé entre eux, comme un domestique, eh bien, elle le traiterait comme tel.

Dès qu'il se fut assuré qu'elle et sa sœur étaient bien installées, il s'éloigna à distance respectueuse en emportant de quoi manger. Il s'assit dans l'herbe, dos à un arbre.

— C'est bien mieux, tu ne trouves pas ? dit Priscilla.

Elle regarda dans la direction de leur compagnon.

— Monsieur Hendricks, ne seriez-vous plus confortable si vous partagiez notre couverture ? demanda-t-elle.

— Je suis très bien ici, milady.

— J'insiste, fit-elle en tapotant la couverture à côté d'elle.

— Oh oui ! monsieur Hendricks, rejoignez-nous !

L'intonation de Druscilla était si ironique que même Priscilla s'en rendit compte et lui tira la langue.

Il parut hésiter, puis se leva et vint s'asseoir entre elles, à égale distance de l'une et l'autre, et poursuivit tranquillement son repas.

— Voilà qui est mieux ! s'exclama Priscilla en lui adressant un de ces sourires radieux dont elle avait le secret. C'est une belle journée, n'est-ce pas ?

— Comme vous l'avez fait remarquer plus tôt, répondit-il.

Priscilla réfléchit un instant avant de répondre.

— Lorsque nous étions encore à l'auberge, il ne faisait pas aussi bon et nous n'avions pas cette merveilleuse odeur de roses, dit-elle en montrant les rosiers sauvages qui fleurissaient le bord de la route.

Il acquiesça poliment.

— Elles sont ravissantes, non ?

Priscilla avait rosi et paraissait presque sincère. Comment faisait-elle pour rougir sur commande ? se demanda Druscilla. Elle savait donc contrôler une réaction habituellement spontanée ?

— Tout à fait, milady. Elles sont ravissantes, si on apprécie ce genre de choses.

— Je doute qu'il existe en Angleterre quelqu'un qui n'aime pas les roses, remarqua Priscilla.

— Celles-ci sont une variété assez commune, intervint Druscilla. J'imagine qu'elles ont des épines.

L'odeur douceâtre des fleurs et le babillage incessant de sa sœur lui donnaient la migraine.

— Un homme sage apprend à oublier les épines, pour ne voir que la beauté, dit soudain John. La récompense vient à celui qui sait passer outre ces petites défenses.

De peur de relever la tête et de croiser le regard de John qui pouvait être fixé sur elle d'une manière fort peu convenable, Druscilla garda les yeux rivés sur ses mains. A moins qu'il ne soit en train de regarder Priscilla ?

Lorsqu'elle eut finalement le courage de lever les yeux, elle découvrit qu'il était tout simplement occupé à se préparer un sandwich à la viande froide et au fromage.

Elle observa les alentours et constata avec agacement que sa sœur avait raison : la campagne était magnifique.

Du soleil et des roses… A côté d'elle, un amant auquel elle n'osait pas parler, et une sœur qui était à la fois un chaperon et une rivale. La situation aurait certainement amusé Priscilla, mais Druscilla était mal à l'aise, comme si elle jouait à être sa sœur avec ses histoires de cœur compliquées. Rien n'était à sa place.

Quelqu'un devait garder la tête froide, même si les rosiers étaient en fleur. La famille n'avait en aucun cas besoin d'une deuxième Priscilla !

— Puis-je me permettre une question ? demanda John d'une voix pleine de déférence, mais dans laquelle elle perçut néanmoins une intonation annonciatrice de problèmes.

Elle se barricada aussitôt derrière des remparts imaginaires, mais Priscilla répondit à sa place.

— Faites, je vous en prie. Posez votre question, monsieur Hendricks.

— Lady Druscilla a expliqué que vous aviez déjà fait votre entrée dans le monde, lady Priscilla.

— C'est exact, monsieur. J'espère être mariée très

bientôt. Même si je suis en ce moment à court de soupirants.

— Tu plaisantes ? s'exclama Druscilla. Tu es à peine sortie des griffes de Gervaise !

John ignora la tension entre les deux sœurs.

— Lady Druscilla n'a pas parlé du résultat de sa propre saison mondaine. Pourtant, elle est la plus âgée, n'est-ce pas ?

— A vingt-trois ans, je ne suis pas encore une vieillarde ! répondit sèchement Druscilla, piquée au vif.

— Elle est pleine d'amertume à ce sujet, car elle n'a pas encore fait son entrée dans le monde.

Priscilla ne prenait pas de gants, mais elle avait de la sympathie dans la voix.

— Après le décès de mère, père et moi étions particulièrement bouleversés. On a sorti Druscilla de pension pour qu'elle s'occupe de moi et, après un an de deuil, nous étions toutes les deux en âge de nous marier. Cependant, elle m'a laissé sa place.

— Elle s'est sacrifiée pour vous ? demanda John comme si elle n'était pas là.

— Faire toutes les deux notre entrée dans le monde n'aurait fait que diviser l'attention des partis éventuels, expliqua Druscilla, lui rappelant ainsi qu'elle avait participé à la décision.

— D'autres familles ont réussi à lancer en même temps deux filles en âge de prendre époux, même si elles n'étaient pas aussi fortunées que vous. N'aviez-vous pas envie de briller, vous aussi ?

« Quelle question déplacée ! » songea Druscilla. D'autant plus qu'elle était posée devant sa sœur.

— On ne peut pas toujours avoir ce que l'on veut,

monsieur Hendricks. S'il y a deux filles dans une famille, l'une doit se marier avant l'autre.

— D'habitude, c'est à l'aînée que revient cet honneur.

— Pas toujours, répondit Druscilla. Il arrive parfois qu'une enfant soit plus vive, plus populaire que l'autre. Dans ce cas, il est normal que…

— A vous entendre, on pourrait croire que la décision a été prise avant même votre retour chez vous, l'interrompit John.

— Priscilla était de toute évidence celle qui en avait le plus envie, et…

— Tu sais, Dru, mère n'arrêtait pas de me parler de bals et de soirées, intervint Priscilla. Toi, tu as été envoyée en pension pour apprendre à raisonner.

Elle jeta à John un de ses regards aguicheurs et ajouta :

— Il n'est donc pas étonnant que nous ayons tourné comme cela. On a empêché l'une d'être sensée et on a obligé l'autre à le devenir.

— Bien résumé, lady Priscilla, dit John. Mais vous vous sous-estimez. Je crois qu'à votre manière, vous êtes aussi maligne que votre sœur.

A les voir ainsi discuter, Druscilla eut l'impression d'être exclue de leurs échanges. Une fois de plus, elle était tenue à l'écart. Comme d'habitude, elle était condamnée à regarder avec envie un spectacle auquel elle aurait aimé participer.

Non, se reprit-elle. Elle n'était pas envieuse, elle avait juste hâte que cette conversation se termine et que Priscilla donne le signal du départ.

Sa sœur avait le regard fixé sur un rosier.

— Il est rare qu'un homme me fasse l'honneur de remarquer mon intelligence, monsieur Hendricks. Sans doute parce que je préfère qu'il remarque ma beauté, dit-elle d'une voix rêveuse. J'aimerais beaucoup avoir une rose, mais j'hésite à aller la cueillir moi-même, car j'ai peur de me piquer avec les épines.

John eut un soupir amusé et posa son sandwich.

— Laissez-moi donc vous rendre ce service, dit-il avec le ton neutre qu'il aurait utilisé pour s'adresser à n'importe quel autre de ses employeurs.

« Mais il ne travaille plus pour nous, se dit Druscilla, et il agit par courtoisie. »

Elle fut soudain exaspérée de le voir ainsi se plier aux désirs de sa sœur qui testait les sentiments qu'il éprouvait éventuellement pour elle.

— Oh ! oublie ça, Priss ! dit-elle, à bout de patience. Laisse donc ce pauvre homme finir son repas pour que nous puissions poursuivre notre voyage !

Cependant, John s'était déjà levé et se dirigeait vers le rosier.

— Tu dis n'importe quoi, Dru ! Cela ne le dérange pas du tout. N'est-ce pas, monsieur Hendricks ?

— Bien sûr que non, lady Priscilla.

Comme elle l'avait déjà fait plus de cent fois lorsqu'elle chaperonnait sa sœur, Druscilla chercha dans l'attitude de John les marques d'empressement qui feraient de la fleur une preuve de son attachement.

Il prit un couteau dans sa poche et coupa une rose avant d'envelopper la tige dans son mouchoir pour protéger les doigts de Priscilla. Puis il la lui offrit.

— Elle est ravissante. Merci, monsieur Hendricks.

« Il s'appelle John ! » faillit crier Druscilla, comme pour affirmer une intimité qu'elle était seule à avoir avec cet homme.

Le sourire éclatant que Priscilla adressa à John aurait suffi à faire fondre les résistances du plus raisonnable des gentilshommes. Elle sortit ensuite un petit miroir de son sac et piqua la rose dans ses cheveux.

Druscilla sentit ses joues rougir et se demanda si c'était la jalousie qui en était la cause. Comment faisait Priscilla pour entortiller les hommes aussi facilement qu'elle entortillait la tige de cette rose dans ses cheveux ? Pour sa part, elle avait des cheveux noirs et lisses, aussi inaptes à retenir une fleur qu'elle l'était d'attirer l'attention d'un homme.

N'y tenant plus, elle se leva brusquement en murmurant qu'elle avait besoin d'être seule et se dirigea vers un bosquet. Elle préférait qu'ils croient à un besoin pressant plutôt qu'ils ne devinent le désespoir qui l'étreignait.

— Dru…

John l'avait rattrapée en l'appelant si doucement que personne d'autre ne l'entendit. Son ton n'était plus neutre, mais empreint d'une douce autorité. Elle s'arrêta et le regarda. Il avait coupé une autre rose et l'examinait pour s'assurer qu'il en avait bien ôté toutes les épines. Priscilla ne pouvait pas voir son manège, car il lui tournait le dos.

Il huma la rose, l'effleura de ses lèvres, puis la lui tendit. Il lui en caressa doucement la joue, comme s'il voulait lui transmettre un baiser.

Elle eut un hoquet de surprise et prit la fleur qu'elle serra si fort qu'elle crut avoir cassé la tige.

— Nous devons parler, murmura-t-il.

« Et faire bien plus que cela », songea-t-elle en pensant au contact de ses lèvres sur sa peau. Mais l'image du baiser qu'il avait donné à Priscilla alors que le lit dans lequel ils s'étaient aimés était encore chaud passa devant ses yeux.

— Retournez donc auprès de ma sœur. Je suis sûre qu'elle a plus envie que moi de vous parler.

— Je viens vous ouvrir mon cœur et vous présenter mes excuses, et je vous découvre jalouse de votre sœur ? dit-il d'une voix si basse qu'elle l'entendit à peine.

Elle se sentit rougir et secoua la tête pour démentir ces allégations.

Derrière ses lunettes, le regard doré de John se fit dur.

— C'est indigne de vous et ridicule ! chuchota-t-il avec la véhémence de quelqu'un qui a beaucoup de choses à dire et peu de temps pour le faire. Ce que vous avez vu ce matin n'a aucune importance. Cela ne se reproduira plus. Quels que soient vos sentiments à mon égard, nous avons besoin de parler et nous avons peu de temps. Puisque nous pouvons difficilement discuter en public, je propose d'en parler ce soir, en privé, dans ma chambre.

— Certainement pas ! répondit-elle dans un murmure furieux. Pour qui me prenez-vous ?

— Je vous en prie ! dit-il en saisissant sa main qui tenait la rose.

Il la porta à sa joue et y pressa les lèvres, humant sa peau comme si elle exhalait un parfum exquis.

— Je vous en prie, répéta-t-il. Je ne peux pas prendre le risque de venir dans votre chambre une fois de plus. Quelqu'un pourrait me voir.

Il lui lâcha la main et riva son regard au sien.

— C'est à vous de décider si vous pouvez me faire confiance. Après ce qui s'est passé la nuit dernière, je ne me sens pas capable de prendre une telle décision. Mais si vous pensez que nous pouvons encore nous parler, venez, je vous en supplie. Je vous attendrai.

— Monsieur Hendricks ?

La voix de Priscilla les interrompit, brisant la tension qui s'était créée entre eux.

John tourna vivement la tête en direction du son, puis il recula, la mine coupable, cherchant une sortie discrète. Il retourna vers leur lieu de pique-nique en faisant un large détour derrière les arbres, comme s'il venait d'une tout autre direction que celle dans laquelle était partie Druscilla.

Elle l'observa à travers les branchages et vit Priscilla regarder dans la direction de John qui émergeait des arbres.

Sa sœur était ravissante, avec cette rose piquée sur le côté dans sa masse de boucles blondes.

— Oui, milady ? fit John d'une voix que Druscilla jugea attentive, obéissante, mais rien de plus.

Elle vit sa sœur jouer de tous ses artifices pour susciter une réaction un peu plus émotionnelle, en vain. Il resta debout à son côté, poli, imperturbable.

Le cœur de Druscilla se mit à battre la chamade si fort qu'elle posa une main sur sa poitrine, comme pour le calmer.

Qu'avait-il voulu dire ? Avait-il vraiment embrassé la rose, puis sa main, ou l'avait-elle imaginé ? Quant à lui demander de venir le rejoindre dans sa chambre, c'était tout aussi inconvenant que l'inverse…

Et d'ailleurs, comment ferait-elle pour trouver sa chambre sans demander à quelqu'un ? Oserait-elle y aller ? Si c'était lui qui venait dans la sienne, ils pourraient tous deux prétendre que la rencontre s'était faite à son corps défendant, mais si c'était elle qui venait à lui ? Le message serait alors très clair : elle aurait agi en toute connaissance de cause.

Tout cela était ridicule ! se réprimanda-t-elle. Elle avait partagé ses quartiers avec cet homme pendant presque une semaine, sans jamais se poser ce genre de questions. Elle avait même dormi dans ses bras.

Cette expérience n'avait d'ailleurs rien eu d'innocent, même si elle avait prétendu le contraire…

Non, aller dans la chambre de John était hors de question. Il était d'ailleurs préférable d'oublier tout ce qui s'était passé entre eux au cours de ces derniers jours.

Pourrait-elle vraiment oublier ? En tout cas, elle devait essayer.

Elle frissonna. Elle pouvait encore sentir sur sa peau les mains de John, son souffle… Sans réfléchir, elle resserra ses bras autour de son torse, essayant de retrouver cette sensation merveilleuse du corps de John contre le sien.

Se ressaisissant, elle quitta l'abri du bosquet et alla rejoindre sa sœur. Le valet était en train de ranger les restes du pique-nique.

John tourna la tête dans sa direction, le visage innocent.

— Tout va bien, lady Druscilla ? demanda-t-il. Il semblerait que vous ayez froid.

— Ce n'est rien, un frisson momentané.

Il acquiesça.

— Cela arrive parfois, même au plus chaud de la journée. Souhaitez-vous mettre votre châle ? ajouta-t-il, parfaite image du domestique attentif aux besoins de ses employeurs.

En pensant aux besoins qu'il avait satisfaits, elle se sentit rougir.

— Non, merci, monsieur Hendricks. Dès que nous aurons repris la route, cela ira mieux, j'en suis sûre.

Puis, sans même réfléchir, elle le regarda droit dans les yeux et glissa la rose qu'il lui avait donnée dans l'échancrure de son corsage.

Elle sentit les pétales caresser la peau de sa poitrine, leur parfum transformant cette innocente journée printanière en un moment sensuel, excitant.

En voyant John écarquiller les yeux puis déglutir péniblement avant d'ôter ses lunettes et les essuyer fébrilement comme pour ne rien rater du spectacle de cette rose, plantée comme un appel au milieu de son corsage, elle ne put retenir un sourire de triomphe.

Chapitre 17

John attendit patiemment derrière la porte entrouverte de sa chambre, aux aguets comme un homme attendant près d'un collet qu'un lièvre vienne s'y prendre. Il avait jeté quelques pétales de rose devant sa porte. Si Druscilla le cherchait, elle en comprendrait la signification et entrerait.

Si qui que ce soit d'autre se présentait, intrigué par les pétales de fleurs, il lui claquerait la porte au nez après un juron bien senti.

Après la nuit précédente et à la façon dont elle l'avait regardé aujourd'hui, il espérait qu'elle viendrait et priait pour ne pas s'être trompé.

Il maudit silencieusement la sœur de Druscilla pour les problèmes qu'elle avait causés en se jetant sur lui comme une chatte en chaleur.

Comment se justifier sans desservir sa cause ? L'honneur d'un gentilhomme lui interdisait d'accuser une femme pour excuser sa propre inconduite.

Dire pour sa défense : « Je suis désolé, ma chérie, mais votre sœur se comporte en véritable catin », serait le plus sûr moyen de s'aliéner Druscilla.

Priscilla était sans aucun doute une dévergondée et, de surcroît, une dévergondée rusée et jalouse.

Il était fort possible qu'elle ait volontairement éloigné

Gervaise de son aînée et qu'elle tenterait la même tactique, pour peu qu'elle suspecte la moindre attirance entre lui-même et Dru.

A sa décharge, elle avait paru sincère lorsque, durant le pique-nique, elle avait évoqué la place de Dru dans la famille et l'injustice de cette situation.

Priscilla s'était retirée très tôt, insistant pour avoir sa propre chambre afin de ne pas être dérangée par la présence de sa sœur.

Un instant, il avait craint qu'il s'agisse d'une invitation voilée à son intention, mais il avait surpris le regard entendu qu'elle avait adressé à Dru, comme pour lui signifier que, ce soir, elle ne verrait ni n'entendrait rien.

Serait-il possible qu'il ait une alliée en la personne de Priscilla ? C'était surprenant, mais il avait le pressentiment qu'avec elle, il n'était pas au bout de ses surprises.

Il entendit soudain un léger grattement à la porte, puis un murmure :

— Monsieur Hendricks ?

« John, pensa-t-il. Vous avez gagné le droit de m'appeler John. »

— Oui ?

Il se leva rapidement, ouvrit la porte et attira Druscilla à l'intérieur.

A la lueur des bougies, elle était aussi ravissante que dans son souvenir et il oublia tous les arguments raisonnables qu'il avait préparés.

Il regarda son corps de femme, sensuel et voluptueux, qui allait si bien avec sa bouche charnue et rouge. C'était un corps dans lequel un homme pouvait se perdre, chaud et généreux, enivrant comme un bon vin…

Il s'efforça de ne pas y penser.

Prenant son visage entre ses mains, il se pencha pour l'embrasser. Il voulait que ce soit un chaste baiser de bienvenue, aussi doux que celui qu'il avait donné à la rose, mais les lèvres de Druscilla s'entrouvrirent et il ne put résister.

Il y a peu, elle était encore innocente, se rappela-t-il, et elle l'était toujours. Il était incroyable qu'une telle merveille n'ait jamais été approchée et qu'il ait été le premier à l'avoir touchée. Elle était là, dans sa chambre, et il la désirait avec la même intensité que la nuit précédente.

Une nuit dont le déroulement l'embarrassait un peu. Certes, elle n'avait pas lutté, mais elle ne lui avait pas donné non plus l'autorisation de se comporter comme il l'avait fait. Et maintenant, il était prêt à recommencer, sans même qu'elle ait donné son accord.

Il s'arracha à ses lèvres avec un soupir et la sentit se plaquer contre lui, comme si elle ne voulait pas qu'il s'éloigne d'elle. Lorsqu'il voulut voir son visage pour deviner ses sentiments, elle baissa la tête. La lourde masse de ses cheveux défaits tombait sur ses épaules, couvrant ses seins. Il lui prit le menton et lui releva la tête pour regarder dans ses yeux. Immenses, bruns, magnétiques…

… et effrayés. Elle ne fuyait pas son contact, et ses bras étaient toujours noués autour de sa taille, comme si elle craignait de le perdre, mais elle ne souriait pas. Il vit trembler sa lèvre inférieure, et une première larme coula le long de sa joue.

Il la prit par les épaules en se maudissant pour avoir agi sans réfléchir, la nuit précédente.

— Ma chérie ? fit-il en essuyant sa larme avant qu'une autre n'apparaisse.

Elle ferma les yeux et de nouvelles larmes perlèrent sur ses longs cils.

— Druscilla, insista-t-il. Parlez-moi !

Elle secoua doucement la tête et il éprouva un pincement dans la poitrine en voyant sa peine. Comme il aurait aimé remonter le cours du temps pour réparer sa bêtise !

— Je suis désolé, je ne voulais pas vous blesser.

— La nuit dernière, vous étiez en colère, murmura-t-elle.

— Pas contre vous, mon amour.

— Mais vous allez l'être.

Il lui caressa les cheveux.

— Pourquoi serais-je en colère ? C'est vous qui devriez l'être… Vous devriez me haïr, car je me suis comporté en brute, indifférent à vos sentiments et peu soucieux de votre vertu. Je n'aurais jamais dû vous toucher, je n'en avais pas le droit.

— Ce n'est pas pour cela que je pleure… C'est parce que vous avez agi comme vous l'avez fait sans comprendre qui je suis.

L'espace d'un instant, John eut une idée saugrenue qu'elle allait lui avouer quelque noir secret, par exemple qu'elle était une gouvernante ou une domestique se faisant passer pour lady Dru. Il aurait aimé qu'il en soit ainsi. Les choses seraient tellement plus faciles, s'ils étaient égaux ! Il ferait sa demande, elle accepterait, et rien ne les séparerait jamais plus.

— Si je ne sais pas qui vous êtes, alors dites-le-moi. Je veux le savoir, Dru. Je veux vous connaître.

— Non, ce n'est pas vrai. Ma sœur…

— Priscilla ? demanda-t-il en espérant presque une autre réponse.

Mais elle hocha la tête.

— C'est elle qui était amoureuse de M. Gervaise, et je me suis lancée à sa poursuite. Retrouver M. Gervaise ne m'a jamais intéressée. Je voulais juste préserver la réputation de ma sœur, qu'elle compromettait sans s'en rendre compte.

« Maudit soit le sort ! pensa John. Et maudite soit Priscilla ! » Dru était une femme formidable, et elle avait perdu sa vertu en voulant sauver celle de sa sœur.

— Vous l'avez sauvée et tout est bien qui finit bien, dit-il en espérant qu'elle soit du même avis.

— La nuit dernière, vous sembliez croire que j'éprouvais des sentiments pour Gervaise.

— Et ce n'est pas le cas ? s'enquit-il en s'accrochant à cette bonne nouvelle. Pourtant, vous m'avez dit qu'il existait un accord entre lui et vous.

— Ce n'était pas l'accord que vous imaginez. La première fois qu'il est venu à la maison, j'ai remarqué la façon dont il la regardait, mais il était un bon danseur et ne venait que quelques heures par semaine. Je lui ai donc proposé de payer ses services le double de ce qui était prévu, à condition qu'il ne cause aucun ennui. Je lui ai promis également les pires représailles s'il tentait quoi que ce soit de plus aventureux qu'une valse.

Ce genre de plan était si typique de Dru ! John sourit, soudain attendri.

— Et, manifestement, il n'a pas tenu ses engagements.

— J'avais compté sans Priscilla, dit-elle en soupirant. Mais il ne s'est jamais rien passé entre Gervaise et moi.

Je ne l'intéressais pas plus qu'il ne m'intéressait. A vrai dire, il m'était même plutôt antipathique.

— Alors, pourquoi pleurez-vous ? demanda John, de plus en plus perplexe.

— Vous étiez furieux contre lui lorsque vous êtes venu me voir. Vous avez agi ainsi…

Elle inspira profondément.

— … pour le punir ou pour me punir de l'aimer…

— Non, mon amour, pas du tout ! l'interrompit-il en posant un doigt sur ses lèvres pour la faire taire.

— Sans cela, vous auriez peut-être choisi d'aller chez Priscilla ? Ce matin, vous sembliez d'ailleurs la préférer. Comme je ne voulais pas que cela se produise, je n'ai rien dit.

John eut un moment de panique et s'écarta brusquement d'elle.

— Seigneur ! C'est un terrible malentendu, lady Druscilla ! Je ne serais jamais allé chez votre sœur, et les choses ne se sont pas passées comme vous le pensez. Je n'avais aucune intention de faire du mal à l'une ou l'autre de vous pour blesser Gervaise. L'idée que vous vous soyez senti obligée de supporter ce que je vous ai…

Il en était malade. La perspective qu'elle ait pu accepter sans rien dire ses… attentions pour épargner le déshonneur à sa sœur lui donnait la nausée.

Elle étouffa un sanglot en plaquant sa main sur sa bouche tout en reculant.

— C'est pire que cela ! Je… j'y ai pris du plaisir. Je voulais que vous me touchiez comme vous l'avez fait. Je le désirais depuis si longtemps… J'ai eu peur que, en apprenant la vérité, vous arrêtiez. Alors j'ai attendu jusqu'à ce qu'il soit trop tard.

Elle dit autre chose, mais son soulagement était tel qu'il l'entendit à peine. Il la prit dans ses bras et son baiser la fit taire, sa bouche étouffant les mots maintenant inutiles. Ses lèvres avaient le goût salé de ses larmes, mais elle l'embrassa avec une ardeur équivalente à la sienne.

— Avez-vous aimé le baiser que nous venons d'échanger ? demanda-t-il après que leurs lèvres se furent séparées.

Elle répondit par un hochement de tête hésitant.

— Alors, tout est réglé entre nous. Je n'ai jamais eu l'intention de rendre visite à votre sœur. D'ailleurs, maintenant que je l'ai rencontrée, je n'en ai pas la moindre envie. Pardonnez ma franchise, s'empressa-t-il d'ajouter.

— Mais le baiser ? Ce matin ?

— C'était un malentendu.

Il chercha un moyen de formuler la chose le plus délicatement possible.

— Il semblerait que votre sœur ait tiré les mêmes conclusions que vous sur les motivations m'ayant conduit à me battre avec Gervaise. En fait, ce n'était pas tant pour défendre son honneur que par colère à l'idée que cet incapable puisse avoir des vues sur vous.

Il laissa sa main glisser le long du corps de Druscilla, jusqu'à la rondeur prometteuse de sa hanche.

— Je le corrigerai de nouveau, s'il ose revenir, ajouta-t-il.

— Ce ne sera pas nécessaire, dit-elle d'un air absent. Mais ce matin… vous ne m'avez rien dit, et vous n'arriviez même pas à me regarder.

— En fait, je n'osais pas vous regarder. Je n'ai jamais cherché à encourager votre sœur, mais j'ai préféré qu'elle me croie entiché d'elle, plutôt que de prendre le risque qu'elle devine ce qui s'était passé entre nous. Si cela se savait, cela pourrait vous faire beaucoup de tort et détruire la moindre possibilité que ma demande soit acceptée.

— Votre demande ? dit-elle, très surprise.

Son incrédulité était presque blessante. Certes, ils savaient tous deux qu'il n'était pas le parti idéal, mais elle aurait pu prétendre le contraire.

— Oui, ma demande. Après la nuit dernière, vous savez ce que je ressens pour vous. Lorsque j'ai rencontré une belle jeune femme tentant de s'opposer à une fugue amoureuse, j'ai bêtement pensé que c'était pour récupérer son fiancé. J'ai maudit notre différence de statut et regretté de ne pas être celui pour lequel vous étiez prête à tout sacrifier. Chère Druscilla, je doute que votre vertu aurait résisté aussi longtemps si j'avais su que votre cœur était libre.

— Vous me désiriez ? s'étonna-t-elle avec cette petite moue qu'il trouvait si irrésistible.

— Plus que tout. Et ce, dès notre première rencontre.

— Mais les gens ne... Je veux dire... euh... les hommes... ne sont pas... une fois qu'ils ont rencontré Priscilla, bafouilla-t-elle en cherchant ses mots.

N'y tenant plus, John l'embrassa jusqu'à ce qu'il la sente se détendre. Ses mains la caressaient : épaules, taille, dos, jusqu'à la courbe de ses seins sur lesquels elles s'attardèrent.

— Peu importent les désirs des autres hommes ! Seul le mien compte, et mon désir est de partager votre lit. Pas celui de votre sœur, ni d'aucune autre femme.

Il l'embrassa de plus belle et elle l'enlaça pour

mieux se lover contre lui. Ses hanches étaient collées aux siennes, et elle devait maintenant savoir ce qui se passerait si elle restait là.

— Dru…, murmura-t-il, la bouche dans ses cheveux. Devez-vous vraiment regagner votre chambre ?

— Priss a insisté pour que je ne la dérange pas avant le matin, et personne, ici, ne s'intéresse à moi.

— Si, moi ! fit-il en l'embrassant dans le cou.

Druscilla laissa échapper un petit rire heureux.

— J'ai conscience d'avoir un jour de retard, mais puis-je vous demander la nature des sentiments que vous nourrissez à mon égard ? Si je faisais ma demande, quelle serait votre réponse ?

Elle soupira.

— Père ne le permettra jamais, dit-elle en lui mordillant l'oreille, comme si elle refusait de s'arrêter à un détail aussi déplaisant.

Elle n'avait pas répondu « non », constata John.

— Votre père n'est pas celui que veux épouser. S'il ne s'agissait que de vous, quelle serait votre réponse ?

— Si vous souhaitez m'épouser, alors je serais folle de refuser, répondit-elle sur un ton très raisonnable alors que la seule chose la séparant de lui était une chemise de nuit.

Là n'était certainement pas la réponse enthousiaste qu'il attendait.

— Mais quels sont vos sentiments pour moi ? Si vous le souhaitez, je vous épouserai, comme mon devoir le commande et pour rétablir votre réputation. Mais je préférerais une union fondée sur une affection mutuelle.

Elle eut une expression étrange. Un sourire rêveur aux lèvres, elle laissa son regard se perdre dans le vide.

— Je ne m'attendais pas à entendre cette question. Quels sont mes sentiments ?

— Oui, dit-il, insistant. Pourriez-vous m'aimer, juste un petit peu ? Moi, je jure de vous aimer suffisamment pour deux !

— Je me sens merveilleusement bien, monsieur Hendricks, répondit Druscilla en soupirant. Je ne suis pas sûre de bien identifier ce que je ressens, mais je crois être amoureuse de vous.

— John, ma chérie. Appelez-moi John.

Ne désirant rien plus que la couvrir de baisers, il enfouit le visage dans son cou et inspira profondément, s'enivrant de son odeur.

— John, dit-elle avec force, comme si elle s'appropriait ce nom. Oh ! John ! répéta-t-elle, cette fois dans un tendre murmure.

Il rit de bonheur et l'attira vers le lit. Avait-il le droit de désirer la femme aimée et de l'aimer de toutes les façons possibles ?

— Ma chérie, tant que vous n'avez pas la bague au doigt, vous êtes censée m'interdire de prendre ce genre de libertés avec vous…

Elle sourit et le poussa en arrière, jusqu'à ce qu'il s'asseye sur le lit.

— Eh bien, je vais me comporter en femme légère, car je n'ai pas l'intention de vous arrêter et de rater cette opportunité. Non, imaginez qu'il nous arrive quelque malheur ou que vous changiez d'avis…

— Jamais ! s'exclama-t-il en pressant son visage entre ses seins.

— Ou que mon père nous interdise de nous marier.

C'était là une forte éventualité à laquelle il n'avait pas envie de penser dans l'immédiat.

Il attrapa un des mamelons à travers le coton de sa chemise de nuit, provoquant chez elle un hoquet de surprise. Elle posa les mains sur sa tête et la maintint contre ses seins, lui faisant oublier toute inquiétude à propos du duc de Benbridge.

« Que cette femme est douce ! » pensa-t-il en entendant le cœur de Druscilla battre follement contre sa joue. Il téta ses mamelons pendant que, d'une main, il défaisait le nœud de sa chemise de nuit et, de l'autre, taquinait son entrejambe jusqu'à ce qu'elle ait les jambes flageolantes.

— Enlevez votre robe. Laissez-moi vous regarder, dit-il d'une voix rauque.

Il la vit hésiter, car par ce geste il lui demandait de signifier sa participation active et volontaire, mais elle finit par lui obéir.

S'agenouillant devant elle, il déposa des baisers sur son ventre.

— Je rêve de ce moment depuis si longtemps ! Depuis le jour où vous m'êtes apparue en pantalon.

— Vous m'avez dit que c'était pour monter à cheval plus commodément…

— Et c'était vrai, la rassura-t-il en embrassant sa cuisse.

— En fait, vous regardiez mes jambes.

— Parce qu'elles sont très belles, reconnut-il en embrassant l'autre cuisse, sa main remontant entre ses jambes jusqu'à ce qu'elle ne puisse aller plus haut.

Il leva la tête pour la regarder.

— J'ai aussi admiré vos seins. Sans corset pour les tenir, ils bougeaient à chacun de vos mouvements.

— Vous êtes terrible !

— Je l'avoue. Et en voici une démonstration, dit-il.

Sa langue remplaça sa main et il lui lécha le sexe.

— Monsieur Hendricks ! s'écria-t-elle.

Sous l'effet de la surprise, elle avait retrouvé ce ton autoritaire qu'elle employait lorsqu'elle lui donnait des ordres.

— Lady Druscilla ! répondit-il sur le même ton avant que se bouche n'étouffe ses protestations.

Pendant de longues minutes, il l'entendit essayer de contrôler les gémissements qui lui échappaient. Elle agrippa ses mains qui maintenaient fermement ses hanches avant de s'abandonner totalement, douce, offerte comme une fleur pleine de rosée.

Il leva la tête et embrassa son ventre, en regrettant de ne pas s'être dévêtu avant son arrivée.

Comme si elle avait lu dans ses pensées, Druscilla entreprit de tirer sur sa chemise. Il se leva et la laissa se débattre avec les boutons de ses vêtements, la timidité de ses gestes ajoutant de l'érotisme à l'opération.

N'y tenant plus, il finit par défaire lui-même les derniers boutons pendant que Druscilla se couchait pour l'attendre. Débarrassé de ses vêtements, il s'allongea à côté d'elle et lui prit la main pour la poser sur son membre. Il sentit ses doigts délicats se refermer autour de son sexe et, couvrant la main de Druscilla de la sienne, lui apprit à le caresser.

Ce fut vite à son tour de gémir, car elle se montra une élève particulièrement douée. Se mettant à califourchon sur ses cuisses, elle se donna du plaisir en se frottant, chaude et douce, contre lui.

Saisissant ses hanches pour l'attirer vers lui, il la pénétra.

— Ce soir, je ferai attention de me retirer avant de laisser ma semence, dit-il.

— Non !

— Mais on ne peut pas prendre le risque…

— Cela m'est égal, répondit-elle.

Visiblement, elle était peu avertie du risque d'enfants et n'avait pas envisagé la difficulté qu'il y aurait à subvenir à leurs besoins s'il était sans emploi.

Elle commença à bouger au-dessus de lui, et il ne pensa plus à rien. Elle contracta ses muscles pour le retenir en elle, se soulevant et s'abaissant lentement. John recula, car il voulait faire durer le plaisir. Il la regarda se caresser en le chevauchant, admira ses cheveux humides de sueur tombant en cascade sur son merveilleux visage tandis que son corps était secoué par l'orgasme.

Elle ouvrit les yeux, le regarda, et eut un sourire coquin en constatant qu'il était toujours tendu.

John la sentit contracter de nouveau ses muscles et il prit une profonde inspiration. Cette fois, il voulait garder le contrôle, car ils ne pouvaient tous deux perdre la tête. Elle eut cependant raison de lui assez vite, allant et venant au-dessus de lui, poussant ses seins gonflés contre les paumes de ses mains et en se penchant pour lui mordiller l'épaule, le cou… Il lui appartenait.

Incapable de résister davantage, il roula sur le côté, reprenant l'avantage, et se coucha sur elle. Il étouffa dans un baiser leurs gémissements et, dans un silence que ne troublaient que leurs respirations haletantes, ils s'abîmèrent ensemble dans le plaisir.

Il s'effondra sur elle, leurs corps ne faisant plus qu'un.

— Une nuit ne me suffit pas, murmura-t-il essoufflé. J'ai besoin de vous, nue, à mes côtés, tous les soirs.

— De moi ? chuchota-t-elle encore surprise.

— Oui, ma chérie, ma merveilleuse Dru.

Elle se lova contre lui.

— Dites-moi encore que vous m'aimez.

— Je vous aime, et j'aimerais pouvoir vous le prouver. J'adorerais vous couvrir de diamants, de perles, de rubis. Je vous vêtirais de soie…

Il se tut en comprenant ce qui lui avait échappé jusqu'ici : en le suivant, elle abandonnerait se vie luxueuse.

— Les mots me suffisent, dit-elle. J'adore vous entendre les dire.

Puis, se ravisant, ajouta :

— Des mots et des actes.

La nuit passa très vite et l'aube trouva John tellement épuisé qu'il se demanda comment il allait pouvoir chevaucher toute la journée sans s'endormir et tomber de cheval. Il caressa les cheveux de la femme qui dormait la tête sur sa poitrine. Elle l'avait tout à la fois épuisé et comblé. Sauf pour une chose.

— Dru, réveillez-vous… Nous devons parler, murmura-t-il en la secouant doucement.

Elle émit un petit grognement et se cacha la tête sous les couvertures.

— Ça suffit, dit-il en la prenant par les épaules pour l'obliger à s'écarter de sa poitrine et la contraindre à le regarder. N'essayez pas de vous cacher. Vous savez bien qu'il nous faut parler. C'est même la raison de votre présence dans ma chambre.

— Mais nous n'avons pas parlé, lui fit-elle remarquer avec un sourire coquin, l'air très contente d'elle-même.

— Nous serons bientôt à Londres. Dans un jour, deux, tout au plus.

— Je sais, soupira Druscilla. Et tout sera peut-être fini.

— Dieu du ciel ! Mais non ! Vous pensiez vraiment que j'allais vous laisser partir ?

— Je ne vois pas ce que nous pouvons faire d'autre, répondit-elle, résignée.

Soudain, il eut très peur de s'être trompé sur les sentiments de Druscilla à son égard.

— Après ce qui s'est passé, le mariage me paraît être la seule conclusion possible. Vous avez dit que vous m'aimiez et que vous m'épouseriez, si tel était mon souhait, dit-il.

Le regard qu'elle lui jeta était à fois inquiet et plein de pitié.

— Ne vous sentez pas obligé de m'épouser, monsieur Hendricks.

Encore ce « monsieur », comme si elle n'avait jamais murmuré « John » dans ses bras ! se dit-il avec une pointe d'exaspération.

— Pourquoi continuez-vous à parler de notre mariage comme d'une obligation ?

— N'en serait-ce pas une ? J'ai l'impression que vous vous sentez tenu par le devoir.

— Evidemment, répondit-il, un peu irrité.

— Vous m'aimez et je vous aime, ajouta-t-elle. Vous n'avez donc aucune raison de vous sentir coupable de ce qui s'est produit.

Où voulait-elle en venir ? se demanda-t-il, gardant le silence dans l'attente de ce qui allait suivre.

— Vous ne vous attentiez sûrement pas à cela lorsque vous avez quitté Londres, reprit-elle.

— Non, en effet. Mais l'inattendu peut être source de bonheur. J'ai cependant conscience de ne pas être digne de vous, et je voudrais que vous me donniez une réponse claire. Voulez-vous de moi, oui ou non ?

— Bien sûr, je vous veux pour époux. Il n'y a rien que je souhaite davantage, mais…

— Pas de « mais », Druscilla ! dit-il en l'enlaçant. Je ne veux pas les entendre.

Elle s'assit, remontant le drap sur elle.

— Pourtant, vous le devez. Nous ne pouvons vivre sur les routes, mon amour. Bientôt, nous serons de retour à Londres et, même si c'est avec joie que je vous épouserais, mon père refusera certainement de me laisser partir.

Elle sembla hésiter, puis demanda :

— Vous avez bien l'intention de lui demander ma main, n'est-ce pas ?

Ce serait tellement plus simple de ne pas le faire, pensa John, car elle avait sans doute raison. Londres signifierait la fin de leur histoire. Pourquoi ne pas repartir dans le sens inverse ? Ils traverseraient la frontière, comme avait tenté de le faire Gervaise avec Priscilla.

Certes, Druscilla était une femme solide, mais leur amour était tout neuf et ne résisterait pas forcément au déplaisir du duc.

— Bien entendu, répondit-il, en lui jetant un regard qui se voulait rassurant.

— Et s'il refuse ?

— N'en soyez pas si sûre, répliqua-t-il avec un sourire malicieux. J'entends bien être très persuasif.

Elle le regarda amoureusement et il s'imagina voir ce même regard, tous les matins, le reste de sa vie.

— Cela ne changera rien, soupira-t-elle. Il a en tête un plan bien précis pour le mariage de ses filles et, même si nous voudrions qu'il en soit autrement, vous n'en faites pas partie.

— Auriez-vous été promise à un autre ?

La panique lui tordit l'estomac.

Druscilla secoua la tête.

— J'ai été bien trop occupée à surveiller Priscilla pour penser à ce genre de choses, et père était très satisfait qu'il en soit ainsi. En effet, si je me mariais, qui s'occuperait de Priscilla ?

John fut atterré de constater qu'elle avait du mal à envisager sa vie en dehors de ses obligations envers sa sœur.

— Vous père a les moyens d'engager une dame de compagnie. Il y a d'ailleurs sans doute pensé.

Elle le regarda encore une fois avec stupéfaction, comme si le fait qu'elle pouvait être autre chose que le chaperon de sa sœur ne lui avait jamais traversé l'esprit.

— Alors, pourquoi ne l'a-t-il pas fait ?

Il ressentit comme un coup au cœur. Druscilla était comme un animal élevé en cage qui, même la porte ouverte, ne pense pas à s'échapper.

A cet instant précis, il détesta le duc, car il était certain que sa bien-aimée ne se trompait pas. L'homme le haïrait pour avoir osé demander la main de son esclave domestique, et ce, quel que soit son statut social.

Pour une raison mystérieuse, le duc avait décidé que

sa fille aînée n'était pas faite pour le mariage et ne se marierait jamais.

Il la prit dans ses bras, oubliant sa colère et sa frustration dans le baiser qu'il lui donna, et qui la laissa le souffle coupé.

— Je l'ignore, ma chérie, dit-il. Tout ce que je sais, c'est que je vous veux, et de tout mon cœur. Contrairement à ce que vous pensez, ce n'est pas par désespoir ou par faiblesse. Si on peut me reprocher une chose, c'est de viser trop haut, car je dois maintenant gagner le cœur d'une femme d'une grande beauté, et à l'intelligence exceptionnelle. Je ne sais si c'est une démarche avisée, mais j'irai voir votre père et lui demanderai votre main. Nous verrons bien ce qu'il aura à dire.

— Et lorsqu'il aura refusé ?

John regarda Druscilla droit dans les yeux, pour qu'elle puisse voir le tréfonds de son âme et comprendre qu'il pensait chacun des mots qu'il allait prononcer.

— Alors, cela sera à vous de choisir la suite à donner aux événements. Je n'entends pas me séparer de vous, sauf si vous me chassez.

Chapitre 18

« Je vous veux. »

Les mots résonnaient encore aux oreilles de Druscilla, tandis que la calèche roulait vers Londres. Leur écho était presque assez puissant pour masquer les soupirs incessants de Priscilla qui trouvait le voyage de plus en plus ennuyeux et se tortillait sur son siège. Elle pestait à intervalles réguliers, et son agitation empêchait Druscilla de réfléchir.

John avait été très précis à ce sujet, très insistant : elle ne devait rien dire. A personne.

Elle tourna la tête vers la vitre pour dissimuler le sourire qui lui barrait le visage.

— J'aurais préféré que tu ne viennes pas, Silly. Cela se serait mieux passé avec père.

Dru lui jeta un regard noir.

— Il aurait fait un tel scandale que toute la maisonnée aurait été informée de ton déshonneur.

— Et je suis certaine que tu aurais réussi à étouffer l'affaire, soupira Priscilla. En fait, ce voyage n'était pas utile. Je dois cependant admettre que je te suis quand même reconnaissante de m'avoir trouvée. Je n'arrivais plus à retarder l'inévitable et, si nous avions réussi à passer la frontière, je me serais retrouvée mariée.

— Heureuse d'entendre que tu as recouvré la raison,

répliqua Druscilla. De surcroît, inutile de t'inquiéter. M. Hendricks a réussi à se débarrasser une fois pour toutes de Gervaise, et il ne viendra plus t'importuner.

— Et moi non plus.

— Tu n'as rien à te reprocher, Priss, répondit Druscilla qui essayait, pour une fois, de ne pas faire de reproches à sa sœur. Lorsque tu l'as suivi, tu ne pouvais pas savoir ce qu'il avait en tête.

Priscilla éclata de rire.

— Allons ! Crois-tu vraiment qu'il aurait pu me forcer à monter dans la calèche ? Si tu savais comme j'ai harcelé ce pauvre homme pour qu'il « m'enlève ».

Druscilla sentit la moutarde lui monter au nez, comme chaque fois qu'elle essayait de raisonner sa sœur.

— Comprends-tu le danger que cela aurait pu faire courir à ta réputation ?

— Oui, j'aurais été une fille perdue. Bien entendu, en cas de mariage avec Gervaise, la situation aurait été un peu moins catastrophique. J'aurais disparu de la scène mondaine et on m'aurait oubliée.

Druscilla remarqua le frisson qui parcourut Priscilla à la perspective de la vie conjugale avec Gervaise.

— Maintenant, je suis juste une fille compromise, ajouta Priscilla avec un sourire.

— Petite écervelée ! explosa Druscilla. Sais-tu ce qu'aurait été ta vie, mariée à Gervaise ? La misère, l'isolement, l'adversité. Tu ne pouvais tout de même pas croire que père accepterait une telle union, ni qu'il contribuerait à ton entretien en cas de mariage !

Priscilla eut soudain l'air fatigué.

— Dans un premier temps, il aurait essayé de s'opposer à mon union, puis il m'aurait coupé les vivres si j'avais persisté dans cette folie. Mais, Druscilla, c'était la seule façon de m'échapper.

— De t'échapper ? Que veux-tu dire ? Tu as toujours tout ce que tu veux. Depuis ta naissance, tu n'as jamais connu la moindre contrariété !

— Tout comme je n'ai jamais eu un seul moment de liberté, lui fit remarquer Priscilla. Mais ne t'inquiète pas, je saurai retomber sur mes pieds.

— Je sais, répliqua Druscilla avec amertume. Tu vas rentrer à la maison, père va hurler, et tu vas trouver un moyen pour que tout soit très vite oublié.

Priscilla sourit de manière étrange.

— J'espère que non. J'espère être enfin au-delà de toute possibilité de rédemption. Comme ça, nous resterons vieilles filles et nous vieillirons ensemble. Une charmante idée, n'est-ce pas ?

— Certainement pas ! répondit Druscilla en pensant à John.

Avait-elle rêvé ou avait-elle aperçu un pli amer sur la bouche de Priss ? Et des larmes dans ses yeux ?

Non, elle s'était trompée, car sa sœur arborait de nouveau un sourire éclatant et une joyeuse assurance.

— Peu importe. Sois tranquille, je vais bientôt cesser d'être un fardeau pour toi. Père y veillera car, dès qu'il m'aura trouvé un bon parti, je me marierai et tout sera réglé. En attendant, je compte bien aller à des pique-niques et à des soirées où il y aura plein d'hommes à séduire. Ce sera ma consolation.

— Lorsque père apprendra ce que tu as fait, tu auras de la chance s'il ne t'exile pas en Ecosse. Et là, crois-moi, tu auras tout le temps nécessaire pour méditer sur tes actes.

— Tu devrais peut-être m'accompagner, suggéra Priscilla, l'air pensif. Cela devrait marcher. Au moins pour l'une d'entre nous.

— Je ne comprends rien à ce que tu racontes ! s'exclama Druscilla.

En fait, en entendant la proposition de sa sœur, elle avait immédiatement pensé à l'éventualité de son propre voyage à Gretna Green.

— Cela ne m'étonne guère, Silly, railla Priscilla. Malheureusement, je suis certaine qu'après une petite période d'exil, père nous rappellera à Londres et me fera épouser l'homme de son choix. Un homme qui accordera plus d'importance à l'opinion du duc de Benbridge qu'à la mienne, et qui sera prêt à fermer les yeux sur mes frasques passées. Un homme qui accordera plus d'importance aux avantages d'un mariage au sein d'une famille ducale qu'à la réputation de sa femme.

— Peu importe qui sera ton mari, tu ne manqueras jamais de rien, insista Druscilla. Et puis père ne te demandera jamais d'épouser un mauvais homme.

— De toute façon, après trois jours passés avec Gervaise, je ne souhaite qu'une chose, ne jamais me marier, dit Priscilla en réprimant un frisson de dégoût. Quant à la gentillesse de mon futur mari, père s'en moque comme d'une guigne. Il souhaite pour moi un mari riche et politiquement influent, assena Priscilla avec un rictus qui glaça Druscilla. Mon mari a cependant peu de chances d'hériter du duché, car j'ai été souillée et père sera obligé de me marier à un cadet, voire à un inférieur. Quelle horreur ! Il pourrait même devoir se rabattre sur un baronet ! ironisa méchamment Priscilla.

En entendant ces mots, Druscilla laissa éclater sa colère.

— Tu vas devoir te marier, quelle horreur ! Au moins, père prendra le temps de te trouver un mari. Il y en a d'autres, dans cette famille, qui n'ont même pas cette liberté ou qui ne feront jamais leur entrée dans le monde. Et qui n'épouseront jamais un homme qu'elles auront choisi.

— Comme M. Hendricks ? Dis son nom, Silly. Nous sommes seules, ici, personne ne peut nous entendre. Tu peux m'avouer qu'il est l'élu de ton cœur.

— Je… Je ne sais pas de quoi tu parles, bafouilla Druscilla.

Priscilla lui sourit d'un air entendu.

— De M. Hendricks. Cesse de prétendre n'y avoir pas pensé. Cet homme a dormi à tes côtés de Londres à Gretna, aller et retour. Je t'en prie, Silly, épargne-moi ce regard indigné. J'ai peut-être le sommeil profond, mais je ne suis pas sourde.

Sous le regard moqueur de sa sœur, Druscilla se sentit devenir rouge brique.

— Je t'ai entendue te faufiler dans le couloir, ce matin. Tu sais, lorsque tu as regagné ta chambre…, ajouta Priss. Et puis, j'ai bien vu ta tête, lorsque je l'ai embrassé. Quant à lui, on aurait pu croire que m'embrasser avait été comme sucer un citron.

Elle sourit de plus belle et poursuivit :

— Ne t'en fais pas, je ne compte en parler à personne. En tout cas, laisse-moi applaudir ton bon sens. Tirer parti de ma mésaventure pour t'amuser un peu, voilà qui me paraît judicieux.

— Je n'ai rien fait de tel ! protesta Druscilla.

Pourtant, il serait si agréable, pour une fois, de pouvoir dire à quelqu'un la vérité, de demander conseil ou de partager la joie d'être amoureuse. Mais puisqu'elle était supposée défendre la vertu de sa sœur, elle pouvait difficilement admettre avoir perdu la sienne.

Priscilla soupira et parut soudain plus âgée de dix ans.

— Les choses pourraient être si simples, entre nous, si tu voulais bien me faire confiance, Silly. Juste un peu. Nous pourrions nous parler comme des sœurs, et…

Elle la regardait comme si elle attendait un signe de sa part. Dru souffrait de garder le silence, de ne pouvoir partager son amour pour John. Mais elle avait décidé des années plus tôt qu'elle serait la mère de remplacement de Priscilla et non sa sœur, et il était trop tard pour revenir en arrière.

Aussi se tut-elle et adressa-t-elle à sa petite sœur chérie le regard sévère qui était le sien depuis des années.

Priscilla baissa les yeux en signe de défaite.

— Comme tu voudras, Silly. Il ne nous est donc rien arrivé pendant ce voyage. Nous resterons à Londres, à étouffer dans la moiteur estivale. Je tairai la vérité, et toi aussi…

Maintenant qu'elle avait expérimenté l'amour dans les bras de John, Druscilla comprit à l'attitude et au regard de sa sœur qu'elle aussi *savait*.

— Papa va probablement t'en vouloir de n'avoir pu m'empêcher de fuir avec Gervaise, ajouta Priscilla, mais nous savons toutes deux qu'il ne posera pas les questions dont il préfère ignorer les réponses. Nous reviendrons donc à la maison pour vivre dans le silence et dans le déni, comme nous l'avons toujours fait. Jusqu'à ce que père me trouve un mari convenable. Je pourrais même demander à t'avoir avec moi. Crois-moi, tu seras bien plus libre chez moi que chez père. Et puis, devinant le genre d'homme qu'il choisira pour moi, j'aurai sans doute besoin de quelqu'un qui me couvrira lorsque j'aurai envie d'aller où je ne suis pas supposée être.

— Tu prévois déjà un alibi pour couvrir tes infidélités ? Mais enfin, tu ne connais pas encore l'identité de ton futur époux ! Comment peux-tu être certaine de vouloir le tromper ? N'as-tu jamais envisagé que tu puisses l'aimer ?

— L'amour ? Ce que tu peux être naïve, Silly ! répliqua amèrement Priscilla. Il vaut mieux être prête à toutes les éventualités. Comme tu me l'as appris…, poursuivit-elle d'une voix atone et en fixant le vide.

— Mais cela n'a rien à voir !

Priscilla la regarda comme si elle était atterrée par la bêtise de son aînée.

— Alors, tes talents d'organisatrice ne te servent donc à rien ? Nos vies vont être exactement comme je viens de les décrire. Père veut me voir mariée. Quant à toi, je doute même qu'il y pense. Je suis sa préférée, nous le savons toutes les deux, même si tu ne veux pas te l'avouer. A la mort de mère, ton rôle a été de me surveiller. Où j'irai, tu iras, ma Silly. C'est aussi simple que ça. Je suis sûre que, si tu insistes, père acceptera que tu restes avec lui. Il te laissera jouer les maîtresses de maison, et tu vieilliras pendant qu'il te fera miroiter des perspectives de mariage qui, bien entendu, n'auront jamais lieu.

— Non ! s'écria Druscilla, effondrée.

Dans son esprit, elle vit défiler les images froides et si vraies du futur décrit par sa sœur.

Priscilla lui prit la main et ajouta doucement, comme on parle à une malade :

— Le surnom « Silly » n'est pas juste dû à mes difficultés à prononcer ton nom lorsque j'étais enfant. Tu es la personne la plus naïve que je connaisse, mais ce n'est pas grave, ma chère Dru. Je prendrai soin de toi. Si je le peux, j'obligerai mon mari à engager M. Hendricks, et tu pourras venir me voir quand tu le voudras.

C'était donc cela ses perspectives d'avenir ? Devenir la gardienne de la fragile réputation de sa sœur ? Elle serait une sorte d'abbesse de roman, arrangeant des liaisons tout en cachant la vérité, autant que possible.

— Je dois admettre que tu as raison de m'appeler Silly. Oui, il faut vraiment être une godiche pour avoir une vie comme la mienne, dit tristement Druscilla.

Elle regarda par la vitre, priant pour apercevoir John.

Comme s'il avait senti son désir, il vint chevaucher à côté de la calèche et lui sourit, avant de faire signe au cocher de s'arrêter.

Ce n'était pas encore l'heure du déjeuner, mais ils roulaient depuis des heures, et une halte serait la bienvenue. Priss accueillit d'ailleurs la distraction avec plaisir, sautant hors de la calèche dès qu'elle se fut arrêtée.

« Aurait-elle envie de me fuir ? » se demanda Druscilla. Après leur conversation, elle aussi se sentait mal à l'aise.

John se rapprocha d'elle de la seule façon dont il pouvait le faire. Il était poli, formel et distant, agissant comme si leur seul sujet de discussion possible était l'état de la route.

— Lady Druscilla ?

— Oui, monsieur Hendricks.

Elle attendit que sa sœur s'éloigne, et que le valet

et le cocher soient occupés avec les chevaux pour lui adresser un large sourire.

Il le lui rendit avec la timidité d'un jeune amant puis tripota ses lunettes, reprit contenance, et redevint M. Hendricks.

— Comment votre sœur vit-elle ce voyage de retour ?

— Elle est résignée et assez mécontente de son sort en général. Je suis malheureusement impuissante à la satisfaire dans ce domaine.

— Nous sommes presque arrivés à Londres, et je crois préférable de vous laisser faire seules les derniers kilomètres.

— Non ! s'exclama-t-elle, oubliant toute retenue.

Le mot claqua dans l'air, et l'anxiété qu'il traduisait était si forte que le valet et le cocher s'interrompirent dans leur tâche, prêts à voler à son secours.

Quant à Priscilla, elle regarda sa sœur avec une perplexité inquiète.

— Ne vous inquiétez pas, dit John sur un ton apaisant, mais sans se départir de ses manières de domestique. Nous ne serons pas séparés bien longtemps, à peine un jour ou deux. Et rassurez-vous, il y a une bonne raison à cela. Je vais voir votre père, et je ne tiens pas à arriver avec vous, couvert de boue et de poussière. Si je vous précède à Londres, c'est pour préparcr ccttc visitc ct vous faciliter les choses. Ne croyez-vous pas, en effet, qu'il vous sera plus facile de parler à votre père, si je lui explique la situation avant que vous n'arriviez ?

— Et que comptez-vous lui dire exactement, monsieur Hendricks ? s'enquit Priscilla qui s'était rapprochée et le fusillait d'un œil noir.

Il tourna vers elle son visage de domestique, neutre, innocent et déférent.

— Que j'ignore la cause de votre départ mais que, ayant rencontré lady Druscilla sur la route, j'ai constaté son désarroi. Je raconterai également vous avoir découverte en compagnie de M. Gervaise, un homme vil et indigne de vous. J'expliquerai avoir rossé ce monsieur et m'être assuré qu'il ne vous importunerait plus. Je lui dirai enfin que je vous ai aidées à rentrer chez vous, toutes deux éprouvées par cette mésaventure, mais saines et sauves. Cela vous convient-il ?

— C'est acceptable, concéda Priscilla. C'est en tout cas ce qui causera le moins de tort à Silly.

— Vous viendrez nous voir dès notre retour, n'est-ce pas ? demanda Druscilla.

Si leur père décidait de les exiler pour un temps à la campagne, Priscilla et elle, elle espérait avoir au moins droit à un baiser d'adieu.

— Bien entendu, Milady. Dès que cela sera décemment possible.

Priscilla éclata de rire.

— Je me réjouis de te voir dans un tel état, Silly ! Avec moi, tu es toujours aussi froide et solide que le granit. Pourtant, à l'idée d'être séparée un court instant de M. Hendricks, tu perds la tête.

— Tu racontes n'importe quoi ! répliqua Druscilla, sur la défensive.

Un jour sans lui était comme une éternité pour son cœur amoureux, mais elle préférait que sa sœur n'en sache rien.

— Vous lui avez fait du bien, monsieur Hendricks.

En une semaine, vous avez réussi à la rendre humaine. Allez, embrassez-la, et partez.

— Priscilla ! s'exclama Druscilla, indignée.

— A vos ordres, lady Priscilla, dit John.

Et, avant que Dru ait le temps de réagir, il la prit dans ses bras et l'embrassa.

Son baiser fut incroyable. Profond, lent, possessif. Il clamait ainsi devant tous, sa sœur, les domestiques et tous les témoins potentiels, qu'elle lui appartenait.

Elle essaya mollement de se défendre avant d'abandonner une lutte qu'elle n'avait de toute façon pas envie de mener. Passant les bras autour du cou de John, elle lui rendit son baiser avec passion jusqu'à ce que la voix de sa sœur la ramène à la réalité.

— Je crois que cela suffit, monsieur Hendricks. Tout le monde a compris, s'esclaffa Priscilla.

Druscilla sentit la main de Priss la tirer en arrière.

— Quant à toi, Druscilla, on croirait que tu vas dévorer ce pauvre homme tout cru, en plein jour et dans un lieu public. Epargne-nous, je t'en prie ! Vous aurez bien le temps lorsque vous serez seuls, pour ce genre de divertissement.

— Elle a raison, Dru, intervint John en arrangeant son manteau. Laissez-moi m'en aller et parler avec votre père. Je vous verrai ensuite.

— Oui, ensuite, répéta-t-elle, s'accrochant à ce dernier mot comme à une bouée.

Peu importait l'issue de sa rencontre avec père, elle le reverrait, songea-t-elle, même si c'était pour lui faire ses adieux.

Chapitre 19

John ôta son chapeau et attendit dans le hall de l'hôtel particulier des Folbroke que le majordome veuille bien l'annoncer. C'était étrange, après être parti à peine dix jours plus tôt, de rechercher la compagnie de ceux-là même qu'il avait tellement voulu fuir.

L'explication était simple. Beaucoup de choses avaient changé pendant ces quelques jours, et il avait besoin des conseils d'un ami.

Maintenant qu'il n'était plus au service du comte de Folbroke, il ne voyait personne qui puisse mieux remplir cet office.

Il se souvenait à peine de cette demeure, car durant les années qu'il avait passées au service de la famille, elle était restée inhabitée la plupart du temps.

Les rares fois où il était venu ici, des draps recouvraient les meubles et un silence sinistre régnait partout. Cette demeure était fort différente des anciens quartiers d'Adrian, à peine assez grands pour un célibataire et une domesticité réduite. S'ils avaient convenu au comte lorsqu'il était en froid avec la comtesse, ils étaient trop exigus pour un homme heureux en ménage.

John sourit en imaginant Folbroke soudain soucieux de plaire à sa femme.

Eprouvait-il la moindre jalousie à cette pensée ?

En sondant son cœur, il fut soulagé de constater que non. Pendant des années, son seul souci avait été de prendre soin d'Emily, et l'idée qu'elle lui appartenait d'une certaine façon avait fini lentement par s'imposer. Heureusement, cette folie l'avait abandonné lorsqu'il avait compris qu'elle désirait reconquérir son mari.

La réconciliation entre le mari et sa femme semblait avoir réussi puisque, de toute évidence, Emily s'installait dans l'hôtel particulier des Folbroke comme cela aurait dû être le cas depuis le début.

Depuis l'entrée, il pouvait voir le défilé des domestiques transportant des meubles sortis des combles et des caves pour garnir les nombreuses pièces de la maison. Connaissant le goût très sûr d'Emily, il ne doutait pas que, sitôt les aménagements terminés, la demeure des Folbroke serait à la fois élégante, à la mode et confortable.

John entendit, venant de la gauche, le bruit familier de la canne tapant sur le sol.

— Déjà de retour, Hendricks ? Ne restez donc pas dans l'entrée à attendre une invitation ! Mon bureau est à côté de l'escalier. C'est le seul endroit calme que j'aie trouvé en attendant que ma femme ait fini de tout ranger.

John sourit malgré lui en reconnaissant cette voix forte et ce ton d'autorité qui pouvaient s'entendre au-dessus du fracas des champs de bataille.

— Oui, Monsieur, répondit-il.

— Ou du moins, que les choses soient plus calmes, ajouta Adrian Longesley. Dans ce chaos, même Dieu aurait du mal à reconnaître les siens.

Le comte se frayait un chemin jusqu'à l'entrée, sa canne tendue devant lui afin d'éviter les obstacles.

John résista au désir d'aller l'aider. Il savait que, malgré sa quasi-cécité, le comte préférait se débrouiller seul plutôt que d'être guidé dans sa propre maison comme s'il était un enfant égaré.

— N'est-ce pas un défi pour vous de quitter un environnement familier ? s'enquit-il.

— Certes, l'appartement de Jermyn Street était assez facile à mémoriser mais, en quelque sorte, je m'y confortais un peu trop dans mon malheur. Depuis notre arrivée ici, Emily s'est arrangée pour que mon bureau soit la première pièce aménagée afin que j'aie une sorte de sanctuaire. En un mot, les problèmes ont été réduits au minimum.

Le comte avait souri en évoquant sa femme.

— Cette chère Emily pense toujours au plus petit détail. Vous savez, Hendricks, la manière dont elle s'adapte à mes excentricités m'impressionne.

— Cela ne me surprend pas du tout, répondit John.

Il était étonné, en revanche, de n'éprouver aucune appréhension à l'idée de revoir lady Folbroke.

Adrian le conduisit dans son bureau et lui fit signe de prendre un siège avant de s'asseoir lui-même derrière son bureau. Si John n'avait pas connu le handicap du comte, il aurait pu jurer qu'il voyait clair.

— Quel bon vent vous ramène si tôt, John ? Souhaiteriez-vous réintégrer votre ancienne position ? Vous êtes parti depuis quinze jours à peine et vous nous revenez déjà ?

Etait-ce un reproche de la part d'Adrian ? s'interrogea John. Peut-être serait-il bon de demander s'il était toujours le bienvenu. Le sourire du comte le rassura.

— J'avais placé en vous de grands espoirs, mais vous êtes parti précipitamment. Je sais qu'après la guerre vous êtes resté à mes côtés par gentillesse ; je sais également que vous valez bien plus que les tâches que je vous ai confiées.

Pourvu qu'il n'attende pas de sa part des protestations polies, songea John, car si ses fonctions et son salaire lui avaient paru suffisants pendant un temps, cela faisait belle lurette que ce n'était plus le cas.

— Je commence à croire que vous avez raison, lord Folbroke. Ne croyez pas que j'aie été insatisfait de mes fonctions lorsque je travaillais pour vous. Je pensais d'ailleurs chercher un emploi similaire lorsque je vous ai quitté, mais j'ai compris récemment que je devais viser plus haut. En effet, je vais bientôt me marier et je doute que mon ancien salaire suffise.

— Vous marier ? s'exclama Adrian en riant. Par Dieu, je vais vous aider à faire votre fortune, John ! ajouta-t-il en tapant du poing sur la table. Cependant, je ne lèverai pas le petit doigt avant de connaître le fin mot de l'histoire. Cette femme, qui est-elle ?

— Son identité est une partie du problème, admit John. Elle est fille de duc.

— C'est mieux que la femme d'un comte, remarqua Folbroke.

Son regard était fixé dans sa direction, mais John ne lut aucune animosité sur le visage souriant de son ami.

— Si un certain comte n'avait pas une femme aussi séduisante, il n'y aurait jamais eu de problème, répondit-il sur un ton d'affable plaisanterie.

Il hésita un instant avant de demander :

— Comment va-t-elle ?

— Tant que votre cœur est à une autre, vous pouvez le lui demander vous-même, dit Adrian.

Et il éleva la voix pour appeler sa femme.

— Emily, très chère, venez nous rejoindre dans mon bureau. Nous avons un visiteur qui a une histoire très intéressante à nous raconter.

John se leva pour saluer la comtesse de Folbroke quelques instants plus tard.

Elle était toujours aussi belle. Il la vit se raidir brièvement, avant qu'un sourire chaleureux n'éclaire son visage.

— Monsieur Hendricks, dit-elle en lui donnant sa main.

— Lady Folbroke, répondit John en saisissant la main tendue et en s'inclinant.

Emily avait toujours ce même menton volontaire, ce même regard intelligent et clair qui l'avaient tant séduit. Etrangement, elle lui parut plus petite et, de façon générale, tout chez elle lui sembla moins impressionnant que dans son souvenir.

Soudain, il comprit. La force de caractère, la droiture et la ténacité, toutes ces qualités tant admirées chez Emily n'étaient qu'un pâle avant-goût du trésor qu'il avait découvert sur la route de l'Ecosse. La blonde Emily souffrait de la comparaison avec la brune Druscilla. Une image passa dans l'esprit de John, celle de la lourde cascade de cheveux sombres tombant sur ses mains.

Il se mit à tripoter ses lunettes pour cacher sa rêverie passagère et son soulagement de ne plus regarder avec les yeux de l'amour la femme qui se tenait devant lui. Il se tourna ensuite vers le comte.

— Si je puis me permettre, je vous trouve encore plus resplendissante qu'avant mon départ, lady Folbroke, dit-il.

— Si tel est le cas, sans doute notre réconciliation

y est-elle pour beaucoup, répondit Emily en souriant à son époux.

Et, sans façon, elle alla s'asseoir sur l'accoudoir du fauteuil de son mari. Spontanément, le comte lui entoura la taille de son bras.

« Tout est bien qui finit bien », songea John avec satisfaction en les voyant tous deux si bien ensemble.

Adrian tourna un visage amoureux vers sa femme.

— Hendricks a besoin de notre aide. Il s'est fiancé à une jeune fille d'une naissance bien supérieure à la sienne.

— Je ne suis pas fiancé, précisa John. Nous n'en sommes pas encore là, même si je lui ai fait ma demande et qu'elle y a répondu favorablement. C'est son père qui risque de poser problème.

— Qui est-ce ? s'enquit Folbroke.

— Sa Grâce, le duc de Benbridge.

Adrian arbora une moue dégoûtée, comme s'il avait senti quelque chose de répugnant. Quant à Emily, elle faillit bondir de son fauteuil.

— Ce n'est pas possible, monsieur Hendricks ! Je vous croyais plus sensé que cela. Enfin… cette fille n'est pas du tout pour vous !

— Allons, Emily, tempéra son mari, Hendricks va penser que tu es injuste de juger si vite sa bien-aimée. Certes, son père est une teigne, mais sa fille est sûrement…

— … quelqu'un que vous n'avez jamais rencontré, le coupa Emily avec vivacité. Priscilla Rudney est certainement jolie, mais c'est une sotte.

John sourit.

— Je vous rassure, Priscilla n'est pas celle que j'entends épouser. Non, il s'agit de sa sœur aînée.

— Elle a une sœur ? fit Emily, interloquée.

Puis la mémoire lui revint.

— Ah oui ! Une jeune fille brune, n'est-ce pas ? Je devrais d'ailleurs dire une femme. Elle doit avoir presque vingt-quatre ans.

— Et toujours pas mariée ? s'étonna Adrian.

— Elle s'appelle Druscilla, précisa John.

— Sa famille la surnomme Silly, intervint Emily.

— Je peux vous assurer c'est le plus inapproprié des surnoms.

Emily parut soulagée.

— Alors me voilà rassurée, car j'aurais détesté apprendre que l'aînée est pire que la cadette. Dans ce cas, c'est parfait. Vous souhaitez épouser une femme qui vous est supérieure et, je ne vous le cache pas, il sera difficile de présenter la chose à Benbridge. Cependant, et je vous prie de m'excuser de dire cela, la femme en question est une vieille fille. Le duc devrait donc être moins difficile que pour la plus jeune. Alors, si l'affection existe de part et d'autre…

— Elle existe, assura John. Très forte. Ce n'est pas une vieille fille, mais c'est la place que lui a attribuée son père. Toute son attention est focalisée sur sa cadette, Priscilla, aux dépens de Druscilla.

— Il en a fait une jeune fille gâtée et capricieuse, ajouta Emily avec véhémence. Je fais néanmoins confiance à votre jugement et gage que Druscilla ne partage pas les défauts de sa sœur.

Il y eut quelques secondes de silence, pendant lesquelles tous affichèrent un sourire ravi en pensant à leur propre bonheur.

— Tout cela est arrivé de façon un peu soudaine, j'en ai conscience, dit John. Je sais également que si je veux gagner la main de Druscilla, je dois me fixer un objectif. C'est pourquoi je viens vous voir, non pour solliciter un emploi, mais pour obtenir un conseil…

Il ôta ses lunettes et les essuya nerveusement.

— … le conseil d'amis. Plus tard dans la journée, je vais rendre visite au duc de Benbridge pour lui expliquer les circonstances — plutôt inhabituelles — dans lesquelles j'ai rencontré sa fille.

— Quelles circonstances ? demanda Emily.

— Plus tard, peut-être, je vous les raconterai, répondit John.

— Revenons à l'affaire qui nous occupe aujourd'hui, intervint Folbroke.

— Je vais donc aller voir le duc de Benbridge pour lui demander la main de Druscilla, mais je me présente sans pouvoir me prévaloir d'une famille, d'un titre, ni même d'un emploi stable. J'ai vraiment très peu à offrir, si ce n'est mon amour pour sa fille et l'amour que cette dernière me porte en retour.

Adrian parut soucieux.

— Je suis désolé, John, mais l'amour est un élément dont un homme comme Benbridge ne tient jamais compte, dit-il. C'est un misérable gredin avec une pierre à la place du cœur. Racontez-nous néanmoins votre histoire, et nous réfléchirons ensemble au moyen de vous présenter au duc sous un jour favorable. Avec un peu de chance, au printemps, nous vous jetterons du riz.

Chapitre 20

— Un M. Hendricks demande à voir Votre Grâce.

John avait évoqué avec Adrian l'opportunité de se présenter comme le capitaine Hendricks, mais on lui avait assuré que ce grade mineur n'aurait aucune valeur aux yeux du duc, même s'il avait été un capitaine de navire.

En outre, on lui avait expliqué qu'il ne devait pas considérer cela comme une attaque personnelle, car Benbridge était si arrogant qu'il se serait essuyé les pieds sur un général.

— C'est à propos de mesdames… vos filles, ajouta le majordome.

Depuis l'entrée, John entendit son hésitation respectueuse.

— Faites-le entrer immédiatement.

« Coupez-le en tranches fines et servez-le avec de la moutarde », aurait pu tout aussi bien dire « Sa Grâce », tant son ton était aimable et intéressé. A croire qu'avoir des nouvelles de ses filles ne le passionnait pas plus que le menu du déjeuner.

On fit entrer John dans un bureau où il attendit en silence que l'homme présent lui donne l'autorisation de parler.

— J'ai quitté Londres à peine une journée, commença le duc d'une voix lente et glaciale, et, en rentrant, je découvre l'apocalypse… et une note confuse, mais point de filles. Elles sont parties sans aucune destination précise et sans permission de ma part. Quel rôle avez-vous joué dans ce départ ?

A la grande surprise de John, le duc n'avait pas commencé par la question évidente : « Qui êtes-vous ? » Il semblait donc qu'il considérait avoir atteint une position où la courtoisie n'était plus ni requise ni attendue. Dans l'esprit du duc, les choses étaient simples. Puisqu'il n'avait jamais rencontré John, c'est qu'ils ne fréquentaient pas le même monde. De ce fait, John n'était personne et, en toute logique, il ne s'enquérait donc que de ses filles.

— Je n'ai joué aucun rôle dans leur départ, Votre Grâce, mais j'ai fait de mon mieux pour faciliter leur retour.

— D'où venaient-elles, monsieur Hendricks ? demanda Sa Grâce sèchement.

— De Kendal. Au sud de la frontière écossaise.

— Je vois. Laquelle des deux est à l'origine de tout cela ? Et comment avez-vous été impliqué ?

« Et asseyez-vous, je vous en prie. » John aurait apprécié entendre ces mots de la bouche de son hôte, mais il comprit qu'il était inutile de les espérer. Apparemment, la longueur de l'histoire ou le confort du conteur ne faisaient pas partie des préoccupations de l'auditoire.

John ne se pressa pas, afin de démontrer qu'il était parfaitement à l'aise.

— Voici les faits tels que je les connais, dit-il et il résuma les événements du mieux qu'il put.

Il commença par le voyage en calèche, en omettant son ivresse ou les modalités de couchage. Il expliqua le but de Druscilla, en prenant soin de ne montrer aucun intérêt pour le scandale lui-même.

De même, il décrivit les problèmes rencontrés avec les intempéries et l'état des routes, ne disant mot de la course à cheval et du pantalon. Enfin, il raconta la découverte des fuyards de façon extrêmement vague, oubliant de mentionner les dates. Pour terminer, il jura que le maître de ballet était resté en Ecosse pour raisons de santé.

Le duc lui jeta un regard noir.

— Vous étiez donc au service de Folbroke, avant ce voyage ? Eh bien, il doit grandement regretter votre départ, car vous possédez ce rare talent de raconter une histoire sans rien dire, et de dissimuler la vérité sans toutefois mentir.

— Je vous remercie, Monseigneur.

John était à peu près certain qu'il ne s'agissait pas là d'un compliment, mais sa position ne lui permettait pas de prendre la mouche devant l'ironie de son interlocuteur.

— Que pensez-vous de l'état dans lequel se trouve la réputation de mes filles ?

— Je ne peux affirmer que personne ne remarquera cet incident. J'en suis certain pour lady Druscilla, car j'étais avec elle dès le début. Le fait est moins sûr pour lady Priscilla qui s'est montrée moins prudente. Cependant, les routes étaient très mauvaises et les auberges remplies de gens de classe bien inférieure à la vôtre. Il est fort possible qu'il n'y ait aucun commérage, en Angleterre, comme ailleurs.

Le duc lui jeta un regard sévère.

— Personne n'en entendra parler, sauf si vous en parlez.

— Il se trouve, Monseigneur, que j'ai beaucoup de mal à me souvenir des détails ou du nom des jeunes dames impliquées.

— J'aurais dû m'en douter, dit le duc en hochant la tête. Silly ne vous aurait jamais engagé si elle n'avait pas une totale confiance en votre discrétion.

Encore ce surnom insultant, prononcé aussi facilement que l'on respire !

« Surtout, garde ton calme », se chapitra John.

— Elle vous a promis une récompense, j'imagine ? Vous semblez en tout cas vous être bien débrouillé et, connaissant mes filles, c'est de l'argent durement gagné. La plupart des gens auraient refusé de les aider, car elles ont mauvais caractère et s'attirent toujours des ennuis.

Le duc réfléchit un moment avant d'ajouter :

— Tout du moins, Priscilla.

John se mordit la langue pour ne pas faire remarquer au vieil homme que le mauvais caractère n'était pas le plus grave défaut de sa fille cadette, et que c'était une sorte de chantage qui l'avait conduit à aider sa fille aînée.

Le duc fouilla dans le tiroir de son bureau et en sortit un chéquier.

— A ce propos, Votre Grâce…

S'attendant sans doute à l'entendre discuter du prix, Benbridge interrompit son geste,

— Sachez, Monseigneur, que je vous suis très reconnaissant pour cette offre, mais quelque chose a plus de valeur à mes yeux que ce paiement.

— Et de quoi s'agit-il ? demanda le duc, étonné qu'il existe une chose plus importante que l'argent.

— En voyageant à ses côtés pendant une semaine,

j'ai trouvé que votre fille était la plus charmante et la plus agréable des femmes.

— Oui, on dit souvent cela de Priss, répondit le duc d'un air distrait.

— Je parle de votre fille aînée, Votre Grâce. Lady Druscilla.

— Silly ? s'exclama son père, comme s'il venait de se souvenir qu'il avait deux filles.

— Oui, Monseigneur. C'est une jeune fille ravissante, aux manières exquises, d'humeur égale et de vive intelligence. Je me suis beaucoup attaché à elle et je crois que le sentiment est réciproque.

Le duc ne répondit rien, comme s'il ne pouvait croire ce qu'il venait d'entendre et attendait des explications supplémentaires.

— Je souhaite lui faire ma cour, avec votre permission, bien entendu, Votre Grâce. Pour occulter la façon délicate dont nous nous sommes rencontrés, je souhaite que nous soyons convenablement présentés, ici, à Londres. Ainsi, personne ne pourra s'interroger sur les circonstances de notre première entrevue.

John attendit la réaction du duc en se préparant à être questionné sur ses perspectives d'avenir.

— Oh non ! Cela n'arrivera jamais. Je suis désolé, bien entendu, mais content néanmoins que vous soyez venu me voir en premier. Ma réponse est cependant négative, finit par dire Benbridge.

Sa voix n'était pas exempte de sympathie, mais il souhaitait visiblement mettre fin à la conversation.

— Puis-je demander à Votre Grâce la cause de ce refus ? Si vous avez des doutes, le comte de Folbroke vous assurera de la qualité de ma personne. En outre, j'ai les moyens d'assurer une vie confortable à lady Druscilla.

Cette dernière phrase était un mensonge, mais véniel comme le prouverait l'avenir, à n'en pas douter.

— Sans compter que j'ai des projets professionnels sûrs dans le futur, ajouta-t-il.

— C'est peut-être vrai, monsieur, répliqua le duc en secouant tristement la tête, mais vous n'avez aucun titre, n'est-ce pas ? Auriez-vous des relations familiales qui compenseraient ce fait ? Seriez-vous par exemple un cadet de famille ? Si tel est le cas, votre frère est-il en bonne santé ?

John eut pitié du frère imaginaire dont il souhaita à l'instant, et si ardemment, la mort prochaine.

— Non, Monseigneur. Je suis le fils naturel d'un gentilhomme qui jugea bon de me donner une éducation, sans toutefois me reconnaître officiellement.

Benbridge s'éloigna de lui précipitamment, comme si l'air était soudain devenu vicié.

— Vous comprenez sûrement, maintenant que je vous ai contraint à l'admettre à haute voix, qu'une alliance avec Druscilla est impossible. Si, comme vous le prétendez, vous avez de l'affection pour elle, vous devez lui souhaiter le meilleur, comme je le fais moi-même.

— Bien sûr, Votre Grâce, mais des sentiments forts m'obligent à parler.

Le duc lui sourit, soulagé que la question puisse se régler sans histoires, puisqu'il ne s'agissait que de vulgaires sentiments et non d'argent.

— Y aurait-il autre chose ou bien est-ce tout ? demanda-t-il avant de claquer les doigts. Il faut cependant que je vous rembourse, n'est-ce pas ?

— Ce ne sera pas nécessaire, répondit froidement John.

Si l'homme croyait qu'il était venu mendier le prix d'un billet, il se trompait lourdement.

— Permettez, monsieur, que j'insiste. Au moins pour la gentillesse qui fut la vôtre vis-à-vis de ma famille.

Sur ces mots, le duc ouvrit son chéquier et apposa sa signature sous une somme égale à trois années de salaire. Inconscient de l'insulte comprise dans ce geste, il fixa John droit dans les yeux afin que ce dernier n'ait aucun doute sur la raison d'un tel paiement.

— Cela devrait être suffisant, n'est-ce pas ?

Sans un mot, John l'observa, essayant de voir l'homme comme le voyait Druscilla — cet homme dont l'opinion avant tant de valeur aux yeux de sa bien-aimée.

Benbridge ressemblait beaucoup à sa fille cadette. Les mêmes yeux bleus et les cheveux presque roux. En revanche, son teint rougeaud était celui d'un homme chassant au soleil du matin au soir, et faisant suivre l'exercice d'un verre ou deux de vin. Voire de trois, à en juger par les veines sur son nez.

Dans l'entrée, John avait vu un portrait de la famille qui, d'après l'âge des sujets, devait dater d'une dizaine d'années. Priscilla avait pris de sa mère la silhouette délicate, la peau laiteuse et le vif caractère. Mais sa Druscilla ?

Elle ne ressemblait à aucun de ses parents. On aurait dit un chiot dans une portée de chats. Il y avait fort à parier que, vingt-cinq ans plus tôt, un autre maître de ballet avait officié dans la maisonnée. Ou un artiste. Ou un ami de la famille. Enfin, quelqu'un qui expliquât pourquoi le duc avait une fille si peu semblable à lui… et pour laquelle il n'éprouvait qu'indifférence.

En effet, chaque fois qu'il avait parlé d'elle, il s'était montré respectueux, mais ses intonations manquaient singulièrement d'affection. Il était peut-être soucieux de sa cadette, mais regardait son aînée comme s'il s'agissait d'une lointaine cousine qui aspirait à mieux, mais devrait se contenter de ce qu'on lui donnerait.

« Même si tu ne le sais pas, nous sommes semblables, ma chérie : des enfants naturels dans un monde qui ne veut pas de nous. Nous sommes faits l'un pour l'autre », pensa John en adressant ce réconfort silencieux à Druscilla.

Pendant quelques secondes, il ne dit mot, debout devant le lourd bureau en acajou, tenant à la main le chèque du duc.

Quel idiot il faisait ! Comment avait-il pu croire que l'entretien pourrait avoir une autre issue que celle-ci ?

— Oui, Votre Grâce. Je vous remercie de votre générosité, répondit-il, les mots lui brûlant la gorge.

Il se fit violence pour mettre le chèque dans sa poche, avalant la poussière qui semblait avoir envahi sa bouche afin de s'arracher un sourire de gratitude. Puis, comme s'il semblait soudain se souvenir du sujet qui l'avait amené dans cette demeure, il ajouta :

— Il y a autre chose… Rien d'important. Un certain nombre d'objets appartenant à vos filles sont restés en ma possession. Ils ont été oubliés dans la calèche lorsque nous nous sommes séparés. Il s'agit d'un ruban, d'un livre et d'un gant. Je souhaiterais les leur rendre, si vous n'y voyez pas d'inconvénient.

C'était le seul stratagème qu'il avait trouvé pour revoir Druscilla et réfléchir avec elle à la stratégie à adopter.

— C'est très aimable à vous, monsieur, et très négligent de leur part d'avoir oublié ces objets. Rassemblez-les et envoyez-les par la poste ; inutile de vous déranger une nouvelle fois.

Le duc lui jeta le regard indifférent de celui qui a déjà oublié le motif d'une visite aussi insignifiante. Il était fort probable qu'une entrevue supplémentaire l'exaspèrerait, ce que John devait absolument éviter. Inutile de s'aliéner Benbridge.

— Merci, Votre Grâce, répondit-il. Veuillez dire à lady Druscilla qu'elle recevra un paquet de la poste cet après-midi.

Chapitre 21

C'est littéralement traînée par sa sœur que Druscilla entra dans la demeure des Benbridge. Maintenant que Priscilla s'était décidée à rentrer, elle avait pris la direction des opérations, la traitant comme une vulgaire servante, et réfléchissant sans doute au meilleur moyen de regagner les bonnes grâces paternelles.

Le duc, qui les avait entendues arriver, accourut les bras tendus.

— Priscilla ! Je me suis inquiété de votre absence, car je n'avais pour toute explication qu'un mot laconique de votre sœur ! s'exclama-t-il.

Puis, jetant un regard courroucé à Druscilla, il ajouta à l'intention de cette dernière :

— Votre M. Hendricks m'a soi-disant tout expliqué, mais je n'en sais pas plus qu'auparavant.

— Il est passé ? demanda-t-elle en priant pour ne pas trahir son impatience.

— Vous l'avez raté de peu. Une heure, à peine, répondit son père.

Dru hocha la tête, avec un air vaguement désolé alors qu'elle était désespérée d'avoir perdu cette occasion de le revoir.

— Pardonnez-moi, père, mais je n'ai pas pu vous avertir de sa visite ou vous fournir de plus amples explications, car la situation était assez compliquée et exigeait de la rapidité.

— Vous étiez peut-être pressée, ma chère, mais vous avez trouvé le temps d'engager ce M. Hendricks.

Qu'avait bien pu raconter John, pour que son père ait l'air aussi soupçonneux ? se demanda Druscilla.

— Un imprévu en est la cause, et rien de plus. En effet, il m'a protégée des indésirables attentions d'un autre voyageur. Je l'ai donc engagé pour éviter qu'une telle situation se reproduise.

— La prochaine fois, Silly, pensez plutôt à emmener une femme de chambre, répliqua le duc avec exaspération.

Il se tourna vers Priscilla.

— J'imagine que vous n'êtes pas allée seule en Ecosse ?

— Non, père.

— Mais vous rentrez seule.

— Oui, père.

— Quelqu'un détient-il une information sur ce voyage qui me soit étrangère ?

— Non, père.

— Eh bien, dans ce cas, nous n'en parlerons plus.

Même Priscilla parut surprise par la vitesse avec laquelle le sujet était évacué.

— Je suis partie assez longtemps avec M. Gervaise, père.

— D'après mes calculs, presque quatre jours.

— Et pendant ce temps…

— J'ai dit que nous n'en parlerons plus ! l'interrompit son père.

— Bien, père.

Quelle que soit la déclaration préparée par Priscilla, elle était désormais inutile.

— Quant à vous, Druscilla, passez dans mon bureau, je vous prie.

— C'est injuste, père ! protesta Priscilla. Si vous lui faites la leçon pour ce que j'ai…

— Suffit ! J'ai dit que nous n'en parlerons plus. Druscilla, suivez-moi.

Il semblait bien qu'elle seule soit la cible du courroux d'un père qu'elle suivit, pleine d'appréhension, sans avoir le temps d'adresser à sa sœur un regard de remerciement. Les efforts de Priscilla pour la défendre étaient aussi inefficaces que louables, mais ils étaient surtout inattendus de sa part.

Druscilla soupira, résignée. Elle aurait au moins l'opportunité de donner sa version des faits et accepterait sa punition pour le rôle qu'elle avait joué dans ce scandale.

Une fois la lourde porte refermée derrière elle, son père se montra presque chaleureux. Il tendit la main vers elle, la prit dans ses bras, et la gratifia d'un tendre baiser sur la joue.

— C'est si bon de vous revoir à la maison, ma chère ! Merci de m'avoir ramené Priscilla… non accompagnée. J'aurais dû commencer par vous féliciter au lieu de me montrer si dur avec vous. Cependant, convenez que traverser le pays, sans même un domestique, est imprudent.

Elle acquiesça respectueusement.

— Je n'aurais pas agi ainsi, père, si j'avais eu le temps de réfléchir.

— Que cela ne se reproduise plus !

Cette réponse la surprit, car son père semblait n'avoir

saisi ni la gravité de l'incident ni la nature de la catastrophe évitée de justesse.

— Je l'espère aussi, car le comportement de Priscilla nuit autant à sa réputation qu'à la mienne. Si elle est inconsciente au point de parler de sa mésaventure, ses prétendus amis s'empresseront d'utiliser cette information contre nous.

Le duc opina. Serait-il possible qu'il s'inquiète un peu pour elle ? se demanda Druscilla.

Elle eut vite la réponse à sa question.

— Si elle s'est réellement enfuie, il était préférable qu'elle parte sans vous. En effet, si vous aviez été vues ensemble, il est fort probable qu'elle aurait été reconnue. La prochaine fois, ne la poursuivez pas. Si j'ai bien appris une chose pendant toutes ces années passées en compagnie de votre mère, c'est ceci : si une femme constate qu'elle n'est pas poursuivie, il y a de très fortes chances pour qu'elle retrouve d'elle-même le chemin de sa maison.

— Oh !

Que pouvait-elle opposer à cela ?

Elle comprit soudain que, malgré les apparences, son père n'éprouvait pas plus d'affection pour Priscilla qu'il n'en avait pour elle.

— Je suis néanmoins heureuse d'avoir pu compter sur l'aide de M. Hendricks, dit-elle. Dès qu'il a su dans quelle situation je me trouvais, il m'a volontiers apporté son aide.

— Ah oui, votre loyal compagnon ! répondit son père avec un sourire méprisant. Je suis certain qu'ayant compris que vous étiez ma fille, il a senti l'argent et que rien n'aurait pu le séparer de vous.

— Vous vous trompez, père, répliqua-t-elle. Il s'est porté à mon secours avant même de connaître mon nom. Ce n'est que plus tard, lorsque j'ai offert de l'engager, que nous avons évoqué ma famille.

— En tout cas, il le connaît bien désormais, car il m'a rendu visite, reprit le duc en ricanant. Si vous aviez vu ce pauvre imbécile, vous vous seriez bien amusée.

— Vraiment ? demanda-t-elle doucement, se sentant pâlir, le cœur glacé d'effroi.

— Il était devant moi, pompeux et ridicule, et astiquait fébrilement ses lunettes en me demandant l'autorisation de vous faire sa cour.

— C'est ce qu'il vous a demandé ?

— Il fallait l'entendre chanter vos louanges ! Il n'avait que compliments pour votre agréable caractère et votre intelligence.

Comme s'il n'y tenait plus, son père éclata de rire avant d'ajouter :

— Et votre beauté ! Il semblerait qu'elle l'éblouisse.

John lui avait dit la vérité, il la voulait pour femme. Ce n'était pas un malentendu.

Son cœur bondit dans sa poitrine… avant de buter contre la dure réalité.

— Comme c'est gentil de sa part, parvint-elle à articuler.

Puis elle demanda, avec le ton le plus neutre possible pour ne pas alerter le duc :

— Que lui avez-vous répondu ?

— Je l'ai éconduit, bien sûr ! répliqua son père en riant toujours. Je dois reconnaître qu'il avait de belles manières, pour un homme de sa condition, mais il est bien trop commun pour vous.

— Je trouve en effet ses manières et sa compagnie très plaisantes, admit-elle avec espoir.

— Sans doute, mais de jolies manières ne font pas un bon mari.

« Que faut-il, alors, pour faire un bon mari ? » faillit-elle demander, mais elle y renonça. C'était inutile, elle connaissait déjà la réponse. L'homme qu'elle aimait n'avait ni fortune ni titre. S'il n'y avait cela, tout deviendrait possible.

A moins que Priscilla n'ait raison et, dans ce cas, aucun titre ni fortune ne seraient jamais suffisants.

— Cela ne me dérange pas que mon mari ne soit pas un lord. Et n'est-il pas préférable que je sois la première à me marier ? Il sera alors clair, pour les prétendants éventuels, qu'il n'existe plus aucun obstacle au mariage de Priss et qu'elle peut être courtisée en toute tranquillité. Je ne voudrais pas faire obstacle à son bonheur.

Elle constata que son père l'observait avec attention, cherchant sans doute ce que John avait vu en elle, puis il hocha la tête comme s'il venait d'avoir la confirmation de ce qu'il savait déjà.

— Ne vous inquiétez pas, ma chère Silly. Votre présence ne dérange pas le moins du monde les hommes qui courtisent votre sœur. Vous trouverez bague à votre doigt plus tard. Peut-être à la saison prochaine, lorsque votre sœur se sera calmée. Vous assisterez ensemble à des bals et vous pourrez choisir parmi les jeunes mâles présents.

L'éventualité qu'elle se fasse remarquer par un « jeune mâle » alors qu'elle était accompagnée de Priss était nulle, Druscilla le savait parfaitement.

Quant à l'idée que la recherche d'un bon parti pour elle puisse être reportée d'un an afin que sa sœur ait le temps de méditer sur son comportement, elle lui était tout bonnement insupportable. D'autant qu'elle n'avait pas besoin de chercher, puisqu'elle avait déjà donné son cœur… tout comme son corps.

Elle préféra ne pas s'abandonner à l'angoisse qui l'étreignit en pensant au risque qu'elle avait pris en prétendant ne jamais être séparée de John.

— Il est vraiment inutile de m'offrir une saison mondaine de plus. Je crains qu'il me reste peu de chances de succès, et M. Hendricks me semble fort capable et soucieux de mon bonheur. Même si ce n'est pas ce que vous attendiez pour moi, se hâta-t-elle d'ajouter par diplomatie.

— C'est absurde, ma chère. Cet homme n'est qu'un chasseur de dot ! s'exclama son père.

Brusquement, elle eut une certitude. Voilà pourquoi il n'y avait eu ni cris ni menaces parce qu'elle avait manqué de vigilance et laissé Priss s'enfuir ! Son père savait qu'elle voulait John, et c'était là sa punition. Il interdisait cette union.

— Non, murmura-t-elle, pour qu'il n'y ait pas de malentendu. Je suis certaine qu'il me veut du bien.

— Il serait préférable que vous vous attachiez à un homme moins inconstant que celui-là, si vous souhaitez mon consentement.

— Inconstant ? Je ne comprends pas.

Même si elle avait souhaité insulter John, « inconstant » aurait été le dernier mot qui lui serait venu à l'esprit, car il était aussi constant que le lever et le coucher du soleil.

— Votre prétendant s'est rendu sans combattre, je

vous assure. Il est parti avec mon chèque en poche et la queue entre les jambes.

— Votre chèque ?

— Je ne renvoie pas un homme à mon service sans lui payer son dû. Pour qui me prenez-vous ? Bien entendu, l'audace qu'il a montrée à votre égard m'interdisait de lui fournir la moindre référence. Les dix mille livres que je lui ai données devraient rémunérer le service rendu et l'aider à oublier son penchant pour vous.

— Vous l'avez acheté ?

Druscilla aurait juré que c'était impossible. Toutes les choses que John lui avait dites et répétées, ses serments… et ce qu'il lui avait fait éprouver… Tout cela comptait-il donc pour rien, comparé à une grosse somme ?

— Il a bien mérité son argent, s'il est parvenu à effrayer suffisamment le maître de ballet pour qu'il reste loin de votre sœur. Si c'est effectivement le cas, l'homme n'est pas si mal. Mais, une fois son office rempli, il ne vaut pas mieux qu'un domestique.

Son père dut voir sa mine défaite, car il ajouta :

— Avant de partir, il m'a assuré qu'il vous rendra les colifichets que vous auriez pu lui donner. C'est assez parlant, n'est-ce pas ? Voilà toute l'importance qu'il accorde à vos preuves d'affection. Non, j'ai raison, tout cela n'avait rien à voir avec vous. C'était juste un moyen de s'introduire dans notre famille et d'accéder à notre fortune. Il a porté son dévolu sur vous parce que vous êtes la plus faible et la plus vulnérable de mes deux filles. Votre sœur, surtout maintenant, après son escapade avec Gervaise, aurait reniflé ce coureur de dot de loin et l'aurait renvoyé dans ses foyers. Allons, allons, séchez vos larmes et montez voir votre sœur. Elle doit être furieuse d'avoir vu ses plans contrecarrés, et vous allez être si occupée à la calmer que vous oublierez ce Hendricks.

En sortant de la pièce, Druscilla s'essuya machinalement les yeux et fut surprise de constater qu'elle ne sentait aucune larme.

Chapitre 22

Assommée, anéantie, Druscilla alla lentement vers sa chambre. Elle était aussi silencieuse et réservée que d'habitude mais elle hurlait de douleur intérieurement.

« Comment as-tu pu te tromper à ce point ? » ne cessait-elle de se demander.

Elle s'était fourvoyée sur tout. Sur sa vie, d'abord. Elle l'avait crue bien remplie, alors qu'elle n'était que vide. Sur John, ensuite.

Elle étouffa un sanglot. Il lui avait dit l'aimer ! Elle avait été si certaine de le revoir très vite. Certes, au début, elle avait un peu douté qu'il irait faire sa demande à son père, mais elle était sûre de pouvoir le persuader de réessayer, s'il la faisait vraiment et si jamais l'entrevue avec le formidable duc de Benbridge avait un peu affaibli ses ardeurs.

En revanche, la réponse de son père ne l'étonnait pas. C'était là le refus auquel elle s'attendait. Comment aurait-il pu en être autrement ? Elle savait que le duc ne verrait que le « monsieur » devant le nom de son amant, et rien de plus.

Elle avait espéré que John viendrait la voir, après avoir essuyé la première rebuffade paternelle. Elle lui aurait dit de ne pas se décourager et lui aurait conseillé le moment opportun pour réitérer sa demande. Avec un peu de patience et une bonne dose de stratégie, ils auraient certainement fait des progrès.

Et, dans le cas extrême où le duc se serait montré intraitable, elle avait espéré retarder le moment de leur séparation. Elle aurait eu au moins la consolation d'avoir pu convenablement lui dire adieu.

Jamais, cependant, elle n'avait imaginé que John pourrait simplement prendre l'argent et disparaître. En agissant ainsi, il lui avait prouvé le bien-fondé de tous les préjugés de son père au sujet des roturiers anglais. Décidément, elle était bien Silly, « la godiche », celle qui ne valait rien.

S'il avait pu la quitter aussi facilement, cela ne voulait-il pas dire qu'il s'était intéressé à elle uniquement pour la fortune attachée à son nom ?

John l'avait prise pour une femme crédule. Il s'était introduit de force dans sa chambre, et avait abusé de son manque d'expérience ainsi que des sentiments qu'elle éprouvait pour lui.

Il l'avait manipulée de telle sorte qu'elle finisse par considérer sa vertu comme un fardeau et non comme un bien précieux. Grâce à cela, il était maintenant riche de milliers de livres et il avait disparu.

Perdu à jamais, car elle ne savait pas comment le contacter.

« Et quand bien même tu pourrais le contacter, que lui dirais-tu ? » se demanda-t-elle.

Il était fort improbable qu'elle se mette à pleurer ou qu'elle le supplie de lui revenir. Si elle n'avait pas grand-chose, elle avait au moins sa fierté et elle y tenait beaucoup. Eût-elle été un homme, elle l'aurait défié en duel. En se jouant d'elle, il l'avait humiliée, et la façon dont elle était tombée dans ses filets était comme une épine fichée en plein cœur.

Non, il ne valait pas mieux que Gervaise.

Comme elle aurait aimé savoir tempêter, à l'image de sa sœur ! songea-t-elle en s'allongeant sur son lit. Priss aurait commencé par pleurer avant de jeter ses pantoufles, puis elle aurait frappé ses oreillers en hurlant assez fort pour faire accourir les domestiques à sa porte. Elle aurait même réussi à provoquer la colère de père qui détestait être dérangé. Au final, sa sœur aurait obtenu quelques rubans, voire une nouvelle robe, contre la promesse d'arrêter de pleurer.

Quant à elle, elle aurait une migraine. Des éclats de voix de sa part ne serviraient strictement à rien, songea-t-elle en soupirant.

— Cessez vos enfantillages, Silly ! Allez plutôt vous occuper de votre sœur, car elle a l'air très malheureux.

Voilà tout ce qu'elle récolterait, comme réaction, si elle tentait d'imiter la stratégie de sa cadette.

Etendue, immobile dans la lumière éclatante qui inondait sa chambre, elle appela de ses vœux des larmes qui ne voulaient pas couler mais qui auraient mouillé ses joues, ses cheveux, son oreiller…

Sa sœur avait peut-être un seul motif de pleurer, se dit-elle soudain. Très bientôt, elles se retrouveraient toutes deux prisonnières des choix de leur père, sans aucune possibilité d'y échapper. Priscilla avec un mari, et elle aussi… mais pas pour les mêmes raisons.

Neuf mois. Le duc aurait à peine neuf mois pour trouver un mari à sa fille aînée. En un temps si court, il aurait du mal à trouver un parti digne de ses idées de grandeur.

A l'idée de rabattre, bien involontairement, les prétentions de son père, Druscilla eut un sourire mauvais et sentit une larme amère lui brûler la joue.

Oui, elle craignait d'être enceinte, mais elle souffrait bien plus encore à l'idée que le père de cet enfant ait pu l'abandonner aussi facilement. Après toutes les grandes tirades de John sur la valeur du mérite et sur le peu de cas qu'il faisait du rang ou de la fortune, un simple pot-de-vin avait suffi à l'écarter définitivement.

Les choses auraient-elles été différentes s'il avait rencontré Priscilla en premier ?

Maintes fois elle s'était posé cette question dont elle connaissait la réponse. Il serait en train de hurler, accroché aux grilles, comme un loup en chaleur, impatient de retrouver celle qui était non seulement riche et bien née, mais aussi vive et jolie. Si elle avait dû protéger sa sœur des entreprises d'hommes aussi séduisants et intelligents que John Hendricks, elle n'aurait certainement pas réussi.

Le flot de larmes brûlantes qui s'était mis à ruisseler sur ses joues la surprit, elle qui ne pleurait pour ainsi dire jamais. A sa décharge, l'image de Priscilla dans les bras de John s'était imprimée si clairement dans son esprit qu'elle s'était sentie dévastée. Elle se souvenait de son sourire coquin lorsqu'il avait commencé à prendre des libertés avec elle, de la maîtrise avec laquelle il l'avait caressée, juste aux bons endroits…

Non, elle ne voulait pas qu'il partage ces moments avec une autre femme ! Ses pleurs redoublèrent, et elle les essuya du revers de la main en réprimant un sanglot. Son père avait raison, John Hendricks ne la méritait pas. Il avait jeté son dévolu sur elle parce qu'elle était le maillon faible de la famille.

Priscilla avait pu, comme elle, se compromettre au-delà de l'acceptable, mais il était peu probable qu'elle ait à souffrir de sa séparation avec Gervaise. Peut-être pleurerait-elle un peu, mais elle n'était pas du genre à verser de vraies larmes sur un homme qui devait, en ce moment même, être en train d'oublier sa déception avec du vin coûteux, des femmes faciles et expérimentées, tout en ironisant sur la stupide héritière à laquelle il avait dû renoncer.

Les heures s'écoulèrent. Une femme de chambre avait frappé à la porte de Druscilla pour lui proposer d'abord de déjeuner, puis, plus tard, de prendre le thé.

Préférant faire correspondre au vide amer de son cœur celui de son estomac, elle l'avait renvoyée sans ménagement.

Lorsque la femme de chambre se présenta pour la troisième fois, elle se redressa, s'assit sur le bord du lit et ramassa une pantoufle qu'elle se prépara à jeter à la tête de la malheureuse domestique.

Mais la fille, habituée aux caprices de Priscilla, était prête à parer à toute éventualité.

— Milady, s'empressa-t-elle de dire en protégeant son visage du projectile qu'elle s'attendait à recevoir. Un paquet est arrivé pour vous tout à l'heure. Si vous le souhaitez, je m'occupe de l'ouvrir et de ranger son contenu.

— Non ! s'écria Druscilla en laissant tomber sa pantoufle.

Son père n'avait-il pas évoqué des objets que John était censé lui restituer ?

« Mais qu'ai-je bien pu lui laisser ? » se demanda-t-elle.

— Ne touchez à rien et apportez-le-moi. Je l'ouvrirai moi-même.

Peut-être s'agissait-il de la lettre d'adieu qu'elle espérait ? Si elle devait être bientôt contrainte à un mariage de convenance, elle pourrait au moins se raccrocher à un billet doux, sur lequel elle pourrait verser des larmes de désespoir en maudissant son père et les dieux.

Après tout, Priscilla avait bien une boîte pleine de mots d'amour. Lorsqu'elle n'avait rien à faire, les jours de pluie, elle en prenait quelques-uns au hasard et les lisait à voix haute tout en soupirant. Etait-ce trop demander qu'elle ait la même chose ?

Cependant, le paquet que lui apporta la femme de chambre ressemblait davantage à un baluchon de linge sale qu'à une lettre d'amour.

Dieu du ciel ! Aurait-elle oublié des effets personnels qui pourraient laisser deviner qu'ils avaient passé la nuit ensemble ?

Elle fut partagée entre l'horreur de le savoir en possession d'un caraco ou d'un bas, trophées de son moment d'égarement, et l'idée que ces objets aient si peu de valeur à ses yeux qu'il s'en défaisait sans attendre et sans états d'âme.

La fille allait défaire le lien qui retenait le baluchon, lorsque Druscilla interrompit son geste.

— Laissez cela ! cria-t-elle.

La domestique s'attarda, espérant de toute évidence voir le contenu du paquet, mais Druscilla la congédia et attendit quelques minutes pour être certaine qu'on ne la dérangerait plus.

Elle tira enfin sur le lien qui fermait le baluchon.

A l'intérieur, un pantalon en cuir et une feuille de papier.

Ce soir. Hyde Park. 20 heures.

Chapitre 23

Incertaine quant à la marche à suivre, Druscilla attendait à la grille, le cœur battant. Il était imprudent de se trouver au parc, la nuit, et sans escorte, mais il était tout aussi dangereux d'attendre seule dans la rue.

Soudain, des bras la saisirent par-derrière et l'attirèrent dans la pénombre sans qu'elle ait le temps de pousser le moindre cri.

L'instant d'après, quelqu'un se mit à l'embrasser. Avant que la peur ne la submerge, elle reconnut le goût de la bouche qui couvrait la sienne et le contact des mains qui la tenaient fermement. Elle s'abandonna aussitôt, et rendit avec passion les baisers qu'on lui donnait.

— Monsieur Hendricks…, murmura-t-elle dès qu'elle put reprendre son souffle.

— S'il vous plaît, chérie, avec tout ce que nous sommes l'un pour l'autre, vous pouvez m'appeler John.

Et il se remit à l'embrasser, laissant ses mains courir sur son corps, sous le manteau de laine qu'elle avait passé pour sortir.

— Vous me décevez, mon amour. Vous ne portez pas le cadeau que je vous ai fait parvenir, dit-il.

— Parce qu'il n'y avait ni chemise ni manteau, répondit-elle. Je pouvais difficilement venir à notre rendez-vous seulement vêtue d'un pantalon. Surtout dans un lieu public.

A son grognement, elle comprit que cette perspective ne l'aurait pas dérangé le moins du monde.

— Je le porte, si c'est cela qui vous inquiète. Mais caché sous ma jupe. Monsieur Hendricks ! Monsieur Hendricks ! John !

Il venait de soulever sa jupe et elle sentit ses mains vérifier ses dires et lui caresser les fesses avec une insistance des plus troublantes.

— Je voulais juste vérifier, se justifia-t-il avec un sourire coquin. Vous n'aviez pas menti, jolie petite friponne, dit-il en la plaquant contre lui.

« Jolie petite friponne »... Il la trouvait jolie et petite ! Cela lui faisait tellement plaisir qu'elle sourit, même si elle savait n'être ni l'une ni l'autre.

— Si vous me trouvez friponne, remarqua-t-elle, c'est à cause de l'homme infréquentable que je côtoie depuis quelques jours. Oui, monsieur Hendricks, vous avez une désastreuse influence sur mon comportement.

— Et moi qui voulais juste m'assurer de votre confort ! répondit John, l'air faussement contrit. En effet, madame, si vous souhaitez rester en ma compagnie, vous allez devoir beaucoup chevaucher.

A la façon dont il la caressait, sa main fermement installée entre ses jambes, Druscilla se demanda s'il parlait de cheval ou d'autre chose...

— Où comptez-vous m'emmener ? murmura-t-elle.

A vrai dire, elle s'en moquait. Elle était prête à le suivre sur la lune, s'il continuait à la caresser ainsi.

— En Ecosse, ma mie. J'ai entendu dire que l'on

y était très accommodant, surtout pour les amoureux en rupture de ban.

Il semblait avoir entendu sa prière silencieuse car, entre ses cuisses, sa caresse se faisait de plus en plus insistante, de plus en plus précise.

Druscilla noua ses bras autour du cou de son amant pour rester debout, car elle craignait que ses jambes de plus en plus flageolantes ne la supportent plus bien longtemps.

— Père vous a pourtant clairement fait comprendre que vos prétentions sur ma personne n'étaient pas les bienvenues…

— Pour lui. Pour lui, seulement, admit John tandis que le mouvement de sa main s'accélérait. J'attends que vous me disiez que je me trompe. Mais, quelle que soit votre réponse, je vais l'ignorer. Ne comptez pas sur moi pour vous laisser choisir la solution raisonnable. Je refuse de retourner voir votre père, même si vous me le demandez. Je suis en effet certain qu'il ne changera jamais d'avis.

Les lèvres de John étaient maintenant sur son cou et la couvraient de baisers brûlants. Elle frissonna et s'accrocha à lui, oubliant presque ses objections.

Presque.

— Vous avez accepté son argent et promis de ne plus m'approcher, lui rappela-t-elle.

— Je n'ai rien fait de tel. Votre père a prétendu que cet argent était une récompense pour vous avoir ramenées toutes deux saines et sauves. Il aurait été très grossier de ma part de lui faire remarquer qu'il s'agissait d'un pot-de-vin et ridicule de refuser d'être payé pour mon travail. Je ne suis pas un riche oisif, comme vous le savez, mais un simple travailleur.

Ce qu'il lui faisait, en revanche, n'avait rien de simple. Une dernière caresse l'amena au bord de l'extase, la laissant languissante et tremblante dans ses bras. Elle s'abandonna contre lui, vulnérable, amoureuse, mais se raidit presque aussitôt en retrouvant un sentiment désagréablement familier qu'elle éprouvait avec son père — la sensation d'être impuissante devant la volonté de l'autre et les desseins qu'il avait pour elle.

Puis elle sentit les bras protecteurs qui l'entouraient. Non, ce n'était pas comme avec son père, songea-t-elle. Avec John, elle était soutenue, aimée, désirée.

Sa peur s'envola et elle se détendit, confiante. Malgré ses dires, il ne ferait jamais rien contre sa volonté, il ne l'ignorerait jamais. Si elle luttait, il la relâcherait et, si elle s'effondrait, la porterait.

John et elle se faisaient mutuellement confiance, ils étaient en harmonie ; deux cordes sur un même instrument.

— Vous ai-je vraiment déçu en prenant l'argent de votre père ? demanda-t-il. Certes, la somme était généreuse, mais je trouve que je l'ai amplement méritée pour avoir supporté la compagnie de votre sœur. Je suis désolé, Dru, mais je la trouve particulièrement pénible.

Druscilla soupira et se lova davantage contre lui. Elle aimait beaucoup sa jeune sœur, mais ce que venait de dire John la réjouissait grandement. Ce n'était pas une attitude très charitable de sa part, mais c'était bien la première fois qu'elle entendait un homme dire du mal de Priscilla.

— Vous savez, elle gagne à être connue, et elle est bien plus intelligente qu'il n'y paraît.

— Je l'espère pour elle, car je doute qu'il soit possible de la support…

— John !

Elle ne désespérait pas, John finirait par apprécier Priss, qui s'était récemment révélée sous un jour surprenant.

— Ma chérie, dit-il en l'embrassant, je ne me lasse pas de vous entendre dire mon nom, même si c'est pour me gronder.

— Allons, dites-moi la vérité. Vous savez pertinemment pourquoi mon père vous a donné tout cet argent. Il voulait que vous ne vous approchiez plus de moi.

— Mon Dieu ! Ce chèque serait-il le prix de mon renoncement à sa fille aînée ? s'exclama-t-il avec un sourire moqueur avant d'enfouir de nouveau son visage dans son cou. C'est ennuyeux, car lui et moi avons manifestement des buts contraires… En effet, aucune somme ne pourrait me tenir éloigné de vous, maintenant que j'ai goûté aux délices de votre corps.

— Gredin ! C'est donc tout ce qui vous intéresse chez moi ? chuchota-t-elle en essayant de garder son sérieux.

Même en cas de réponse affirmative, elle savait qu'elle ne s'offusquerait pas du tout.

— Non, ce n'est pas tout. Par quelque aberration que je ne m'explique pas, j'aime aussi votre langue acérée et votre esprit aussi affûté qu'un rasoir.

Sur ces mots, il l'embrassa avec tant de fougue qu'il la laissa pantelante, muette, et l'esprit totalement embrumé. Il la serra contre lui, l'enveloppant entre les pans de son manteau, tous deux à l'abri d'un même cocon.

— Et j'oubliais… J'adore tenir en mon pouvoir une femme aussi merveilleuse que vous, ajouta-t-il.

C'était vrai, songea Druscilla, il la tenait en son pouvoir et, pour la première fois de sa vie, elle accueillit avec bonheur cette délicieuse sensation d'impuissance qu'elle éprouvait… dans ses bras.

Plus jamais elle ne s'occuperait de la maison de son père ; plus jamais elle n'aurait à surveiller sa turbulente sœur. Elle n'avait plus besoin d'attendre que les autres aient trouvé le bonheur pour commencer à s'occuper du sien.

D'ailleurs, à en juger par le parcours des doigts de John entre ses cuisses, il s'apprêtait à lui faire connaître un bonheur immédiat, là, tout de suite, dans un jardin public, en plein cœur de Londres.

— De toute façon, l'argent que m'a donné votre père a déjà été dépensé, et je n'ai pas l'intention de lui rendre son chèque ou sa fille.

— Vous l'avez dépensé ? s'exclama-t-elle, essayant de mobiliser l'esprit que John prétendait trouver si séduisant.

— Je l'ai investi, précisa-t-il en l'embrassant. Je me suis associé à un ami. Je lui ai dit que je voulais me marier, et il avait quelques propositions à me faire pour peu que j'aie un capital de départ. Dès notre retour de lune de miel, je vous le présenterai. Il s'agit du comte de Folbroke. Il a été mon employeur, et il va le redevenir. Avec une différence de taille, cependant, car mes ambitions excèdent désormais les simples tâches qu'il me confiait lorsque j'étais son secrétaire. Heureusement pour moi, il a lui aussi élargi ses horizons et recherche un gestionnaire pour une fondation philanthropique. Il a besoin d'un homme à l'esprit novateur, qui puisse prendre des décisions seul.

— Je suis si contente pour vous, mon chéri !

— Pour *nous*, mon amour. Ma position d'employé n'est que temporaire, car il est prévu que le comte et moi devenions très vite partenaires. Nous serons régulièrement invités chez les Folbroke, ce qui me permettra de nouer des contacts…

— Des contacts ? De quel ordre ? s'enquit Druscilla, un peu étonnée.

— Des contacts politiques. Avec les changements profonds qui s'annoncent, le pays aura besoin d'hommes ayant une vision d'avenir et le goût de la réforme.

— De la réforme ? Père sera horrifié, dit-elle, non sans satisfaction.

— Je m'y attends, en effet. Inutile toutefois de craindre la mésalliance que sera notre mariage car, au final, être la femme d'un homme politique est mieux qu'être celle d'un marchand.

— John Hendricks, sachez que je me moque de mon statut social comme d'une guigne ! répliqua-t-elle. Je renonce avec joie à lady Druscilla, si cela signifie être votre femme. Quant au reste, je suis prête à vivre avec vous dans une meule de foin, si tel est votre désir.

John éclata de rire.

— Ce ne sera pas nécessaire. Cependant, si vous le voulez, je peux demander au cocher de s'arrêter à la première meule qu'il verra. J'ai loué une calèche qui devrait nous emmener confortablement vers le nord.

— Vous avez pensé à tout, n'est-ce pas ?

— Je ne voulais pas vous épouser avant d'être sûr de pouvoir m'occuper de vous, murmura-t-il en l'embrassant dans le cou. Après tout, votre père a raison, je ne suis pas digne de vous. Vous ne vivrez jamais dans le luxe que vous avez connu jusqu'à présent, mais si ce soir vous partez avec moi, vous n'aurez jamais à douter de ma loyauté. Ni de mon amour…

Il la serra fort contre lui et lui jeta un regard passionné avant de poursuivre.

— … ni de mon désir. Je vous en prie, Dru, ne vous refusez pas à moi. Je le jure, sans vous, je mourrai. Partez avec moi, je vous en conjure. Epousez-moi. Laissez-moi vous faire sourire.

Druscilla se mordit la lèvre pour ne pas lui sauter au cou et hurler sa joie.

Jamais elle n'aurait imaginé, en se lançant à la poursuite de Priscilla, que sa vie serait ainsi bouleversée. Au clair de lune, un homme séduisant, énergique, intelligent, venait de lui déclarer sa flamme.

Elle avait retenu deux choses de son discours : le fait qu'ils allaient se marier, et la certitude que, quel que soit l'endroit où elle se trouverait, elle passerait le reste de ses nuits à l'abri entre les bras de John Hendricks.

Elle se lova contre lui avec un soupir heureux.

— Pouvons-nous atteindre l'Ecosse ce soir ? murmura-t-elle.

Il lui répondit avec cette voix calme et posée qui la rassurait toujours. Une voix qui lui faisait croire qu'il arriverait à surmonter tous les obstacles pour lui offrir le bonheur.

— Gretna Green se trouve à trente heures de route d'ici si nous prenons la malle-poste. Mais vous devriez savoir, lady Druscilla, à quelle vitesse je peux vous emmener de l'autre côté de la frontière.

À découvrir ce mois-ci

6 nouveaux romans dans la collection

Les Historiques

L'ÉPOUSE SECRÈTE

de Terri Brisbin - n°609

Lincolnshire, Angleterre, 1198. Depuis deux ans, Catherine, amnésique, est enfermée au couvent, sans savoir comment elle est arrivée là ni pourquoi. De son passé, tout le monde refuse de lui parler, y compris le comte et la comtesse de Harbridge, qui l'ont prise sous leur protection. Sans nom et sans fortune, Catherine a accepté son destin et envisage de prononcer ses vœux. Jusqu'au jour où, invitée au château par la comtesse, elle croise le chemin de Geoffrey, le jeune frère du comte. Et c'est le coup de foudre. Hélas, pour entériner la riche dotation que vient de lui faire le roi Richard, Geoffrey doit impérativement épouser l'héritière d'une grande famille de France. D'ailleurs, plusieurs de ces prétendantes doivent être reçues avec faste au château, parmi lesquelles il lui faudra choisir sa future femme...

LES AMANTS DE MADÈRE

de June Francis - n°610

Ile de Madère, XVIe siècle. Alors qu'elle parcourt les mers à la recherche de son père, disparu après s'être associé avec un inquiétant capitaine surnommé Harry le Noir, Bridget McDonald se retrouve embarquée de force sur un bateau de trafiquants d'esclaves. Prête à tout pour échapper à son sort, la jeune femme saute par-dessus bord au large de l'île de Madère. C'est à demi-morte que Bridget est retrouvée sur la plage par un certain Harry le Marin qui la recueille chez lui. Une fois rétablie, elle lui raconte son histoire et, contre toute attente, Harry lui propose de l'aider. A une condition : elle devra d'abord l'épouser. Pour sa sécurité, explique-t-il. Réticente, mais secrètement séduite, Bridget accepte, sans se douter que l'homme auquel elle vient de confier son destin n'est autre que celui qu'elle soupçonne du pire.

UNE DÉBUTANTE À LA COUR

d'Isabelle Goddard - n°611

Brighton, début du XIXe siècle. Fille unique de l'ambassadeur d'Espagne et orpheline de mère, Domino de Silva a quitté son pays natal pour venir jouer les maîtresses de maison auprès de son père durant son séjour à Brighton, lieu de villégiature du prince Régent pendant la saison d'été. A l'occasion d'une promenade sur la plage qui longe leur résidence, elle tombe sur un promeneur, Joshua Marchmain, un homme qu'à ses manières entreprenantes elle identifie aussitôt comme un don Juan en quête d'aventure sentimentale. Ce que Domino ignore encore est que son bel inconnu est un proche conseiller du régent, et qu'elle va le revoir souvent. Fascinée, elle finit même par se laisser approcher malgré la réputation sulfureuse qui entoure le trop séduisant courtisan. Mais c'est sans compter l'ancienne maîtresse de Joshua, l'influente duchesse de Severn qui, blessée dans son orgueil, s'est juré de ruiner la réputation de sa jeune rivale.

L'HÉRITIÈRE SCANDALEUSE

de Carol Arens - n°612

Amérique, 1880. Lorsque, après deux ans d'absence, Leanna Cahill revient à Cahill Crossing, elle qui fut l'enfant chérie de la petite ville voit les portes se fermer devant elle. Car non seulement elle se présente en mère célibataire, mais elle arrive accompagnée de quatre anciennes prostituées avec lesquelles elle envisage d'ouvrir un établissement de jeu. Ne dit-on pas, d'ailleurs, qu'elle-même a fait fortune aux cartes et dansé dans les cabarets ? Leanna, toutefois, se moque des rumeurs. Si elle est de retour, c'est pour découvrir la vérité sur la mort de ses parents et renouer avec ses frères afin de donner une famille à Cabe, son fils, qui n'a pas de père. Peu de temps après son arrivée, cependant, débarque un joueur professionnel, Cleve Holden. Un homme qui lui paraît familier et pour lequel elle éprouve bientôt une violente passion. Elle est loin d'imaginer ce qui amène Cleve à Cahill Crossing.

LA FOLLE PASSION D'UNE LADY

de Christine Merrill - n°613

Angleterre, 1815. Depuis qu'elle a passé l'âge où une lady se doit d'être mariée, Drusilla n'a plus qu'un rôle dans la vie : servir de chaperon à sa jeune sœur. Aussi, quand cette dernière prend la fuite avec son professeur de danse, se sent-elle obligée de partir sur les routes à sa poursuite. Elle ignore encore qu'à trop vouloir préserver la vertu de sa soeur elle risque de perdre la sienne. Car les chemins ne sont pas sûrs. Harcelée par un individu un peu trop entreprenant dans une malle-poste, elle réussit à se débarrasser de l'importun en se faisant passer pour la sœur d'un autre voyageur, John Hendricks, qui se trouve là. Amusé et séduit, ce dernier accepte de jouer les grands frères, ce qui les conduit bientôt à partager la même chambre, puis le même lit. Une union sans lendemain, hélas, car Drusilla sait bien que le duc de Benbridge, son père, ne saurait tolérer que sa fille fréquente un roturier.

LE PACTE SECRET

de Margaret Moore - n°614

Angleterre, 902. Sitôt veuve, Endredi est remariée d'autorité par les Vikings à un seigneur saxon, Bayard. Une union censée sceller la paix entre les deux peuples… D'abord terrifiée, Endredi est soulagée quand, le jour des noces, elle découvre son époux. Non seulement Bayard n'est pas déplaisant, mais peut-être lui donnera-t-il enfin cet enfant dont elle rêve ? C'est alors que, dans un coin de l'église, elle aperçoit un visage familier : celui d'Adelar, son premier amour. Et elle reçoit un second choc, après le mariage, en découvrant qu'Adelar est le cousin de son mari et partagera leur toit. Une promiscuité d'autant plus troublante que les deux hommes semblent avoir conclu un mystérieux pacte dont elle est l'objet…

LA TENTATION D'UNE FILLE TROP SAGE
de Jenna Kernan – n°618

Texas, 1882. Ellie a toujours fait ce qu'on attendait d'elle. Mais quand sa mère se met en quête de prétendants pour la marier, la révolte en elle se soulève. Sacrifier sa vie à servir un médecin ou un farmer qui la laisserait froide ? Elle ne peut y consentir ! Seul le ténébreux Chance Cahill la fait vibrer de tout son être. Hélas, célibataire sombre et endurci, il multiplie les conquêtes sans jamais s'attacher à aucune. Qu'importe ! Consciente de jouer avec le feu, Ellie laisse pourtant parler son désir et son cœur… mais en usant d'un stratagème : elle lui propose de l'aider à débusquer de dangereux hors la loi...

INDOCILE FIANCÉE
de Christine Merrill – n° 619

Angleterre, Régence. Lady Priscilla est hors d'elle. Sans même la consulter, son père veut lui imposer un mari qu'elle n'a jamais vu ! Il l'a promise au duc de Reighland, cet éleveur de chevaux qui n'a d'un gentleman que le titre, et n'aurait jamais accédé au rang de duc sans la mort prématurée de son cousin. Devra-t-elle se résoudre à épouser un homme qui conclut ses fiançailles comme on conclut la vente d'un cheval ? Plutôt mourir ! Hélas, non content de lui imposer sa main, le duc se fait insistant : plus elle est désagréable et plus il se montre pressant et attentionné. Si bien que Priscilla est prête au pire pour le détourner d'elle. Même à lui révéler le terrible secret qui la maintient depuis des mois à l'écart de la société. Et qui plongerait sa famille dans le déshonneur, s'il éclatait au grand jour.

LE SEIGNEUR DES HAUTES TERRES
de Terri Brisbin – n° 620

Ecosse, 1352. Pour sauver son frère Athdar, lady Jocelyn Mac Callum est contrainte d'épouser le chef d'un clan ennemi, Connor Mac Lerie, un farouche guerrier à l'âme aussi sombre, dit-on, que les profondeurs des lochs écossais. La rumeur ne l'accuse-t-elle pas d'avoir assassiné sa première femme ? Terrifiée, lady Jocelyn sait pourtant qu'elle n'a pas le choix. Car les termes du contrat sont clairs : Athdar ne sera relâché que lorsque son union avec lord Mac Lerie aura été célébrée… et consommée.

L'ESCLAVE ET LE BARBARE
de Louise Allen – n° 621

Italie, 410 av. J.-C. Arrachée à une vie dorée d'aristocrate et réduite par la guerre à la condition d'esclave, Julia est désormais la propriété exclusive du guerrier Wulfric. Même si ce statut la révolte, elle doit admettre que servir un tel maître n'est pas le calvaire qu'elle redoutait. Cet homme se montre étonnamment protecteur envers elle. Mais Wulfric est aussi un chef barbare qui, en bon stratège, envisage d'épouser la princesse d'un autre clan. Une perspective qui désespère Julia car, une fois marié, il est certain que Wulfric ne lui accordera plus le même traitement de faveur. Pire, elle devra s'habituer à le voir dans les bras d'une autre ; et c'est plus qu'elle ne peut endurer...

A paraître le 1er février 2014

LA VIE SECRÈTE DE LADY DEBORAH
de Marguerite Kaye – n°615

Sussex, 1817. Depuis qu'elle est veuve, lady Deborah vit des aventures extraordinaires… mais, hélas, à travers des romans. Que peut-elle espérer de plus ? Elle n'est pas de celles dont le charme sulfureux suscite le désir des hommes, son mari le lui a bien assez fait comprendre. Pourtant, une rencontre inattendue bouleverse soudain sa vie. Eliott… ce jeune homme libre et séduisant fait naître en elle une troublante attirance. Le mystère, les secrets dont il s'entoure n'y sont pas étrangers car, tout la mettant en garde contre lui et son mode de vie, il lui fait entrevoir des trésors de sensualité qu'elle n'a jusque-là connus qu'en rêve. Céder ? Ce serait pure folie. Mais comment résister… ? La passion qu'elle n'imaginait ne découvrir que dans les livres est soudain au creux de sa main...

CAPTIVE ET PROMISE
de Anne Herries – n°616

Angleterre, 1189. Rosamund est en pleine confusion. La voilà retenue prisonnière dans ce château isolé par Raphael de Mornay, aujourd'hui devenu un baron redouté dans tout le pays. Qu'est devenu le chevalier secourable de son enfance ? Il ne semble même pas se souvenir d'elle. Les croisades l'ont-elles donc si profondément changé ? Attristée, Rosamund n'a pourtant d'autre choix que d'accepter le joug de Raphael, si elle veut se protéger. Car, orpheline et sans appui dans une Angleterre en plein chaos, elle deviendrait très vite la proie des autres seigneurs. Seulement voilà, c'est beaucoup plus qu'un simple joug que Raphael exige : il exige… des fiançailles. Qu'elle soit à la fois sa captive et sa promise. Rosamund ne sait que penser des véritables intentions de cet homme si secret. L'aime-t-il ? Ou bien ne cherche-t-il qu'à satisfaire l'attirance fulgurante et réciproque de leur première rencontre ?

DANS LES BRAS DE L'ECOSSAIS
de Blythe Gifford – n°617

Ecosse, 1528. Unique survivante du clan Gilnok, abusée par le sanguinaire Storwick qui a massacré sa famille, Cate n'a qu'une idée en tête : se venger. Et repousser farouchement tous les hommes qui chercheraient à l'approcher. A plus forte raison ce chevalier John, qui semble si déterminé à percer son secret et représente tout ce qu'elle abhorre : l'arrogance, la loyauté à un roi qu'elle-même déteste, et surtout le goût de la séduction et de la conquête ! Et pourtant… Furieuse contre elle-même, Cate sent bien que cet homme réveille en elle la femme qu'elle s'interdit d'être, qu'il rallume ces désirs qu'elle voudrait étouffer. Et, sous ses allures de guerrière, elle redoute déjà qu'il n'embrase son corps et ne prenne son cœur...

A paraître le 1er janvier

Best-Sellers n°598 • historique

La comtesse amoureuse - Brenda Joyce

Cornouailles, 1795

Désespérée, la comtesse Evelyn d'Orsay doit se rendre à l'évidence : la mort de son mari la plonge dans le dénuement le plus total. Et dans ces conditions, qu'adviendra-t-il d'Aimée, sa petite fille adorée ? Le comte d'Orsay a bien laissé une fortune en France, avant de fuir les affres de la Terreur, mais comment la récupérer dans ce pays en proie à la guerre ? Evelyn n'a plus qu'un recours : faire appel aux services du célèbre contrebandier John Greystone, qui les a aidés à quitter la France quatre ans plus tôt. Pour l'amour de sa fille, la comtesse devra remettre leur sort entre ses mains. Mais n'est-ce pas folie de confier son destin à un homme que l'on dit espion, traître à sa nation ? Pire, de s'exposer à l'irrépressible désir que lui inspire ce hors-la-loi…

Composé et édité par les
éditions HARLEQUIN
Achevé d'imprimer en Italie (Milan)
par Rotolito Lombarda
en novembre 2013

Dépôt légal en décembre 2013